Mar de fondo

Patricia Highsmith

Mar de fondo

Traducción de Marta Sánchez Martín

EDITORIAL ANAGRAMA
BARCELONA

Título de la edición original:
Deep Water
Harper & Brothers
Nueva York, 1957

Deep Water
William Heinemann
Londres, 1958

Ilustración: © Pablo Gallo

Primera edición en «Panorama de narrativas»: junio 1988
Primera edición en «Compactos»: septiembre de 1992
Segunda edición en «Compactos»: febrero de 1995
Tercera edición en «Compactos»: octubre de 1996
Cuarta edición en «Compactos»: octubre de 1998
Quinta edición en «Compactos»: enero 2023

Diseño de la colección: Julio Vivas y Estudio A

ISBN: 978-84-339-0155-2
Depósito Legal: B. 19927-2022

Printed in Spain

Liberdúplex, S. L. U., ctra. BV 2249, km 7,4 - Polígono Torrentfondo
08791 Sant Llorenç d'Hortons

Para E. B. H. y Tina

«No hay forma mejor de evasión que la de escudarse en el propio carácter, porque nadie cree en él…»

Piotr Stepánovich,
Los demonios, DOSTOIEVSKI

1

Vic no bailaba nunca, pero no por las razones que suelen alegar la mayoría de los hombres que no bailan. No bailaba única y exclusivamente porque a su mujer le gustaba bailar. El argumento que se daba a sí mismo para justificar su actitud era muy endeble y no lograba convencerle ni por un minuto, y sin embargo le pasaba por la cabeza todas las veces que veía bailar a Melinda: se volvía insufriblemente tonta. Convertía el baile en algo cargante.

Aunque era consciente de que Melinda daba vueltas entrando y saliendo de su campo visual, se daba cuenta de ello de un modo casi automático y le parecía que era exclusivamente su familiaridad con todas y cada una de sus características físicas lo que le hacía estar seguro de que se trataba de ella y de nadie más. Levantó con calma el vaso de whisky con agua y bebió un trago.

Estaba repantigado, con una expresión neutra, en el banco tapizado que rodeaba la barandilla de la escalera de casa de los Meller, y contemplaba los cambios constantes del dibujo que los bailarines trazaban sobre la pista, pensando en que aquella noche cuando volviese a casa iría a echar un vistazo a las plantas que tenía en el garaje para ver si las dedaleras estaban derechas. Últimamente estaba cultivando diversas clases de hierbas, frenando su ritmo normal de crecimiento, mediante la reducción a la mitad de la ración habitual de agua y de sol, con vistas a intensificar su fragancia. Todas las tardes sacaba las cajas al sol a la una en punto, cuando llegaba a casa a la hora de comer, y las volvía a poner en el garaje a las tres, cuando se marchaba otra vez a la imprenta.

Victor Van Allen tenía treinta y seis años, era ligeramente más bajo que la media y tenía cierta tendencia a la redondez de formas, más que gordura propiamente dicha. Las cejas de color castaño, espesas y encrespadas, coronaban unos ojos azules de mirada inocente. El pelo, también castaño, era lacio y lo llevaba muy corto, y al igual que las cejas era espeso y fuerte. La boca, de tamaño mediano, era firme y solía tener la comisura derecha inclinada hacia abajo en un gesto de desproporcionada determinación, o de humor, según quisiera uno interpretarlo. Era la boca lo que le daba a su cara un aspecto ambiguo –porque en ella podía también leerse la amargura–, ya que los ojos azules, grandes, inteligentes e imperturbables, no daban ninguna clave acerca de lo que podía estar pensando o sintiendo.

Durante los últimos minutos el ruido había aumentado aproximadamente un decibelio y el baile se había vuelto más desenfrenado respondiendo a la palpitante música latina que había empezado a sonar. El ruido le hería los oídos, y permanecía sentado inmóvil, aunque sabía que podía levantarse si quería para ir a hojear los libros al estudio de su anfitrión. Había bebido lo bastante como para sentir un débil y rítmico zumbido en los oídos, no del todo desagradable. Tal vez lo mejor que se puede hacer en una fiesta, o en cualquier otro lugar en donde haya bebida, es ir adaptando el ritmo de beber al ruido creciente. Apagar el ruido exterior con el propio ruido. Crear un pequeño estruendo de voces alegres que le ocupen a uno la cabeza. Y así todo resultará más llevadero. No estar nunca ni del todo sobrio ni del todo borracho. *Dum non sobrius, tamen non ebrius.* Era este un bonito epitafio para él, pero por desdicha no creía que fuese cierto. La simple y aburrida realidad era que la mayoría de las veces prefería estar alerta.

Involuntariamente enfocó la mirada hacia el grupo de los que bailaban, y que estaban organizándose de repente en una fila de conga. Y también involuntariamente descubrió a Melinda desplegando una alegre sonrisa de atrápame-si-puedes, por encima del hombro; y el hombre que se apoyaba en ese hombro, prácticamente hundido en sus cabellos, era Joel Nash. Vic suspiró y bebió un trago. Para haber estado bailando la noche pasada hasta las tres de la madrugada, y hasta las cinco la noche anterior, el señor Nash se estaba comportando de un modo admirable.

Vic se sobresaltó al sentir una mano en el hombro, pero era solo la vieja señora Podnansky que se inclinaba hacia él. Se había olvidado casi completamente de su presencia.

–No sabes cuánto te lo agradezco, Vic. ¿De verdad no te importa encargarte tú solo de eso?

Le acababa de hacer la misma pregunta unos cinco o diez minutos antes.

–En absoluto –dijo Vic, sonriendo y levantándose al mismo tiempo que ella se ponía de pie–. Me pasaré por tu casa mañana sobre la una menos cuarto.

En aquel mismo momento Melinda se inclinó hacia él a través del brazo del señor Nash, y dijo casi en la cara de la señora Podnansky, aunque mirando hacia Vic:

–¡Venga, ánimo! ¿Por qué no bailas?

Y Vic pudo ver cómo la señora Podnansky se sobresaltaba y, después de sobreponerse con una sonrisa, se alejaba del lugar.

El señor Nash le dirigió a Vic una sonrisa feliz y ligeramente ebria a medida que se alejaba bailando con Melinda. ¿Y cómo podría ser catalogada aquella sonrisa? Vic reflexionó. De camaradería. Esa era la palabra. Eso era lo que Joel Nash había pretendido mostrar. Vic apartó los ojos deliberadamente de Joel, aunque siguiese hilando con la mente un pensamiento que tenía que ver con su rostro. No eran sus maneras –hipócritas, entre la afectación y la estupidez– lo que más le irritaba, sino su cara. Aquella redondez infantil de las mejillas y la frente, aquel cabello castaño claro que ondeaba encantador, aquellas facciones regulares que las mujeres a quienes les gustaba solían describir como *no demasiado* regulares. Vic suponía que la mayoría de las mujeres dirían que era guapo. Y le vino a la memoria la imagen del señor Nash mirándole desde el sofá de su casa la noche pasada, alargándole el vaso vacío por sexta u octava vez, como si se avergonzase de aceptar una copa más, de permanecer allí quince minutos más; y, sin embargo, una descarada insolencia aparecía como el rasgo predominante de su rostro. Hasta entonces, pensó Vic, los amigos de Melinda habían tenido por lo menos o más seso o menos insolencia. De todas formas, Joel Nash no iba a quedarse en el vecindario para siempre. Era vendedor de la Compañía Furness-Klein de productos químicos de Wesley, en Massachusetts, y estaba allí, según había dicho, por unas cuantas semanas, para promocionar los nuevos productos de la compañía. Si hubiese tenido la intención de establecerse en Wesley o en Little Wesley, a Vic no le cabía la menor duda de que habría acabado desplazando a Ralph Gosden, al margen de lo que Melinda pudiese llegar a aburrirse con él o de lo estúpido que pudiese llegar a resultarle en otros aspectos, ya que Melinda era incapaz de resistirse a lo que ella consideraba una cara guapa. Y Joel, para la opinión de Melinda, debía de ser más guapo que Ralph.

Vic levantó la mirada y vio a Horace Meller de pie junto a él.

–Hola, Horace, ¿qué haces? ¿Te quieres sentar?

–No, gracias.

Horace era un hombre delgado, algo canoso, de estatura media, con un rostro alargado y de expresión sensible y un bigote negro bastante poblado. Bajo el bigote, su sonrisa era la sonrisa educada de un anfitrión nervioso, aun cuando la fiesta estuviera transcurriendo tan perfectamente como para complacer al más exigente de los anfitriones.

–¿Qué hay de nuevo por la imprenta, Vic?

–Estamos a punto de sacar lo de Jenofonte –contestó Vic.

No era fácil hablar en medio de aquel estruendo.

–¿Por qué no te pasas por allí alguna tarde?

Vic se refería a la imprenta. Estaba siempre allí hasta las siete, y se quedaba solo a partir de las cinco, porque Stephen y Carlyle se iban a casa a esa hora.

–Muy bien. Iré sin falta –dijo Horace–. ¿Te gusta lo que estás bebiendo?

Vic hizo un gesto de asentimiento con la cabeza.

–Hasta luego –dijo Horace.

Y se marchó.

Vic notó una sensación de vacío en cuanto se hubo marchado. Una cierta incomodidad. Algo implícito y que Vic conocía perfectamente. Horace había evitado con gran discreción mencionar a Joel Nash. No había dicho que Joel fuese simpático, o que le resultase grata su presencia, ni había preguntado nada acerca de él o se había molestado en decir alguna banalidad. Era Melinda quien se las había ingeniado para que invitasen a Joel a la fiesta. Vic la había estado escuchando hacía dos días hablar por teléfono con Mary Meller: «... Bueno, no es que sea precisamente nuestro huésped, pero nos sentimos un poco responsables de él porque aquí no conoce a casi nadie. ¡No sabes cuánto te lo agradezco, Mary! Ya me figuraba que no te importaría que hubiera un hombre más, y sobre todo siendo tan guapo...». Como si fuese posible que alguien lo separase de Melinda ni con una palanca. Una semana más, pensó Vic. Exactamente siete noches más. El señor Nash se marchaba el día 1, que era domingo.

Joel Nash se materializó. Apareció tambaleándose con su chaqueta blanca de hombreras anchas y el vaso en la mano.

—Buenas noches, señor Van Allen —dijo Joel con una familiaridad fingida—. ¿Cómo está usted esta noche?

Y se dejó caer en el mismo sitio donde había estado sentada la señora Podnansky.

—Como siempre —contestó Vic, sonriendo.

—Hay dos cosas que quería decirle —dijo Joel con un entusiasmo repentino, como si se le acabasen de ocurrir en aquel mismo momento—. La primera es que mi compañía me ha pedido que me quede aquí dos semanas más, así que espero poder recompensarles a los dos por la gran hospitalidad que me han brindado estas últimas semanas y...

Joel se echó a reír de una manera infantil, sacudiendo la cabeza.

—¿Y qué es lo segundo?

—Lo segundo..., bueno, lo segundo es lo admirable que me parece su actitud ante el hecho de que yo me vea con su mujer. Tampoco es que hayamos salido juntos muchas veces. Hemos comido juntos en un par de ocasiones y hemos salido a pasear por el campo, pero...

—Pero ¿qué? —dijo Vic a bocajarro, sintiéndose de repente sobrio como una piedra y asqueado por el grado de pegajosa intoxicación del señor Nash.

—Bueno, muchos hombres me habrían roto la cabeza por menos, pensando que era más, claro. Entendería perfectamente que se sintiese usted algo molesto, pero no es así. Ya me doy cuenta muy bien. Me gustaría decirle que le agradezco mucho que no me haya roto las narices. No es que haya habido nada como para provocar eso, por supuesto. Se lo puede preguntar a Melinda, si duda de mí.

Era precisamente la persona más idónea para hacerle esa pregunta, claro. Vic le miró a los ojos con una serena indiferencia. Le daba la impresión de que la respuesta más adecuada era el silencio.

—En cualquier caso, lo que le quiero decir es que creo que se toma usted la vida con una deportividad admirable —añadió Nash.

El tercer anglicismo,[1] tan sumamente afectado, de Joel Nash le chirrió a Vic de una manera muy desagradable.

—Le agradezco mucho esos sentimientos —dijo Vic con una breve sonrisa—, pero no suelo perder el tiempo rompiéndole a la gente las narices. Si alguien me desagradase de verdad, lo que haría sería matarlo.

—¿Matarlo? —preguntó el señor Nash con la mejor de sus sonrisas.

—Sí. Se acuerda usted de Malcolm McRae, ¿verdad?

Vic sabía que Joel Nash conocía bien aquel asunto, porque Melinda comentó que le había contado todos los detalles del «misterio McRae», y que Joel se había sentido muy interesado porque conocía a McRae de haberlo visto una o dos veces en Nueva York por asuntos de negocios.

—Sí —dijo Joel Nash, muy atento a la conversación.

Su sonrisa había empequeñecido. Y ahora ya no era más que un mero recurso defensivo.

Melinda le había dicho a Joel, sin lugar a dudas, que Malcolm estaba prácticamente loco por ella. Eso siempre le añadía picante a la historia.

—Me está tomando el pelo —dijo Joel.

En aquel preciso momento Vic comprendió dos cosas: que Joel Nash ya se había acostado con su mujer, y que la actitud de calma impasible que él había mostrado en presencia de Joel y Melinda había hecho bastante impresión. Vic había logrado asustarlo, no solo en aquel preciso momento, sino también algunas noches cuando había estado en su casa. No había acusado jamás ningún signo externo de celos convencionales. Vic pensaba que la gente que no se comporta de una manera ortodoxa tenía, por definición, que inspirar temor.

---

1. Se refiere aquí al término «deportividad», que en el texto inglés es *sporting*. La novela transcurre en Estados Unidos, como se verá. *(N. de la T.)*

–No, no le estoy tomando el pelo –dijo Vic, suspirando y cogiendo un cigarrillo del paquete, para ofrecérselo a continuación a Joel.

Joel Nash sacudió la cabeza.

–Llegó un poco demasiado lejos con Melinda, por decirlo así. Seguramente se lo habrá contado ella. Pero no era tanto eso como todo el conjunto de su personalidad lo que me sublevaba. Su seguridad de gallito y aquella eterna costumbre de caerse redondo en los sitios para que la gente lo tuviese que alojar en su casa. Y su irritante parsimonia.

Vic colocó el cigarrillo en la boquilla y se la puso entre los dientes.

–No le creo.

–A mí me parece que sí. Y no es que me importe.

–¿Mató de verdad a Malcolm McRae?

–¿Y qué otra persona cree usted que pudo haberlo hecho? –Vic esperó, pero no hubo respuesta–. Melinda me ha contado que usted le conocía o sabía algo sobre él. ¿Tiene usted alguna teoría? Me gustaría conocerla. Las teorías me interesan mucho. Mucho más que los hechos mismos.

–No tengo ninguna teoría –dijo Joel, como a la defensiva.

Vic percibió entonces la retirada y el miedo reflejados en el modo que tenía el señor Nash de estar sentado en aquel momento; se echó hacia atrás, levantó por un instante las pobladas cejas castañas y le arrojó el humo del cigarrillo en pleno rostro.

Se hizo un silencio.

Vic sabía que el señor Nash estaba dándole vueltas en la cabeza a varios posibles comentarios. Y sabía incluso cuál era el tipo de comentario que iba a elegir.

–Teniendo en cuenta que era amigo suyo –empezó a decir Joel, como Vic esperaba–, no me parece de muy buen gusto por su parte bromear con su muerte.

–No era amigo mío.

—De su esposa, entonces.

—Se hará cargo de que es una cosa muy distinta.

El señor Nash esbozó un leve asentimiento de cabeza y luego una sonrisa de medio lado.

—Me sigue pareciendo un chiste bastante tonto —dijo.

Y se puso de pie.

—Lo siento. Quizá la próxima vez esté más inspirado. ¡Ah! Espere un segundo.

Joel Nash se dio la vuelta.

—Melinda no sabe nada de todo esto —dijo Vic, apoyado todavía con aire impasible contra la barandilla de la escalera—. Le agradecería que no le comentase nada.

Joel sonrió y saludó con un gesto de la mano a medida que se alejaba. Era la suya una mano fláccida. Vic le vio cruzar hacia el extremo opuesto del salón, donde estaban charlando Horace y Phil Cowan, pero Joel no intentó unirse a ellos. Se quedó solo de pie y sacó un cigarrillo. Vic pensó que el señor Nash se despertaría a la mañana siguiente convencido todavía de que había sido una broma; aunque, por otra parte, se había quedado lo suficientemente confuso como para empezar a hacerles preguntas a ciertas personas acerca de cuál había sido la actitud de Vic Van Allen con respecto a Malcolm McRae. Y varias de esas personas —por ejemplo Horace Meller e incluso Melinda— le dirían que Vic y Mal nunca se habían llevado demasiado bien. Y los Cowan o Mary Meller, caso de que él insistiese, acabarían también por admitir que habían percibido algo entre Mal y Melinda, nada más que un cierto coqueteo, por supuesto, pero...

Malcolm McRae era ejecutivo en el sector de la publicidad, y aunque su puesto no fuese especialmente destacado, había logrado adoptar un aire repugnante de superioridad y paternalismo. Había sido de ese tipo de hombres que las mujeres encuentran fascinante y los hombres, en general, suelen detestar. Alto, delgado e impecable, tenía un rostro alargado y estrecho en el que nada sobresalía especialmente –según el recuerdo de Vic– a no ser una gruesa verruga en la mejilla derecha, como la de Abraham Lincoln; aunque sus ojos también eran tenidos por fascinantes, creía recordar Vic. Y había sido asesinado en su apartamento de Manhattan, sin móvil aparente, por un agresor de cuya identidad la policía seguía ignorándolo todo. Esa era la razón por la cual la historia de Vic había impresionado tanto a Joel Nash.

Vic se acomodó dejándose caer aún más contra la barandilla y estiró las piernas. Se puso a rememorar con extraño regodeo la forma en que Mal se había quedado en el campo de golf rodeando a Melinda por detrás con los brazos, tratando de enseñarle una jugada que, según decía, sería capaz de llegar a hacer incluso mejor que él, si le daba la gana. Y se acordó también de aquella otra vez, a las tres de la madrugada, en que Melinda se había ido provocativamente a la cama con un vaso de leche y le había pedido a Mal que entrase a darle un poco de conversación. Vic se había quedado sentado imperturbable en el sillón de la sala, haciendo como que leía, y con la firme determinación de quedarse allí hasta la hora que fuese, mientras Mal permaneciera en la habitación de Melinda. No cabía comparación posible entre la inteligencia de Melinda y la de Mal, y Mal se habría aburrido mortalmente si hubiera estado alguna vez solo con ella más de medio día. Pero estaba el pequeño aliciente del sexo. Melinda siempre hacía comentarios del tipo de: «¡Pero Vic, qué cosas tienes! Me gusta, sí, es verdad que me gusta, pero no por ese lado. Hace ya años que es así. A él tampoco le intereso en ese aspecto, de manera que...». Y le miraba expectante con los ojos marrón verdoso vueltos hacia arriba. Mal había salido de la habitación de Melinda al cabo de unos veinte minutos. Vic estaba seguro de que nunca había habido nada entre los dos. Pero recordaba con cierto placer el momento en que se enteró de que Mal había sido asesinado el pasado mes de diciembre. ¿O había sido en enero? Y su primer pensamiento fue que el asesino de Mal podía ser perfectamente un marido celoso.

Durante unos instantes, Vic se imaginó que Mal había vuelto aquella noche a la habitación de Melinda, después de retirarse él a la suya, situada al otro lado del garaje, que él se había enterado de ello y planeado meticulosamente el asesinato: viajaba a Nueva York con un pretexto cualquiera, le iba a visitar llevando una plomada escondida en el abrigo (según dijeron los periódicos, el asesino debía de ser amigo o conocido de Mal, porque era evidente que le había dejado entrar sin sospechar nada) y le golpeaba en silencio y con total eficacia hasta darle muerte, sin dejar una sola huella dactilar, tal como había ocurrido realmente en el asesinato verdadero. Volvía después a Little Wesley aquella misma noche, pensando como coartada, por si a alguien se le ocurría pedirle alguna, que había estado viendo una película en Gran Central a la misma hora en que Mal había sido asesinado, una película que, por supuesto, tendría que haber visto antes en otra ocasión.

–¿Victor? –dijo Mary Meller, inclinándose hacia él–. ¿Qué estás rumiando?

Vic se puso de pie lentamente con una sonrisa.

–Nada. Esta noche pareces un melocotón.

Vic aludía sobre todo al color del vestido de Mary.

–Muchas gracias –le dijo ella–. ¿Por qué no nos vamos a sentar en un rincón más apartado y me cuentas algo? Me encantaría verte cambiar de sitio. Te has pasado aquí toda la noche.

–¿Vamos al banquito del piano? –sugirió Vic, ya que se trataba del único lugar visible en el que se pudiesen sentar juntas dos personas.

El baile, por el momento, había cesado. Se dejó conducir por Mary, que le agarró de la muñeca, hasta el banquito del piano. Tenía la impresión de que a Mary no le interesaba especialmente hablar con él, y que más bien estaba intentando ser una buena anfitriona y charlar un poco con todo el mundo; y que le había dejado a él para el final por su conocida dificultad para adaptarse a las fiestas. A Vic le daba igual. «No tengo orgullo», pensaba con orgullo. Y se lo decía con frecuencia a Melinda, porque sabía que le irritaba particularmente.

–¿De qué has estado hablando tanto rato con la señora Podnansky? –le preguntó Mary cuando se sentaron.

–De cortadoras de césped. La suya necesita un afilado, y no está contenta con el trabajo que le hicieron en Clarke la última vez.

–Así que supongo que te habrás ofrecido a hacérselo tú. ¡No sé qué harían sin ti las viudas del vecindario, Victor Van Allen! No me explico de dónde sacas el tiempo para tantas buenas acciones.

–Tengo muchísimo tiempo –contestó Vic, sonriendo con simpatía a pesar suyo–. Encuentro tiempo para todo. Es un sentimiento maravilloso.

–¡Tienes tiempo para leer todos esos libros que los demás estamos siempre dejando para luego! ¡Eres odioso, Vic! –dijo Mary, riéndose.

Echó una ojeada a sus alegres invitados y luego volvió la mirada de nuevo hacia Vic.

–Espero que tu amigo Joel Nash –dijo– se esté divirtiendo esta noche. ¿Se piensa quedar a vivir en Little Wesley o está aquí solo de paso?

Según podía observar Vic, el señor Nash ya no se estaba divirtiendo tanto. Seguía allí solo de pie, embebido en la triste contemplación de un dibujo de la alfombra enrollada que había a sus pies.

–No, se va a quedar aquí una o dos semanas según creo –dijo Vic con cierta brusquedad–. Es una especie de viaje de negocios.

–Así que no lo conoces mucho.

–No, lo acabamos de conocer.

Vic detestaba compartir con Melinda aquella responsabilidad. Ella se lo había encontrado una tarde en la barra del Lord Chesterfield Inn, adónde iba casi todas las tardes sobre las cinco y media más o menos, con el propósito deliberado de conocer a gente como Joel Nash.

—¿Me permites que te diga, querido Vic, que creo que tienes una paciencia de santo?

Vic la miró de frente y notó en sus ojos fatigados y levemente húmedos que la bebida le estaba haciendo efecto.

—Pues no lo sé.

—La tienes. Es como si estuvieras esperando muy pacientemente, y un buen día fueras a hacer algo. No explotar precisamente, pero, no sé, dejar hablar a tu alma.

Fue un final tan tranquilo que Vic se sonrió. Se rascó despacio con el pulgar el picor que sentía en la mano.

—También quiero decirte, aprovechando que me he tomado unas copas y que tal vez no vuelva a tener una ocasión como esta, que me pareces una persona maravillosa. Eres *bueno,* Vic.

Lo dijo en un tono que aludía al sentido bíblico de la palabra bueno,[1] un tono en el que se podía percibir también cierto azoramiento por haber usado esa palabra con ese sentido, y Vic sabía que lo iba a echar a perder definitivamente tomándoselo a broma a los pocos segundos.

—Si yo no estuviera casada y tú tampoco, creo que te haría proposiciones, ¡ahora mismo!

Después de esta frase sobrevino la carcajada que se suponía que debía darlo todo por borrado.

---

1. *Good,* «bueno», en inglés puede significar también, aplicado a una persona, que es valiosa, que está bien en el sentido que sea; lo del sentido bíblico se refiere a la acepción –la más común en castellano– de bondad del alma, no de valores o capacidades. Esta acepción bíblica es menos usual en inglés. *(N. de la T.)*

Vic se preguntó por qué las mujeres, incluso las que se habían casado por amor y tenían un hijo y una vida matrimonial más o menos feliz, pensaban que hubiera sido preferible dar con un hombre que no exigiese nada de ellas en el terreno sexual. Era una permanente regresión sentimental a la virginidad, una vana y estúpida fantasía que no tenía en absoluto valor objetivo. Ellas serían las primeras en sentirse afrentadas si sus maridos las ignorasen en ese terreno.

—Por desgracia, estoy casado —dijo Vic.

—¡Por desgracia! —dijo Mary con sorna—. Pero si la adoras, ¡lo sé perfectamente! Vas besando el suelo por donde pisa. Y ella también te quiere, Vic, ¡no debes olvidarlo!

—No me gusta —dijo Vic casi interrumpiéndola— que me tengas por tan bueno como pareces creer. También tengo un lado perverso. Lo que pasa es que lo oculto celosamente.

—¡Desde luego! —dijo Mary, echándose a reír.

Se inclinó hacia él y Vic pudo aspirar su perfume, una mezcla de lila y canela, que le llegó intenso.

—¿Quieres otra copa, Vic?

—No, gracias. Con esta tengo bastante por ahora.

—¿Ves? Eres bueno hasta bebiendo. ¿Qué te ha pasado en la mano?

—Ha sido un chinche.

—¿Un chinche? ¡Qué horror! ¿Dónde lo pillaste?

—En el hotel Green Mountain.

La boca de Mary se abrió con expresión incrédula. Luego empezó a reírse a sacudidas.

—¿Y se puede saber qué hacías allí?

—Les hice el encargo con varias semanas de antelación. Les dije que si aparecía algún chinche, que me lo reservaran, y al final logré hacerme con seis. Me costaron cinco dólares en propinas. Ahora los tengo viviendo en el garaje en una caja de cristal con un trocito de manta dentro para que duerman encima. De vez en cuando los dejo que me piquen, porque quiero que prosigan su ciclo biológico normal. Tengo ya dos hornadas de huevecillos.

–Pero ¿para qué? –preguntó Mary con una risita.

–Porque tengo la creencia de que cierto entomólogo que escribió un artículo en una revista de entomología está equivocado respecto a un aspecto determinado de su ciclo reproductor –respondió Vic sonriente.

–¿Qué aspecto? –preguntó Mary fascinada.

–Una insignificancia respecto al tiempo de incubación. Dudo que le pueda servir de algo a nadie, aunque en realidad los fabricantes de insecticidas deberían saber...

–¿Viiic? –masculló la ronca voz de Melinda–. ¿Me permites?

Vic miró hacia ella con un asombro que era sutilmente insultante, y luego se levantó del banquito y señaló el piano con un gesto ceremonioso.

–Es todo tuyo.

–¿Vas a tocar? ¡Qué bien! –dijo Mary con un tono complacido.

Un quinteto de hombres se estaba alineando en derredor del piano. Melinda se precipitó hacia el banquito, dejando caer un haz de brillantes cabellos como una cortina sobre su rostro, de tal modo que quedaba oculto para cualquiera que quedase a su derecha, como era el caso de Vic. Qué más da, pensó Vic, al fin y al cabo, ¿quién conocía su rostro mejor que él? De todas formas tampoco lo quería ver, porque no mejoraba precisamente cuando estaba bebida. Luego se alejó de allí a grandes zancadas. En aquel momento todo el sofá se había quedado libre. Escuchó con desagrado la introducción, salvajemente vibrante, que hacía Melinda al comenzar «Slaughter on Tenth Avenue», canción que tocaba abominablemente. Su forma de tocar era barroca, imprecisa y hasta se podría decir que cargante; sin embargo la gente escuchaba, y después de escuchar ella no les gustaba más o menos por lo que habían oído. Parecía ser para Melinda algo que socialmente no suponía ni una ventaja ni un inconveniente. Cuando se equivocaba e interrumpía una canción con una risa y una agitación de manos frustrada e infantil, sus admiradores habituales la seguían admirando igual que antes. Pero de todas maneras no iba a tropezar en «Slaughter», porque si lo hacía, siempre podría cambiar al tema «Three Blind Mice» y subsanar así el error. Vic se sentó en una esquina del sofá. Todo el mundo estaba alrededor del piano excepto la señora Podnansky, Evelyn Cowan y Horace. El ataque abrumador de Melinda al tema principal estaba arrancando gruñidos de gozo de las gargantas de sus admiradores masculinos. Vic vio la espalda de Joel Nash, encorvado sobre el piano, y cerró los ojos. En cierto modo también cerró los oídos, y se puso a pensar en sus chinches.

Al fin, hubo un aplauso que murió rápidamente cuando Melinda empezó a tocar «Dancing in the Dark», uno de sus mejores números. Vic abrió los ojos y vio a Joel Nash mirándole fijamente de un modo ausente, y sin embargo intenso y atemorizado. Vic volvió a cerrar los ojos. Tenía la cabeza echada hacia atrás como si estuviese absorto escuchando la música. En realidad estaba pensando en lo que podría estar pasando ahora por la mente embotada de alcohol de Joel Nash. Vic visualizó su propia figura regordeta hundida en el sofá, con las manos apaciblemente apoyadas sobre el vientre, y una sonrisa relajada sobre su rostro redondo, que en aquel momento debía de resultarle bastante enigmática al señor Nash. Este debía de estar pensando: «A lo mejor es verdad que lo hizo. A lo mejor es esa la razón por la que se muestra tan despreocupado con Melinda y conmigo. A lo mejor es por eso por lo que es tan raro. Porque es un *asesino*».

Melinda estuvo tocando una media hora, hasta que tuvo que repetir «Dancing in the Dark» una vez más. Cuando se levantó del piano, la gente la seguía presionando para que tocase otra cosa, y Mary Meller y Joel Nash lo reclamaban en voz más alta que nadie.

—Nos tendríamos que ir a casa. Es tarde —dijo Melinda.

Generalmente se solía marchar de los sitios inmediatamente después de una sesión de piano. Con un gesto de triunfo.

—¿Vic? —dijo, chasqueando los dedos en dirección a él.

Vic se levantó obedientemente del sofá. Vio a Horace que le llamaba por señas. Debía de haberse enterado, supuso Vic, y se fue hacia él.

—¿Qué es lo que le has estado contando a tu amigo Joel Nash? —preguntó Horace con los ojos oscuros brillándole de diversión.

—¿Mi amigo?

Los estrechos hombros de Horace se sacudieron con su típica risa compulsiva.

—No te estoy culpando en absoluto. Pero espero que no se le ocurra irlo difundiendo por ahí.

—Era una broma. ¿Es que no se lo ha tomado como tal? —preguntó Vic, pretendiendo aparentar seriedad.

Horace y él se conocían bien uno a otro. Horace le había dicho en muchas ocasiones que se mostrase firme con Melinda, y era él la única persona que se había atrevido jamás a decirle a Vic algo semejante.

—A mí me parece que se lo ha tomado bastante en serio —dijo Horace.

—Bueno, déjale, deja que lo difunda por ahí.

Horace se echó a reír y le dio a Vic una palmada en el hombro.

—¡Solo espero que no acabes en la cárcel, amigo!

Melinda se tambaleaba un poco cuando se dirigían hacia el coche, y Vic la tomó suavemente por el hombro para ayudarla a mantenerse firme. Era casi tan alta como él y llevaba siempre sandalias sin tacón o zapatillas de baile, pero no tanto por gentileza hacia él —creía Vic—, como por comodidad y porque su estatura con zapatos bajos solía acoplarse mejor a la del hombre medio. A pesar de que andaba algo insegura, Vic podía sentir su fuerza amazónica en el cuerpo alto y firme, la vitalidad animal que le arrastraba hacia ella. Se dirigía hacia el coche con el impulso inconmovible con que un caballo se dirige de vuelta al establo.

–¿Qué le has dicho a Joel esta noche? –preguntó Melinda cuando estuvieron dentro del coche.

–Nada.

–Le has tenido que decir algo.

–¿Cuándo?

–Te he visto hablando con él –insistió adormilada–. ¿De qué hablabais?

–Creo que de chinches. ¿O era con Mary con quien he estado también hablando de chinches?

–¡Venga! –dijo Melinda con impaciencia, mientras acomodaba la cabeza en el hombro de Vic de la misma manera impersonal con que lo habría hecho sobre el almohadón de un sofá–. Algo le tienes que haber dicho, porque se ha empezado a comportar de otra forma después de hablar contigo.

–¿Y qué ha dicho?

–No es lo que haya dicho, es cómo se ha com-por-ta-do –dijo con voz pastosa.

Y acto seguido se quedó dormida.

Levantó la cabeza cuando Vic quitó el contacto al llegar al garaje y, como si caminase entre sueños, dijo: «Buenas noches, querido», y entró en la casa por la puerta que había junto al garaje, que daba al salón directamente.

El garaje era lo bastante grande como para alojar cinco coches, aunque solo tenían dos. Vic lo había construido pensando en poder utilizar parte de él como lugar de trabajo, para guardar sus herramientas y sus herbarios, el acuario de caracoles, o cualquier otra cosa por la que sintiese interés o con la que estuviese haciendo algún experimento, y que ocupase mucho sitio. Todo estaba en un orden impecable, y aún quedaba espacio para poderse mover cómodamente. Dormía en una habitación que había junto al garaje, en el extremo opuesto a la casa, una habitación cuya única puerta daba al garaje. Antes de dirigirse a ella se inclinó sobre sus plantas. Las dedaleras estaban derechas. Eran unas seis u ocho espigas de color verde pálido que todavía estaban echando esas hojitas en racimos de tres que les son características. Dos chinches se arrastraban por su trocito de manta, en busca de carne y sangre, pero aquella noche no estaba de humor para ofrecerles la mano, y los dos bichos fueron aplastando el cuerpo lentamente para ponerse a cubierto del haz de luz que proyectaba la linterna de Vic.

2

Joel Nash fue a casa de Vic a tomar una copa tres días después de la fiesta de los Meller, pero no se quedó a cenar, aunque Vic se lo propuso y Melinda le insistió. Dijo que tenía un compromiso, pero cualquiera se podría haber dado cuenta de que era un pretexto. Les anunció con una sonrisa que por fin no iba a quedarse dos semanas, sino que se marchaba el viernes siguiente. Aquella noche sonrió más que nunca y adoptó la postura defensiva de hacer gracias acerca de cualquier nimiedad. Lo cual le sirvió a Vic para saber lo en serio que se había tomado aquel asunto.

Cuando se marchó, Melinda volvió a acusar a Vic de haberle dicho algo ofensivo.

—Pero ¿qué voy a haberle dicho? —preguntó Vic con aire inocente—. ¿Y no se te ha ocurrido pensar que seas tú la que haya podido decirle algo que le haya ofendido? ¿O algo que hayas hecho o dejado de hacer?

—Sé perfectamente que yo no le he hecho nada —dijo Melinda con un mohín de mal humor.

Luego se sirvió otra copa, en vez de pedirle a Vic que se la sirviese él, como solía hacer.

Vic pensó que Melinda no lamentaría demasiado la pérdida de Joel Nash, ya que aparte de ser un conocido tan reciente, nunca habría podido, en todo caso, quedarse allí por mucho tiempo, al ser su profesión la de viajante. Ralph Gosden era otra cuestión. Vic se había estado preguntando si Ralph se asustaría tan fácilmente como Joel, y había decidido hacer una intentona. Ralph Gosden era un pintor retratista de veintinueve años, de dudoso talento, que recibía una pequeña pensión de una tía caritativa. Había alquilado una casa por un año a unos treinta kilómetros de distancia cerca de Millettville, y solo habían transcurrido seis meses. Durante cuatro, Ralph había estado yendo a comer una o dos veces por semana. Decía que tenían una casa preciosa y una comida excelente y que su fonógrafo era magnífico. Y que nadie era tan hospitalario en Little Wesley ni en ningún otro sitio como los Van Allen. Melinda había estado yendo a visitar a Ralph varias tardes por semana, aunque nunca llegó a admitir haber estado allí una sola tarde. Por fin, al cabo de dos meses, había aparecido Melinda con un retrato suyo pintado por Ralph, como para justificar los muchos días que no había estado en casa a la una, o incluso a las siete cuando Vic volvía del trabajo. El retrato era un horror amanerado y borroso que estaba colgado en el dormitorio de Melinda. Vic lo había prohibido en el salón.

La hipocresía de Ralph le resultaba a Vic nauseabunda. Se pasaba la vida sacando conversaciones sobre cosas que suponía que podían interesarle a Vic, aun cuando el propio Ralph no estuviese interesado en nada que se saliera de los intereses de la mujer media. Y tras aquella fachada de amistad, Ralph trataba de ocultar el hecho de que tenía un lío con Melinda. Vic se decía a sí mismo cada vez que veía a Ralph Gosden que lo que le molestaba no era el hecho en sí de que Melinda tuviese líos con otros hombres, sino el que eligiese a aquellos tipos tan idiotas e inconscientes, y el que dejase correr el rumor por toda la ciudad, invitando a sus amantes a las fiestas y dejándose ver con ellos en la barra del Lord Chesterfield, que era en realidad el único bar que había. Uno de los principios más sólidos de Vic era que todo el mundo –incluida una esposa– tenía derecho a hacer lo que quisiera, siempre y cuando no se hiriese a una tercera persona y siempre que cumpliese con sus obligaciones primordiales, que eran, en este caso, las de llevar la casa y cuidar de su hija, cosas que Melinda hacía muy de tarde en tarde. Miles de hombres casados tenían amantes impunemente, aunque Vic tenía que admitir que la mayoría de ellos se lo tomaban con más disimulo que su mujer. Cuando Horace había intentado darle a Vic consejos acerca de Melinda, cuando le había preguntado por qué «soportaba aquel comportamiento», Vic le había contestado preguntándole si es que acaso esperaba que actuase como un marido anticuado, rechazando a su esposa por deshonesta, pidiendo el divorcio, y destruyendo así la existencia de su hija por algo tan insignificante como la gratificación de su ego. Vic también quería dejar siempre implícito, al hablar con Horace o con cualquiera que le hiciese alguna insinuación sobre Melinda, que consideraba su comportamiento como una aberración temporal y que lo mejor era dejarlo correr.

El hecho evidente de que Melinda llevase comportándose así desde hacía más de tres años le hizo a Vic ganarse en Little Wesley la reputación de que tenía una paciencia de santo y una enorme tolerancia, lo que a su vez halagaba el ego de Vic. Sabía que Horace y Phil Cowan y todos los que conocían la situación –que era prácticamente todo el mundo– le consideraban raro por soportarlo, pero a Vic no le importaba nada en absoluto ser tenido por raro. Es más, estaba orgulloso de serlo en un país en el que la mayoría de las personas trataban de ser exactamente iguales a los demás.

Melinda también había sido una persona distinta de los demás, porque de lo contrario jamás se habría casado con ella. El hacerle la corte y persuadirla para que se casara con él había sido como domar un caballo salvaje, con la diferencia de que el proceso había tenido que ser infinitamente más sutil. Ella era testaruda y malcriada, el tipo de chica a la que expulsan del colegio una y otra vez por pura y simple insubordinación. La habían expulsado de cinco escuelas distintas, y cuando Vic la conoció con veintidós años, había llegado al convencimiento de que la vida no era más que la búsqueda del placer. Algo que seguía creyendo todavía, aunque a los veintidós años hubiese en ella cierta actitud iconoclasta e imaginativa en su rebeldía que fue lo que le atrajo a Vic porque se parecía a la suya. Ahora, sin embargo, tenía la impresión de que había perdido hasta la última gota de imaginación y de que su iconoclastia consistía ya meramente en arrojar costosos jarrones contra las paredes para hacerlos añicos. El único jarrón que quedaba en la casa era uno de metal, y tenía varias muescas en el reborde. Primero no había querido tener hijos, luego había dicho que sí, luego otra vez que no, y por fin al cabo de cuatro años lo había deseado de nuevo y había dado a luz una niña. El parto no había sido tan difícil como en la media habitual de las primerizas, según le había dicho a Vic el médico, pero Melinda se había quejado ruidosamente antes y después de la terrible experiencia, a pesar de que Vic le había dedicado todos los cuidados y entregado todo su tiempo durante semanas, a excepción de sus horas de trabajo. Vic se sintió inmensamente feliz al tener una hija de Melinda, pero ella rehusó dedicarle a su hija más tiempo del imprescindible, y no mostró por ella más interés del que sentía por un perrito desamparado al que daba de comer en el jardín. Vic imaginaba que el convencionalismo que suponía el tener una hija, añadido a su condición de esposa, era más de lo que ella, en su rebeldía visceral, podía soportar. Un hijo supone responsabilidad y Melinda se resistía a crecer. Mostraba su resentimiento, pretendiendo aparentar que Vic ya no le importaba como antes, que ya no le interesaba de «una forma romántica», como solía decir. Él había tenido mucha paciencia, pero lo cierto es que ella también había empezado a aburrirle un poco. No le interesaba nada de lo que a él le interesaba, y a él, de forma accidental, le interesaban muchas cosas. Como por ejemplo, la impresión y la encuadernación, la cultura de las abejas, hacer queso, la carpintería, la música y la pintura (siempre que fuesen buenas), mirar las estrellas con un estupendo telescopio que se había comprado y la jardinería.

Cuando Beatriz tenía más o menos dos años, Melinda se lió con Larry Osbourne, un instructor no muy brillante de una academia de hípica que no quedaba lejos de Little Wesley. Durante los meses anteriores había estado sumida en un estado de confusión mental y mal humor; y aunque Vic trató de hablar con ella sobre lo que pasaba, nunca había tenido nada que contestarle. Después de empezar sus amoríos con Larry, se volvió más alegre y feliz, y más complaciente con Vic, sobre todo cuando comprobó la calma con que él se lo tomaba. Vic aparentaba más calma de la que realmente tenía, si bien le preguntó a Melinda si se quería divorciar. Ella le dijo que no.

Vic se gastó cincuenta dólares y dos horas de tiempo hablándole de su situación a un psiquiatra de Nueva York. La opinión del psiquiatra era que, puesto que Melinda rechazaba aceptar el consejo de un especialista, iba a hacerle desgraciado e incluso llegaría a provocar el divorcio, a menos que se mostrase inflexible con ella. Iba en contra de los principios de Vic, como persona madura que era, el mostrarse inflexible con otra persona madura. Aunque parecía obvio que Melinda no era una persona madura, él insistía en tratarla como tal. La única idea nueva que le dio el psiquiatra a Vic fue la de que Melinda, al igual que muchas mujeres cuando tenían un hijo, podía haber «acabado» con él como hombre y como marido, ahora que ya le había dado un hijo. Resultaba bastante cómico pensar que Melinda pudiese ser tan primitivamente maternal y Vic se sonreía siempre que recordaba aquella afirmación. La explicación de Vic era que lo que había motivado el rechazo era la pura y simple contrariedad: ella sabía que todavía la quería, así que había decidido no darle la satisfacción de demostrarle que le correspondía en su amor. Puede que amor no fuese la palabra más idónea. Sentían una devoción el uno por el otro, dependían mutuamente, y si alguno de los dos faltaba de la casa, el otro le echaba de menos. Eso pensaba Vic. No había una palabra adecuada para describir lo que sentía por Melinda, aquella mezcla de odio y devoción. Lo que le había dicho el psiquiatra sobre la «situación insostenible» y sobre la posibilidad de un divorcio no lograba sino que Vic deseara demostrarle su error. Le demostraría al psiquiatra y al mundo entero que la situación no era intolerable y que no habría divorcio. Y tampoco iba a sentirse desdichado. El mundo estaba demasiado lleno de cosas interesantes.

Durante el quinto mes de amoríos entre Melinda y Larry Osbourne, Vic se trasladó del dormitorio común a una habitación que se había mandado construir expresamente para él solo al otro lado del garaje, unos dos meses después de empezar el lío. Se trasladó como una forma de protesta contra la estupidez de los amoríos. Ya que era precisamente la estupidez lo único que jamás le había criticado a Larry. Sin embargo, unas semanas después, cuando ya tenía su microscopio y sus libros con él en la habitación, y empezó a darse cuenta de lo fácil que era levantarse en plena noche sin tenerse que preocupar de molestar a Melinda, y poder contemplar las estrellas o mirar sus caracoles, que se mostraban más activos de noche que de día, Vic comprendió que prefería la habitación al dormitorio.

Cuando Melinda abandonó a Larry o, como Vic suponía, Larry la abandonó a ella, no se volvió a trasladar al dormitorio, no solo porque Melinda no mostró ningún signo de desear que volviera, sino porque además a aquellas alturas él tampoco quería volver ya. Estaba satisfecho con aquel acuerdo y Melinda parecía estarlo también. No se mostraba tan cariñosa como cuando estaba con Larry, pero tardó pocos meses en encontrar otro amante. Se llamaba Jo-Jo Harris, y era un hombre joven, notablemente hipertiroideo, que acababa de abrir una tienda de discos, de vida muy breve, en el mismo Wesley. Jo-Jo duró de octubre a enero. Melinda le compró varios cientos de dólares en discos, pero no los suficientes para mantener a flote el negocio.

Vic sabía que mucha gente pensaba que Melinda seguía con él por dinero, y es posible que eso le influyese de algún modo, pero Vic no le concedía importancia. Siempre había tenido hacia el dinero una actitud muy indiferente. No era él quien se había ganado lo que tenía, sino su abuelo. El hecho de que Vic y su padre hubiesen tenido dinero era debido tan solo a un azar de su nacimiento, así que ¿por qué no iba Melinda, que era su mujer, a tener idéntico derecho sobre aquel dinero? Vic tenía unos ingresos de cuarenta mil dólares al año, y esa cantidad la llevaba recibiendo desde que cumplió los veintiuno. Había oído decir, implícitamente, en Little Wesley que la gente soportaba a Melinda solo por lo mucho que le querían a él, pero se negaba a creerlo. Objetivamente, podía darse cuenta de que Melinda era bastante atractiva, siempre y cuando lo que uno anduviese buscando no fuese conversación. Era generosa, buena deportista y muy divertida en las fiestas. Todo el mundo desaprobaba sus amoríos, por supuesto, pero Little Wesley, la vieja zona residencial de la más moderna y comercial ciudad de Wesley, que distaba siete kilómetros, estaba singularmente desprovista de remilgos, como si todo el mundo intentase curarse en salud del estigma ancestral del puritanismo de Nueva Inglaterra. Y ni un alma, hasta el momento, había hecho sobre Melinda un juicio de tipo moral.

3

Ralph Gosden fue a cenar a casa de Vic un sábado por la noche, una semana después de la fiesta de los Meller. Estaba más pletórico que nunca de confianza en sí mismo, más alegre aún de lo habitual, tal vez porque tenía la impresión, al haber estado unos diez días en Nueva York en casa de su tía, de que la acogida que le dispensaban en casa de los Van Allen no era tan rutinaria como lo había sido justo antes de marcharse. Al acabar la cena, Ralph abandonó la discusión que tenía con Vic sobre refugios para bombas H, de los que había visto una exposición en Nueva York y acerca de los cuales era evidente que seguía sin saber nada. Y Melinda puso un buen rimero de discos. Ralph tenía buen aspecto, muy bueno, por lo menos para ser las cuatro de la madrugada, pensó Vic, aunque era muy posible que fuese aquella su última madrugada en casa de los Van Allen. Ralph era un trasnochador empedernido, porque a la mañana siguiente podía dormir si le daba la gana, pero Vic solía competir con él quedándose despierto hasta las cuatro, las cinco o incluso las siete de la mañana única y exclusivamente porque Ralph hubiera preferido que se retirase para quedarse solo con Melinda. Vic también podía dormir por las mañanas si le apetecía, y le ganaba a Ralph en aguante para permanecer despierto no solo porque su hora habitual de retirarse eran siempre las dos o las tres de la ma drugada, sino también porque nunca bebía tanto como para quedarse realmente adormecido.

Vic estaba sentado en su butaca preferida del salón, hojeando el *New Wesleyan*, y miraba de vez en cuando por encima del periódico a Ralph y Melinda, que estaban bailando. Ralph llevaba un traje blanco que se había comprado en Nueva York, y estaba más contento que un niño con zapatos nuevos por la figura elegante y esbelta que le hacía. Había una nueva expresión en la forma en que agarraba a Melinda por la cintura cada vez que empezaba un baile, una temeraria seguridad en sí mismo que a Vic le hacía pensar en un insecto macho bailando en sus últimos instantes de placer antes de que le sobreviniese una muerte súbita y horrible. Y la música enloquecida que había puesto Melinda era francamente apropiada. El disco se llamaba «The Teddy Bears' Picnic», una de sus adquisiciones más recientes. Por alguna razón, la letra le venía a Vic a la cabeza siempre que estaba en la ducha:

> Tras los árboles, donde nadie los ve,
> jugarán al escondite sin límite de tiempo.
> ¡Hoy es el día de excursión de los ositos!

–¡Ja, ja, ja! –llegó la voz de Ralph Gosden, que estaba cogiendo su copa de la mesa.

Siempre lo mismo, pensó Vic, nunca se oía una palabra inteligente.

–¿Qué ha sido de mi Cugat? –preguntó Melinda, que estaba arrodillada junto a la estantería de los discos, buscando de un modo absolutamente asistemático–. No lo encuentro por ninguna parte.

–Ahí no creo que esté –dijo Vic, porque Melinda acababa de sacar un disco de su sección particular.

Lo miró confundida durante unos segundos, hizo una mueca y lo volvió a poner en su sitio. Vic tenía un pequeño apartado en la hilera de arriba donde guardaba sus discos, unos cuantos de Bach, algunos de Segovia, algún canto o motete gregoriano, y los discursos de Churchill. Y disuadía a Melinda de ponerlos, dado el elevado índice de mortalidad entre los discos que pasaban por sus manos. Se acordó de una vez que había puesto los cantos gregorianos mientras ella se estaba vistiendo para salir con Ralph, aunque sabía que no le gustaban. «¡Lo único que me inspiran son ganas de morirme!», le había espetado aquella noche.

Ralph se fue a la cocina a servirse otra copa, y Melinda dijo:

–¿Te vas a tirar toda la noche leyendo el periódico, cariño? Lo que quería era que se fuese a la cama. Vic le sonrió.

–Me estoy aprendiendo de memoria el poema del editorial de hoy. «Los empleados que sirven al público tienen que permanecer en su sitio. Pero ser humilde en este mundo nunca es una deshonra. Y yo me pregunto muchas veces...»

–¡Basta! –dijo Melinda.

–Pero si es de tu amigo Reginald Dunlap. Me dijiste que no era mal poeta, ¿te acuerdas?

–No estoy yo para poesías.

–Reggie tampoco lo estaba cuando escribió esta.

Como venganza por la alusión a su amigo, o tal vez simplemente por puro capricho, Melinda subió el volumen tan repentinamente que Vic se sobresaltó. Luego se relajó deliberadamente y volvió con languidez la página del periódico, fingiendo ignorar por completo el incidente. Ralph empezó a bajar el volumen y Melinda lo detuvo agarrándole bruscamente por la muñeca. Luego se la llevó a los labios y la besó. Empezaron a bailar. Ralph había sucumbido al humor de Melinda y seguía sus pasos y el ondulante movimiento de sus caderas. Se reía con aquella risa suya tan estridente, que se perdía en el caos atronador. Vic no miraba a Ralph, pero podía sentir sus miradas de reojo y aquella osadía suya que tanto parecía divertirle, una osadía que crecía lenta pero segura con cada copa, acabando por reemplazar cualquier amago de decoro que hubiese podido demostrar al comenzar la noche. Melinda fomentaba aquella actitud deliberada y sistemáticamente: Podéis pegarle, castigarle, pisotearle, porque al fin y al cabo no se va a vengar, no se va a levantar de su butaca ni va a tomar ninguna represalia, así que ¿por qué no intentarlo? Eso era lo que Melinda lograba dar a entender a todo el mundo con su propio comportamiento.

Vic atravesó la habitación, cogió de la estantería *Los siete pilares de la sabiduría* de Lawrence y se volvió con él a la butaca. En aquel mismo momento, la figura de Trixie en pijama apareció en el umbral de la puerta.

—¡Mamá! —exclamó Trixie.

Pero mamá ni la oyó ni la vio.

Vic se levantó y fue hacia ella.

—¿Qué te pasa, Trixie? —le preguntó, inclinándose hacia ella.

—¡No puedo dormir con tanto ruido! —gritó indignada.

Melinda gritó algo, se dirigió al tocadiscos y bajó el volumen.

—¿Se puede saber qué te pasa? —le preguntó a Trixie.

—No me puedo dormir —contestó Trixie.

—Anda, ¿por qué no le dices que no tiene motivo alguno para quejarse? —le dijo Vic a Melinda.

—Bueno, pues lo bajaremos —dijo Melinda.

Trixie miró a su madre con severidad desde sus ojos soñolientos, y luego a Ralph. Vic acarició las firmes caderitas de su hija.

—¿Por qué no te vuelves a la cama inmediatamente y así mañana estarás más espabilada para la excursión? —dijo Vic.

El recuerdo de la excursión arrancó una sonrisa de los labios de Trixie, que luego miró a Ralph.

—Ralph, ¿me has traído de Nueva York la máquina de coser? —preguntó.

—No, Trixie, no sabes cuánto lo siento —dijo Ralph con voz de almíbar—. Pero seguro que te puedo comprar una aquí mismo, en Little Wesley.

40

—No se te ocurra —dijo Melinda—. No sé de qué iba a servirle. No sabría qué hacer con ella.

—Algo más que tú, en todo caso —remató Vic.

—Está usted francamente ofensivo esta noche, señor Van Allen —dijo Melinda con voz gélida.

—Lo siento.

Vic estaba siendo deliberadamente grosero como preparación para la historia que iba a contarle a Ralph. Quería que Ralph pensase que estaba llegando al límite de su paciencia.

—¿Te vas a quedar a desayunar, Ralph? —preguntó Trixie, balanceándose de un lado a otro entre los brazos de Vic.

Ralph soltó una risa forzada.

—Eso espero —dijo Vic—. No nos gusta que nuestros huéspedes se marchen con el estómago vacío, ¿verdad, Trixie?

—Nooo. Y Ralph es tan gracioso desayunando.

—¿Qué es lo que hace? —preguntó Vic.

—Hace contorsiones con los huevos.

—Quiere decir malabarismos —aclaró Ralph.

—Me parece que me voy a tener que quedar despierto para verlo —dijo Vic—. Venga, Trixie, vuélvete a la cama. Ahora ya no hay ruido, así que aprovecha. Ya sabes *carpe diem,* y también *carpe noctem.*

Trixie se fue con él inmediatamente. Le encantaba que la acostase, que le metiese en la cama el canguro con el que dormía, y que luego le diese las buenas noches con un beso en cada mejilla y otro en la nariz. Vic sabía que la estaba mimando demasiado, pero había que tener en cuenta que Trixie recibía de su madre un trato muy frío y él procuraba compensarlo. Enterró la nariz en su cuellecito suave y luego levantó la cabeza sonriendo.

—¿Podemos ir de excursión por la cantera, papá?

—No sé, no sé. La cantera es muy peligrosa.

—¿Por qué?

—Imagínate que empieza a soplar un viento muy fuerte. Nos arrastraría a todos para abajo.

–¡No me importaría nada! ¿Mamá va a venir también de excursión?

–No lo sé –dijo Vic–. Eso espero.

–¿Y Ralph?

–No creo.

–¿Te gusta Ralph?

A la luz de la lámpara en forma de tiovivo que tenía en la mesilla de noche, podía distinguir perfectamente las pinceladas marrones de sus ojos verdes, como los de su madre.

–Bueno, ¿y a ti?

–No sé –dijo dudosa–. Prefería a Jo-Jo.

Le sorprendió un poco que se acordase todavía del nombre de Jo-Jo.

–Ya sé por qué te gustaba. Te traía miles de regalos por Navidad. Pero no es razón suficiente para que le guste a uno una persona. ¿Es que no te hago yo también muchos regalos?

–¡Pero es que tú me gustas más que nadie, papá! Muchísimo más, claro que sí.

Era demasiado fácil, pensó Vic. Le estaba poniendo las cosas francamente fáciles. Se sonrió pensando en lo que se divertiría Trixie si le contase que había matado a Malcolm McRae. A Trixie nunca le había gustado Mal porque a él tampoco le gustaba ella, y como era un cicatero de baja estofa, no le había hecho jamás un regalo. Trixie se pondría a dar saltos de alegría si le dijese que había matado a Mal. Sus acciones subirían ante ella en un doscientos por ciento.

–Lo mejor será que te duermas –dijo, levantándose de la cama.

Le dio un beso en cada mejilla, otro en la nariz y otro en la coronilla. El color del pelo de Trixie era ahora como el de su madre, pero probablemente acabaría oscureciéndosele y pareciéndose más al de él. Lo tenía liso y le surgía de la coronilla cayéndole sin raya alguna, tal y como debe ser el pelo de una criatura de seis años, aunque su madre se quejaba de que era muy difícil de rizar.

–¿Te has dormido? –le susurró.

Las pestañas de Trixie reposaban plácidas sobre sus mejillas. Apagó la luz y se dirigió hacia la puerta de puntillas.

–¡No! –gritó Trixie, riéndose.

–¡Pues mejor será que te duermas! ¡Inmediatamente!

Se hizo el silencio. El silencio le gratificaba siempre. Salió de la habitación y cerró la puerta.

Melinda había apagado otra lámpara y el salón estaba mucho más oscuro. Ralph y ella estaban bailando lenta y lánguidamente en un rincón. Eran casi las cuatro.

–¿Quieres otra copa, Ralph? –preguntó Vic.

–¿Qué? Ah, no, muchas gracias, ya he bebido bastante.

Aquello, a las cuatro de la madrugada, no podía en modo alguno significar que el señor Gosden tuviera intención de marcharse. Melinda, al bailar, le estaba rodeando el cuello con los brazos. Ya que tenía la idea fija de que Vic le había dicho algo muy grosero a Joel Nash, era de suponer que tuviese la intención de mostrarse aquella noche especialmente complaciente con Ralph. Seguro que iba a convencerle de que se quedase el mayor tiempo posible, de que desayunase allí, incluso –de eso no cabía duda–, aunque Ralph se pusiese, como a veces le sucedía, blanco de cansancio.

–Quédate, por favor, cariño. Hoy no me apetece irme a la cama.

Y él se quedaría, por supuesto. Todos se quedaban. Incluso los que tenían que ir a la oficina al día siguiente. Que no era el caso del señor Gosden. Y era evidente que cuanto más tiempo se quedasen allí, más posibilidades había de que Vic se fuese a su habitación y los dejara solos. Con frecuencia Vic los había dejado solos a las seis de la madrugada, basándose en el razonamiento de que si habían pasado juntos toda la noche, ¿por qué no iban a seguir juntos dos horas y media más hasta que él volviera a aparecer a las ocho y media para desayunar? Es posible que fuese una mezquindad de su parte el quedarse despierto en el salón molestando así a los admiradores de Melinda, pero por alguna razón no había sido capaz de ser tan galante como para irse de su propia casa con el fin de complacerlos. Y además siempre se leía un par de libros, así que tampoco perdía el tiempo.

Aquella noche Vic percibía claramente una hostilidad violenta y primitiva hacia el señor Gosden que hasta entonces nunca había sentido. Se puso a pensar en la cantidad ingente de botellas de bourbon que había comprado para el señor Gosden. Pensó también en la de noches que le había estropeado. Entonces se puso de pie, volvió a colocar el libro en el estante, y luego se dirigió lentamente hacia la puerta que daba al garaje. A sus espaldas, Ralph y Melinda estaban ya prácticamente acariciándose. El que se marchase sin decir una palabra podría ser interpretado de tres formas: que no quería molestarlos mientras se besaban; que iba a volver enseguida; o que se sentía demasiado molesto por su comportamiento como para darles las buenas noches. La segunda de las explicaciones era la correcta, pero solo se le podía ocurrir a Melinda, porque el señor Gosden no le había visto jamás marcharse y volver de nuevo. Sin embargo, lo había hecho varias veces con Jo-Jo.

Vic dio la luz fluorescente del garaje y lo atravesó despacio, echó una mirada a los herbarios y a las cajas llenas de caracoles que se arrastraban por aquella húmeda jungla de retoños de avena y hierba de las Bermudas que les servía de hábitat, y luego miró también hacia la caja abierta del taladro eléctrico que reposaba sobre su banco de trabajo y comprobó de un modo automático que todas las herramientas estaban en su sitio.

Su habitación era casi tan austera y funcional como el garaje. Tenía una cama turca de tamaño mediano con una colcha verde oscuro, una silla, un sillón de cuero de despacho y un escritorio plano sobre el que reposaban diccionarios y manuales de carpintería, tinteros, plumas y lápices, libros de cuentas y facturas pagadas y sin pagar, todo ello ordenado meticulosamente. No había ningún cuadro en las paredes; solo un simple calendario, que le habían regalado en un aserradero local, estaba colgado encima del escritorio.

Tenía la capacidad de poderse dormir durante el lapso de tiempo que deseara, sin necesidad de que nada ni nadie le despertase. Así que miró el reloj de pulsera y decidió despertarse al cabo de media hora, a las cinco menos diecisiete minutos. Se tumbó sobre la cama y se relajó metódicamente desde la cabeza a los pies.

Al cabo de un minuto aproximadamente, estaba ya dormido. Soñó que estaba en la iglesia y que se encontraba allí con los Meller. Horace le daba la enhorabuena por haber asesinado a Malcolm McRae para defender su matrimonio. Todo Little Wesley estaba en misa y la gente le sonreía. Vic se despertó sonriendo ante lo absurdo de la situación. Nunca iba a la iglesia. Se peinó silbando, se estiró la camisa que llevaba debajo del jersey azul pálido de cachemir, y luego regresó, cruzando el garaje a grandes zancadas.

Ralph y Melinda estaban en un rincón del sofá, y parecía que debían estar tumbados o semitumbados, porque los dos se irguieron nada más verle. Ralph, con los ojos completamente enrojecidos, le miró de arriba abajo con ebria y resentida incredulidad.

Vic se dirigió hacia la librería y se agachó para mirar los lomos de los libros.

—¿Vas a seguir leyendo? —preguntó Melinda.

—Así es —dijo Vic—. ¿Ya no hay música?

—Estaba a punto de marcharme —dijo Ralph con voz ronca, al tiempo que se ponía de pie.

Tenía un aspecto agotado, pero encendió un cigarrillo y arrojó la cerilla a la chimenea con virulencia.

—No quiero que te vayas —dijo Melinda, buscándole la mano.

Pero Ralph se escurrió y dio un paso hacia atrás tambaleándose un poco.

—Es tardísimo —dijo Ralph.

–Casi la hora de desayunar –dijo Vic muy animoso–. ¿Alguien quiere un par de huevos revueltos?

No recibió respuesta. Cogió el libro de bolsillo *El almanaque del mundo*, un libro en el que siempre podía sumergirse con placer, y se sentó en su butaca.

–Me parece que te estás cayendo de sueño –dijo Melinda, mirándole con el mismo resentimiento que Ralph.

–No –dijo Vic, lanzando un destello desde sus ojos alerta–. Me acabo de echar una siestecita en mi habitación.

Ralph se desanimó visiblemente ante esta afirmación y miró a Vic de soslayo con expresión de asombro, como si estuviese a punto de arrojar la toalla, aunque sus ojos, enrojecidos y marchitos sobre la cara pálida, ardían de dureza. Miró a Vic como si quisiera matarlo. Vic ya había visto esa misma mirada en la cara de Jo-Jo, e incluso en el anodino y delgado rostro de Larry Osbourne, una mirada provocada por el diabólico buen humor de Vic, por su saber permanecer sobrio y con los ojos alerta a las cinco de la madrugada mientras ellos languidecían en el sofá, y se hundían más y más a pesar de sus esfuerzos por erguirse aproximadamente cada quince minutos. Ralph levantó el vaso lleno y vació la mitad de un solo trago. «Ahora ya se va a quedar hasta el final, por duro que sea», pensó Vic, «por una cuestión de principios». Eran casi las seis de la madrugada y no tenía sentido alguno irse a dormir a esas alturas cuando el día siguiente estaba ya de todos modos definitivamente echado a perder. A lo mejor se caía redondo, pero iba a quedarse. A Vic le parecía que Ralph estaba demasiado borracho para darse cuenta de que a la tarde siguiente podría disponer perfectamente de Melinda, si se le antojaba.

De repente, mientras Vic le estaba mirando, Ralph dio un traspiés hacia atrás, como empujado por alguna fuerza invisible, y cayó pesadamente sobre el sofá. Tenía la cara brillante de sudor. Melinda lo atrajo hacia sí, poniéndole los brazos alrededor del cuello, y empezó a refrescarle las sienes con los dedos que humedecía contra el vaso. Ralph, laxo y despatarrado, se hundía en el sofá. Si bien en su boca había aparecido una mueca inexorable y seguía taladrando con los ojos a Vic, como si pretendiese con ello agarrarse a la conciencia por el mero acto de mirar una cosa fijamente.

Vic sonrió a Melinda.

–Me parece que voy a preparar esos huevos. Creo que le pueden sentar muy bien.

–¡Está perfectamente! –dijo Melinda con desafío.

Silbando un canto gregoriano, Vic se fue a la cocina y puso al fuego un cazo de agua para hacer café. Levantó la botella de bourbon y comprobó que Ralph había acabado con cuatro quintas partes, más o menos. Volvió al salón.

–¿Cómo quieres los huevos, Ralph? Aparte de con malabarismos –preguntó Vic.

–¿Cómo quieres los huevos, cariño? –le transmitió Melinda.

–Pues, pues…, bien llenos de malabarismos –masculló Ralph.

–¡Una de huevos con malabarismos! –dijo Vic–. ¿Y tú, gatita?

–¡No me llames gatita!

Era un viejo apelativo cariñoso que Vic llevaba años sin aplicarle. Lo estaba mirando de soslayo bajo las firmes cejas rubias, y Vic tuvo que admitir que ya no era en absoluto la gatita que había sido cuando se casaron, o que incluso había podido ser al comienzo de la noche. Se le había corrido el carmín de los labios y la punta de aquella nariz suya, larga y respingona, le brillaba enrojecida como si se hubiese manchado con un poco de carmín.

–¿Cómo quieres los huevos? –repitió.

–No quiero huevos.

Vic hizo cuatro huevos revueltos con nata para él y Melinda, porque tenía la certeza de que Ralph no estaba en condiciones de tomar nada, pero preparó solo una tostada porque sabía que a Melinda no le iba a apetecer. No esperó a que estuviese el café, que todavía no había empezado a hacer ruido, porque Melinda a esas horas tampoco tomaría café. Él y el señor Gosden se lo podían tomar más tarde.

Llevó los huevos revueltos, con un poco de sal y pimienta, en dos platos calientes. Melinda volvió a rechazarlos, pero Vic se sentó detrás de ella en el sofá y se los fue dando a pedacitos con el tenedor. Cada vez que le acercaba el tenedor, abría obediente la boca. No dejaba de mirarle fijamente ni un solo instante, con la mirada de una fiera que confía en el hombre que le da de comer solo si no sobrepasa la distancia de un brazo, y aun en ese caso solo si no ve a su alrededor algo que pueda parecerle una trampa y si los movimientos del hombre no dejan nunca de ser dulces y tranquilos. La cabeza rubia rojiza del señor Gosden se apoyaba ahora en su regazo. Roncaba de una forma francamente antiestética, con la boca abierta. Melinda rechazó el último pedazo, como Vic había supuesto.

–Venga, ya es el último –dijo Vic.

Y ella se lo comió.

–Me parece que lo mejor es que el señor Gosden se quede aquí –dijo Vic, porque era lo único que se podía decir sobre el señor Gosden.

–Eso es precisamente lo que quiero, que se quede aquí –dijo Melinda.

–Entonces vamos a acostarlo bien en el sofá.

Melinda se levantó para hacerlo ella, pero no estaba en condiciones porque le pesaban demasiado los hombros. Vic lo agarró por las axilas y lo levantó hasta colocarle la cabeza justo rozando el brazo del sofá.

–¿Le quito los zapatos? –preguntó Vic.

–¡No le toques los zapatos!

Y Melinda, tambaleándose un poco, se inclinó sobre los pies de Ralph y empezó a desatarle los cordones.

Los hombros de Ralph se estremecieron. Vic oyó cómo le castañeteaban levemente los dientes.

—Tiene frío. Mejor será que le traiga una manta —dijo Vic.

—Ya se la traigo yo —dijo Melinda.

Y se dirigió al dormitorio tambaleándose.

Pero evidentemente se debió de olvidar de su propósito, porque se desvió hacia el cuarto de baño.

Vic le quitó a Ralph el zapato que quedaba, y luego se fue al dormitorio de Melinda a buscar la mantita ligera que andaba siempre rodando por la habitación. Ahora se encontraba tirada en el suelo al pie de la cama deshecha. Aquella mantita había sido uno de los regalos de cumpleaños que Vic le había hecho a Melinda unos siete años atrás. Al verla se acordó de algunas excursiones, de un verano feliz que habían pasado en Maine, de una noche de invierno que se estropeó la calefacción y que se habían tumbado juntos sobre esa mantita frente a la chimenea. Se detuvo unos instantes con la duda de si coger la manta verde de lana de su cama en vez de la mantita, pero decidió que no tenía sentido y que daba igual una que otra. La habitación de Melinda estaba, como siempre, en un estado de desorden, que a la vez le repelía y le interesaba, y le habría gustado quedarse un rato allí contemplándola, ya que no entraba casi nunca en aquel dormitorio; pero no se permitió a sí mismo ni siquiera echar una ojeada completa en derredor.

Salió y cerró la puerta. Al pasar por delante del cuarto de baño, oyó correr el grifo. Esperaba que Melinda no se sintiese mal.

Ralph estaba ahora sentado. Tenía los ojos extraviados y le temblaba el cuerpo como si estuviera resfriado.

—¿Te apetece un poco de café caliente? —le preguntó Vic.

Ralph no contestó. Vic lo envolvió con la mantita, cubriéndole los hombros temblorosos, y Ralph se dejó caer débil sobre el sofá e intentó levantar los pies. Vic se los levantó y se los envolvió con la manta.

—Eres un buen chico —masculló Ralph.

Vic sonrió levemente y se sentó en un extremo del sofá. Le pareció oír que Melinda estaba vomitando en el cuarto de baño.

—Me podías haber echado hace ya mucho rato —murmuró Ralph—. Como a cualquiera que no tiene noción de sus propios límites.

Movió las piernas como si fuera a echarse fuera del sofá y Vic se apoyó casualmente en sus tobillos.

—No te preocupes por nada —dijo Vic con voz suave.

—Debería ponerme enfermo, me debería morir.

Había lágrimas en los ojos azules de Ralph, lo cual los hacía parecer aún más de cristal. Le temblaban las delgadas cejas. Parecía estar entrando en un trance de autoflagelamiento, bajo cuyos efectos podría haber disfrutado con ser arrojado a patadas de la casa.

Vic se aclaró la garganta y sonrió.

—No me molesto nunca en echar a la gente de mi casa cuando me están incordiando. —Se acercó un poco más a él—. Si me incordian de esa forma, es decir, con Melinda —e hizo un gesto significativo en dirección al cuarto de baño—, lo que hago es matarlos.

—Sí —dijo Ralph con seriedad, como si lo entendiera perfectamente—. Es lo que deberías hacer. Porque quiero conservaros a ti y a Melinda como amigos. Me gustáis los dos, de verdad.

—Yo mato a la gente que no me gusta —dijo Vic aún con más calma, inclinándose hacia Ralph y sonriendo.

Ralph sonrió también, con fatuidad.

—Como a Malcolm McRae, por ejemplo. Lo maté yo.

—¿Malcolm? —preguntó intrigado Ralph.

Vic sabía perfectamente que conocía al dedillo la historia de McRae.

—Sí. Melinda te habrá hablado de McRae. Lo maté con un martillo en su apartamento. Seguro que leíste algo en los periódicos el invierno pasado. Se estaba tomando demasiadas confianzas con Melinda.

Hasta qué punto le estaban calando sus palabras era algo que Vic no podía decir. Ralph juntó las cejas lentamente.

–Ya me acuerdo... ¿Y lo mataste tú?

–Sí. Empezó a coquetear con Melinda. En público.

Vic arrojó al aire el mechero de Melinda y lo volvió a coger. Lo hizo cuatro veces. Ya estaba haciendo efecto. Ralph se había incorporado sobre un brazo.

–¿Sabe Melinda que lo mataste tú?

–No. No lo sabe nadie –susurró–. Y no se lo digas a Melinda, ¿de acuerdo?

Ralph frunció las cejas más aún. Era un poco excesivo para que su cerebro lo pudiese encajar, pensó Vic, pero sin embargo había captado la amenaza y la hostilidad. Luego apretó los dientes y retiró bruscamente los pies de debajo del brazo de Vic. Iba a marcharse.

Vic le alargó los zapatos sin decir una palabra.

–¿Quieres que te lleve a casa?

–Puedo conducir yo –dijo Ralph.

E intentó ponerse los zapatos. Pero se tambaleaba de tal modo que tuvo que sentarse. Luego se levantó y se dirigió a la puerta.

Vic le siguió y le dio el sombrero de paja con cinta color magenta.

–Buenas noches me lo he pasado muy bien –dijo Ralph de un tirón.

–Me alegro. Y no lo olvides, no le digas a Melinda nada de lo que te he contado. Buenas noches, Ralph.

Vic contempló cómo se arrastraba hacia su descapotable y salía de estampida, derrapando con el coche y saliéndose de la calzada, hasta que logró volver a enderezarlo al enfilar el callejón. A Vic no le importaba que se cayese con el coche al Bear Lake. El sol se estaba levantando por entre los bosques y relucía anaranjado ante sus ojos.

Vic ya no oía ruidos en el cuarto de baño, lo que quería decir que Melinda debía estar sentada en el suelo, esperando a que le volviese la náusea. Es lo que hacía siempre que estaba mareada, y era imposible persuadirla de que se moviese del suelo hasta que se le pasaba el mareo. Por fin Vic se levantó de la silla, fue al cuarto de baño y la llamó.

—¿Te encuentras bien, cariño?

Y recibió como respuesta un murmullo relativamente claro de que sí lo estaba. Fue a la cocina y se sirvió una taza de café. Le encantaba el café y casi nunca le impedía dormir.

Melinda salió del baño con el albornoz puesto y mejor aspecto que media hora antes.

—¿Dónde está Ralph?

—Decidió marcharse a su casa. Me dijo que te diera las buenas noches y que se había divertido mucho.

—¡Ah! —dijo desilusionada.

—Lo envolví con la manta y después de un rato empezó a sentirse mejor —añadió Vic.

Melinda se le acercó y le puso las manos en los hombros.

—Esta noche has estado encantador con él.

—Me alegro de que lo pienses. Antes has dicho que era un grosero.

—Tú nunca eres grosero. —Le dio un beso en la mejilla—. Buenas noches, Vic.

La vio alejarse hacia su habitación. Se preguntó qué le diría Ralph a Melinda a la mañana siguiente. Porque evidentemente se lo contaría. Entraba dentro de su estilo. Era muy posible que Melinda le telefonease a los pocos minutos, como hacía siempre que se marchaba, si es que no se quedaba dormida antes. Pero no creía que Ralph se lo fuese a contar por teléfono.

4

A Vic le dejó asombrado lo deprisa que se corrió la historia, lo interesante que se mostró todo el mundo —sobre todo la gente que no le conocía apenas–, y el hecho de que nadie moviese un dedo para marcar el teléfono de la policía.

Estaban, por supuesto, las personas que los conocían bien —o bastante bien–, a él y a Melinda, que sabían por qué había contado aquello y que lo encontraban simplemente divertido. Incluso a gente como el señor Hansen, el de la tienda de ultramarinos, le pareció divertido. Pero también había gente que no los conocía bien, ni a él ni a Melinda, que no sabía nada de ellos más que de oídas, que habría puesto probablemente una cara muy larga al escuchar la historia, y que parecía adoptar la actitud de quien piensa que Vic se merecía que la policía lo agarrase, fuese o no cierto aquel rumor. Vic lo dedujo así de algunas de las miradas que le dirigían cuando se paseaba por la calle principal de la ciudad.

Al cabo de cuatro días de haberle contado a Ralph la historia, personas a las que Vic no había visto en su vida, o en las que hasta entonces no se había fijado, le miraban descaradamente cuando pasaba junto a ellas con el coche, un Oldsmobile viejo y bien cuidado que llamaba la atención en una comunidad en la que la mayoría tenía coches mucho más modernos, y le señalaban cuchicheando.

Durante aquellos cuatro días no volvió a ver a Ralph Gosden. El domingo, después de su partida al amanecer, Ralph había llamado a Melinda y había insistido en verla, según contó ella. Melinda había salido de casa para encontrarse con él en algún sitio. Vic y Trixie se habían ido solos de excursión a pasar el día a la orilla de Bear Lake, y Vic había estado charlando con el barquero de allí para alquilarle a Trixie una canoa durante todo el verano. Cuando volvieron a casa, Melinda había regresado ya y la tormenta se había desencadenado. Ralph le había estado contando lo que le dijo Vic. Y Melinda se había puesto a gritarle:

—¡Es la cosa más estúpida, idiota y vulgar que he oído en toda mi vida!

Vic se tomó con calma sus vituperios. Sabía que estaba furiosa probablemente porque Ralph se había portado como un cobarde. A Vic le parecía que habría sido capaz de reproducir por escrito la conversación que habían tenido.

Ralph: «Ya sé que no es verdad, cariño, pero lo que resulta evidente es que no me quiere ver más por allí, así que creo que...»

Melinda: «¡Me importa un bledo lo que él quiera! Pero si eres tan cobarde que no te atreves a hacerle frente...».

Y, a lo largo de la conversación, Melinda se debía haber dado cuenta de que Vic le había contado a Joel Nash la misma historia.

—¿De verdad cree Ralph que yo maté a McRae? —preguntó Vic.

—Claro que no. Lo único que piensa es que eres un imbécil. O que no estás en tus cabales.

—Pero no le divierte —dijo Vic, sacudiendo la cabeza tristemente—. Eso es lo malo.

—Pero ¿qué es lo que tiene de divertido?

Melinda estaba de pie en el salón, con los brazos en jarras y los pies muy separados. Calzaba mocasines.

—Bueno, me imagino que para que te pareciese divertido tendrías que haber oído la forma en que se lo conté.

—Ah, ya. ¿Y a Joel le divirtió?

—No parece que mucho. Le asustó tanto como para echarlo de la ciudad.

—Y es eso lo que pretendías, ¿no?

—Los dos me parecían insoportablemente aburridos, y que no te llegaban ni a la suela del zapato, creo yo. ¿Así que también Ralph está asustado?

—No está asustado, no seas tonto. No creerás que alguien va a tragarse una historia semejante. ¿O sí?

Vic se puso las manos en la nuca y se reclinó en el sillón.

—Joel Nash se lo debió de creer en parte. El caso es que desapareció, ¿no? No me parece muy brillante por su parte, pero nunca le tuve por brillante.

—No, tú eres el único brillante.

Vic le sonrió con afabilidad.

—¿Qué te contó Joel? —preguntó.

Y pudo ver por la forma en que Melinda cambió de postura, por la forma en que se dejó caer hacia el borde del sofá que Joel Nash no le había contado nada.

—¿Y qué dijo Ralph?

—Que le parecías descaradamente hostil y que pensaba...

—Descaradamente hostil. Qué curioso. Estaba descaradamente aburrido, Melinda, descaradamente harto de aguantar y tragar pelmazos varias veces por semana y quedarme ahí sentado con ellos toda la noche, descaradamente cansado de escuchar tonterías y de soportar que creyesen que me era indiferente o que ignoraba la relación que pudiesen tener contigo. Era descaradamente tedioso.

Melinda le miró a los ojos con asombro durante un largo rato, con el ceño fruncido y las comisuras de la boca hacia abajo en una expresión terca. De repente se tapó la cara con las manos y se echó a llorar.

Vic se acercó y le puso la mano sobre el hombro.

–Pero mi vida, ¿crees que merece la pena llorar por eso? ¿Merece la pena llorar por Joel Nash y por Ralph?

Ella levantó la cabeza.

–No lloro por ellos. Lloro por la injusticia.

–*Sic* –murmuró Vic involuntariamente.

–¿Qué dices? ¿Quién está enfermo?[1]

Vic suspiró, tratando por todos los medios de pensar en algo que pudiera consolarla. De nada serviría decirle: «Estoy aquí todavía y te quiero». Ella no iba a desearle ya ahora, quizá nunca le volviese a desear. Y no quería ser plato de segunda mesa. No tendría inconveniente en que ella estuviera con un hombre de cierta talla y dignidad, que tomase por amante a un hombre con ideas en la cabeza. Pero era de temer que Melinda no eligiese nunca a ese tipo de hombre, o que ese tipo de hombre nunca la eligiese a ella. Vic era capaz de imaginar una especie de arreglo caritativo, imparcial y civilizado en que los tres podrían ser felices y beneficiarse de su mutuo contacto. Dostoievski sabía lo que quería decir. Y Goethe también podría haberlo entendido.

–Sabes –empezó a decir Vic con voz intrascendente–, el otro día leí en el periódico una historia de un *ménage à trois* en Milán. No sé qué clase de gente sería, claro, pero el marido y el amante, que eran muy buenos amigos, se mataron juntos en una moto y la esposa los enterró a los dos en el mismo nicho dejando un sitio libre para cuando ella se muriese. Sobre la tumba puso la inscripción siguiente: «Vivieron felices en compañía». Así que ya ves que puede ser. Pero me gustaría que eligieses un hombre, o incluso varios si quisieras, que tuviesen un poco de cerebro. ¿No lo ves posible?

–Sí –dijo ella con lágrimas en los ojos.

1. Intraducible juego de palabras con el sonido de la palabra inglesa *sick*, que quiere decir «enfermo». *(N. de la T.)*

Y Vic se dio cuenta de que ni siquiera estaba pensando en lo que acababa de decirle.

Eso fue el domingo. Cuatro días después, Melinda seguía de mal humor, pero él pensó que podría reponerse en breve si la sabía tratar con delicadeza. Tenía demasiada energía y le gustaba demasiado divertirse para que le durase mucho tiempo el mal humor. Sacó entradas para dos comedias musicales que ponían en Nueva York, aunque él habría preferido ver otras dos obras que estaban en cartel, pero pensó que ya tendría tiempo de verlas. Tenía todo el tiempo del mundo ahora que Melinda no estaba ocupada o exhausta por las noches. El día que fue a Nueva York a comprar las entradas había ido también a hacer una consulta a la sección de periódicos de la Biblioteca Pública y había releído todo lo que había encontrado sobre el caso McRae, porque se le habían olvidado muchos detalles. Se enteró de que el ascensorista del edificio de apartamentos era la única persona que había visto al asesino de Malcolm McRae, y lo había descrito vagamente diciendo que era un hombre más bien corpulento y no demasiado alto. También ese dato le cuadraba a él y así se lo hizo notar a Horace.

Horace se sonrió levemente. Era químico en un laboratorio de análisis médicos, y un hombre cauto acostumbrado a hablar por medio de sobrentendidos. La historia de Vic le pareció fantasiosa y hasta un poco peligrosa, pero estaba a favor de cualquier cosa que pudiese «meter a Melinda en vereda».

–Siempre te he estado diciendo, Vic, que lo único que necesitaba Melinda para entrar en vereda era un poco de firmeza por tu parte –dijo Horace–. Te lo ha estado pidiendo durante años, un simple gesto tuyo que le demostrase que te preocupabas por su comportamiento. Y ahora no debes perder el terreno ganado. Me encantaría volver a veros felices juntos.

Horace los había visto felices durante tres o cuatro años, pero parecía hacer tanto tiempo que a Vic le sorprendió que su amigo lo recordase siquiera. El terreno ganado. Bueno, Melinda había empezado a quedarse en casa y mal que bien tenía más tiempo para dedicarles a él y a Trixie. Pero todavía no se sentía dichosa. Vic la llevó varias veces a tomar una copa al Lord Chesterfield Inn, porque pensaba que no le agradaría ir sola allí, ya que hasta Sam, el camarero, conocía la historia de McRae. Eran muchas las veces que Melinda había ido allí a sentarse en la barra con Ralph, Larry o Jo-Jo. También intentó Vic interesarla en dos diseños de Blair Peabody que había comprado con ella una tarde para la cubierta del libro de Jenofonte *Vida rural y economía*. Blair Peabody, un talabartero que tenía instalada la tienda en un establo de Connecticut, se había encargado de hacer los diseños de todos los libros con tapas de piel que había publicado Vic. Aquellos dos diseños en particular se inspiraban en motivos arquitectónicos griegos, uno un poco más decorativo y menos masculino que el otro, pero ambos muy bonitos en opinión de Vic, y creyó que a Melinda le divertiría elegir uno de los dos, pero apenas había sido capaz de lograr que los mirase más de cinco segundos. Por pura educación, lo que realmente era un insulto para él por su indiferencia, había elegido uno. Vic se había quedado apabullado y silencioso durante unos minutos. A veces le sorprendía descubrir hasta qué punto podía llegar a herirle Melinda si se lo proponía. Aquella tarde se había mostrado más interesada por el pianista que el Lord Chesterfield acababa de contratar para el verano. Había un cartel suyo con una fotografía en un rincón de la barra. Llegaría dentro de una semana. Melinda dijo que si tocaba con el estilo a lo Duchin que tenía el que contrataron el año anterior, se podía morir.

Las dos noches que pasaron en Nueva York cuando fueron a ver las comedias musicales fueron un éxito rotundo. Los dos espectáculos tuvieron lugar en sábado por la noche. El primero Trixie se quedó a dormir en casa de los Peterson, padres de Janey, su mejor amiga, y el segundo la señora Peterson se quedó allí hasta la medianoche. Las dos noches, después del teatro, Vic y Melinda se fueron a cenar a un club restaurante con orquesta y baile, aunque Vic no sacó a bailar a Melinda porque tenía miedo de que le rechazase. Detrás del buen humor que Melinda demostró en aquellas dos veladas, Vic adivinaba todavía un vago resentimiento por haberla separado bruscamente de Joel y de Ralph.

La segunda noche, cuando volvían a casa a las cuatro de la madrugada, Melinda tenía aquel alegre estado de ánimo tan suyo que a veces la impulsaba a bañarse en el arroyo que cruzaba el bosque que quedaba a unos pocos metros de su casa, o a acercarse a la de los Cowan y zambullirse en su piscina, pero ese tipo de cosas solo las hacía con gente como Ralph o Jo-Jo. No le propuso darse un baño en el arroyo al volver y Vic sabía que era porque estaba allí él, el pesado de su marido, y no uno de aquellos jóvenes exuberantes. Pensó en sugerir él lo del arroyo, pero se abstuvo de hacerlo. Realmente no se sentía tan estúpido y no quería cortarse los pies con las piedras que serían invisibles en la oscuridad, y además sabía que de todas formas Melinda no iba a apreciar una proposición semejante partiendo de él.

Se sentaron en la cama de Melinda, completamente vestidos, hojeando unos periódicos del domingo que había comprado Vic en Manhattan, todos los periódicos excepto el *Times,* que recibían regularmente el domingo por la mañana. Melinda empezó a reírse de algo que estaba leyendo en el *News.* Había venido durmiéndose en su hombro durante casi todo el camino de regreso. Vic se sentía despierto como un búho y se podría haber quedado despierto durante toda la noche. Pensó que tal vez su estado desvelado se debiese al hecho infrecuente de estar sentado en la cama de Melinda, cosa que no pasaba desde hacía años; y aunque se sentía interesado por lo que estaba leyendo sobre los desertores americanos en China, otra parte de su mente estaba examinando con atención las sensaciones que le producía el hecho de estar sentado en la cama de su mujer. No existía entre ellos intimidad ni complicidad, pensó Vic, ni la posibilidad de que pudiesen producirse. Se sintió un poco incómodo. Sin embargo, era consciente de que algo le estaba impulsando a preguntarle si le importaba que pasase la noche con ella en su dormitorio, simplemente para dormir abrazados, o incluso aunque no la tocase para nada. Melinda sabía que jamás haría nada que pudiese molestarla. Entonces se acordó de lo que le había dicho ella de los Cowan esa noche durante la ida a Nueva York: que los Cowan habían cambiado de actitud hacia ellos por culpa de su «mal gusto» al contar la historia de McRae, y que también los Meller estaban ahora más fríos con ellos. Melinda estaba empeñada en que la gente los rehuía, aun cuando Vic, empeñado en lo contrario, le diese datos indiscutibles que probaban que la gente no les rehuía en absoluto. Le recordó también –para convencerla– que los Cowan últimamente llevaban una vida muy tranquila, porque Phil estaba muy absorbido terminando de escribir un libro de economía para poder tenerlo listo antes de volver a dar sus clases en septiembre. Vic se preguntó entonces si merecería la pena arriesgarse a preguntarle si se podía quedar a dormir con ella, o si se lo tomaría como una oportunidad más para demostrarle su resentimiento rechazándole indignada. ¿O no era posible también que, incluso aunque no le rechazase indignada, le sorprendiera de tal modo que la proposición pudiese estropear aquel bienestar de la velada? Y además, ¿tenía realmente unas ganas invencibles de quedarse? No particularmente.

Melinda bostezó.

–¿Qué estás leyendo tan absorto?

–Una cosa sobre los desertores. Si los americanos se van a refugiar junto a los rojos, los llaman «chaqueteros». Si los rojos se vienen a refugiar aquí, son «amantes de la libertad». Depende de por dónde se mire –le dijo, sonriendo.

Melinda no hizo ningún comentario. Tampoco se le había ocurrido pensar que hubiese de hacerlo. Vic se levantó despacio de la cama.

—Buenas noches, cariño. Que duermas bien. —Y se inclinó para darle un beso en la mejilla—. ¿Te has divertido esta noche?

—Sí, sí. Mucho —dijo Melinda con un tono no más expresivo que el que podía haber utilizado una niña para contestarle a su padre después de una función de circo—. Buenas noches, Vic. Ten cuidado no despiertes a Trixie al pasar por su cuarto.

Vic le sonrió al salir. Tres semanas antes no se le habría ocurrido pensar en Trixie. Habría estado pensando en llamar a Ralph en cuanto él abandonase la habitación.

5

Junio era un mes delicioso, ni demasiado caluroso ni demasiado seco, con chaparrones que empezaban a caer sobre las seis de la tarde dos o tres veces a la semana, y que dotaban a las frambuesas y a las fresas del bosque que había detrás de la casa de una jugosa perfección. Vic se iba a buscarlas con Trixie y Janey Peterson muchos sábados por la tarde, y recogían las suficientes como para abastecer a ambas familias de fruta suficiente para estar haciendo pasteles y helados durante una semana entera.

Trixie había decidido no irse de campamento ese verano porque no iba Janey. Las dos se habían apuntado en la Highland School a siete kilómetros de Little Wesley, que era un centro semiprivado donde enseñaban deportes diversos y daban clases de arte y trabajos manuales cinco días a la semana, de nueve a cuatro durante todo el verano. Era el primer verano que Trixie se había lanzado a aprender a nadar, y aprendió tan bien que ganó el primer premio en un concurso que hubo para los niños de su edad. Vic se alegraba mucho de que no hubiese ido al campamento, porque le encantaba tenerla con él. Y pensaba que debía agradecérselo a la precaria situación económica de los Peterson.

Charles Peterson trabajaba de ingeniero eléctrico en una fábrica de cueros de Wesley, y ganaba menos dinero que la mayoría de los habitantes de Little Wesley. O, mejor dicho, mantenía a su familia exclusivamente con su sueldo, mientras que mucha otra gente de Little Wesley, como él mismo y Phil Cowan, por ejemplo, tenían otros ingresos fijos además del sueldo. Melinda, con gran pesar por parte de Vic, miraba a los Peterson por encima del hombro por considerarlos poco cultos, y no se daba cuenta de que los MacPherson, por ejemplo, no eran más cultos que ellos, y que quizá en el fondo lo que de verdad le molestaba era su casita blanca de poca calidad y con el techo de madera. A Vic le agradaba mucho que a Trixie tal cosa no le importase en absoluto.

En un distinguido anuario británico que salía en junio, la Greenspur Press de Little Wesley, Massachusetts, aparecía citada por «su tipografía, su exquisita impresión y su esmerada calidad en general», y era este un tributo que Vic valoraba más que cualquier éxito económico que hubiese podido lograr. Tenía muy a gala el que en los veintiséis libros que había publicado no hubiese más que dos erratas. La *Vida rural y economía* de Jenofonte hacía su libro número veintisiete, y ni él ni su meticuloso impresor Stephen Hines podían encontrar ninguna errata, y eso que en aquel caso el peligro se incrementaba por venir las páginas pares escritas en caracteres griegos. La probabilidad de que se produjesen erratas, aun a pesar de una rigurosa corrección de pruebas, iba a ser el tema de un ensayo que Vic pensaba escribir alguna vez. Había algo diabólico e insuperable en las erratas de imprenta, como si formasen parte del mal natural que impregnaba la existencia del hombre, como si tuviesen vida propia y estuviesen decididas a manifestarse como fuese, con la misma inexorabilidad con que las malas hierbas crecen en los más cuidados jardines.

Lejos de notar frialdad alguna en sus amigos –como se seguía empeñando en sostener Melinda–, Vic encontraba mucho más fáciles sus relaciones sociales. Los Meller y los Cowan no volvieron a hacerles ninguna invitación de momento, tanteando el terreno por temor a que Melinda se comprometiese en el último momento con Ralph o con algún otro, como había estado haciendo tan a menudo. Ahora todo el mundo los trataba como a una pareja que, además, se suponía que era feliz y se llevaba bien. Vic, en los últimos años, había llegado a sentir verdadero aborrecimiento por los mimos que le profesaban los anfitriones comprensivos. Detestaba que le estuviesen permanentemente ofreciendo otra copa y enormes trozos de pastel como si fuese un niño abandonado o una especie de inválido. Era muy posible que su matrimonio con Melinda adoleciese de no ser el ideal, pero había sin duda matrimonios mucho peores en el mundo, matrimonios presididos por el alcoholismo, la pobreza, la enfermedad o la demencia, con suegras o con infidelidades de las que no llegan a perdonarse jamás. Vic trataba a Melinda con el mismo respeto y cariño con que la había tratado de recién casado, incluso más aún porque se daba cuenta de que echaba de menos a Ralph. No quería que se aburriese o se sintiera sola, ni que pensase que a él le daba lo mismo que así fuera. La llevó a Nueva York a ver dos o tres espectáculos más, a dos conciertos en Tanglewood, y un fin de semana se fueron a Kennebunkport con Trixie para ver una obra en la que trabajaba Judith Anderson, y pasaron la noche en un hotel. Casi todas las tardes Vic volvía a casa con algún regalo para Melinda; le traía flores, un perfume o un pañuelo de Bandana, la única tienda chic de mujer que había en Wesley, y a veces le llevaba simplemente una revista que le gustaba mucho, como *Holiday*, a la cual no estaban suscritos porque Melinda decía que era muy cara y que la casa ya estaba abarrotada de revistas que les llegaban mensualmente. Aunque Vic opinaba que *Holiday* era mucho mejor que la mayoría de las revistas cuya suscripción renovaban constantemente. El sentido del ahorro de Melinda era un tanto peculiar.

Por ejemplo, no había querido nunca tener criada, y sin embargo no hacía gran cosa por mantener la casa en condiciones.

El polvo que se almacenaba en las estanterías lo limpiaba Vic aproximadamente cada cuatro meses. Muy de vez en cuando Melinda se animaba a coger la aspiradora, pero abandonaba la tarea después de limpiar una o dos habitaciones. Cuando iba a venir gente, el salón, la cocina y el cuarto de baño eran objeto de «un repaso», el término vago que solía usar Melinda. Pero siempre se podía contar con que la nevera iba a tenerla bien abastecida de carne guardada en el congelador, de verduras, patatas y miles de naranjas. Y también se podía confiar –cosa que Vic apreciaba mucho– en que, al fin y al cabo, siempre iba a ir a comer a casa con él, al margen de lo que pensara hacer por la tarde. Tal vez lo considerase un deber para con él –Vic no lo sabía–, pero se lo tomaba con tanto empeño y determinación como los que ponía a veces en no faltar a las citas de sus amantes. Y, una vez a la semana más o menos, se metía en la cocina a prepararle alguno de sus platos preferidos: ancas de rana a la provenzal, chile, puré de patata, o faisán asado que compraba en Wesley. También se preocupaba de que no le faltase nunca su tabaco de pipa, que había que encargar a Nueva York y cuya duración no era fácil de calcular porque Vic fumaba solo esporádicamente, y porque además el bote estaba unas veces en el salón, otras en el garaje y otras en la habitación de Vic, en la que Melinda entraba raras veces. Vic pensaba que sus amigos, incluso Horace, no siempre se acordaban de las cosas buenas de Melinda, y muchas veces se tomaba el trabajo de recordárselo.

La noche del sábado 4 de Julio, Vic y Melinda asistieron a la fiesta que daba el club todos los años en esa fecha, y que era el acontecimiento más destacado de todo el verano. Estaban allí todos sus amigos, incluso los Peterson y los Wilson, que aunque no eran socios del club habían sido invitados por sus miembros. Vic miró a ver si estaba Ralph Gosden, esperando encontrarlo, pero no había ido. Ralph había estado viendo mucho a los Wilson últimamente, según decía Evelyn Cowan, quien a su vez había estado dándole consejos a June Wilson sobre cómo cuidar las flores de su jardín. Evelyn era una apasionada de la jardinería. Los Wilson llevaban en Little Wesley solo cuatro meses y vivían en una casa modesta en la parte norte de la ciudad. Evelyn Cowan le había dicho a Vic, una vez que se encontraron en la droguería, que Don Wilson se estaba tomando muy en serio la historia de McRae, y Vic estaba seguro de que Ralph estaría machacando sobre el tema para hacerse la víctima de los celos de Vic, de su rencor y de su mal gusto. Ralph, por supuesto, les habría dicho que Melinda no había sido más que una buena amiga suya y, puesto que los Wilson estaban bastante al margen del círculo de amistades que los conocían bien a él y a Melinda, Vic suponía que se lo habrían tragado. La gente de Little Wesley no se había mostrado especialmente afable con los Wilson desde que llegaron, y a Vic le parecía que era por culpa de Don. No tenía sentido del humor y se mostraba muy reservado y altanero en las reuniones sociales, tal vez porque consideraba que el compañerismo y las sonrisas eran muestra de falta de inteligencia e impropia en un escritor. Y no era más que un mercenario de la literatura que escribía por encargo novelas policíacas del Oeste o de amor, en algunas de las cuales le ayudaba su mujer, aunque Vic había oído decir que la especialidad de ella eran los cuentos de niños. Los Wilson no tenían hijos.

Don Wilson y su mujer estaban de pie junto a la pared. Él tenía aspecto desgalichado y cara de triste, y su mujer, que era pequeña y rubia y solía estar animada, parecía bastante deprimida. Vic se imaginó que sería porque no conocían a mucha gente y les había saludado sonriendo, con la cabeza; incluso estuvo a punto de ir a charlar con ellos, pero la respuesta inconfundiblemente fría de Don Wilson le detuvo en seco. Era posible que a Wilson le hubiera sorprendido mucho verle allí, pensó Vic, y más aún que todos sus antiguos amigos le recibiesen cordialmente como si no hubiera pasado nada.

Vic se paseaba por el borde de la pista de baile, charlando con los MacPherson y los Cowan y con la inevitable señora Podnansky, que aquella noche se había traído a sus dos nietos. Walter, el más pequeño, acababa de licenciarse en Derecho por la Universidad de Harvard.

Aquella noche Vic se pudo dar cuenta de que había algo de cierto en lo que decía Melinda de que la gente los rehuía; la gente no los conocía de nada. Vio cómo algunas personas los señalaban mientras estaban bailando, y que luego se ponían a hablar de él encendidamente, aunque siempre fuera del alcance de su oído. Otros desconocidos le daban la espalda, al pasar por su lado, entre risitas disimuladas, cuando en otro tiempo podrían haberse presentado y empezado a conversar. Los extraños siempre solían iniciar la conversación con Vic hablándole de su editorial. Pero a Vic le traía sin cuidado que le rehuyesen o cotilleasen de él. Extrañamente le hacía sentirse más seguro y más cómodo, mucho más de lo que solía sentirse normalmente en las fiestas. Quizá porque el hecho de que los señalasen y cuchicheasen de ellos era una ligera garantía de que Melinda se iba a portar bien aquella noche.

Vic notaba claramente que Melinda se estaba divirtiendo, aunque lo más probable sería que por la noche le dijera que no se había divertido nada. Estaba guapísima con un vestido nuevo de tafetán color ámbar sin cinturón, que hacía resaltar su cintura estrecha y firme y sus caderas, como si se lo hubiesen cortado para ella al milímetro. Al llegar la medianoche, había bailado ya con unos quince hombres, incluyendo una pareja de jovencitos que Vic no conocía, y uno de los cuales podría perfectamente haber sido el sucesor de Ralph Gosden en circunstancias normales. Pero Melinda se mostraba con ellos simplemente amable y divertida, en vez de coqueta y bulliciosa, o de hacerse la mujer fatal, o de pretender que la habían enamorado, tácticas todas ellas que había usado con frecuencia en otras ocasiones. Tampoco bebió mucho.

Vic se sentía muy orgulloso de Melinda aquella noche. De su aspecto muchas veces se había sentido orgulloso, pero en raras ocasiones recordaba haberlo estado de su comportamiento.

Cuando Melinda se acercó a él después de un baile, oyó decir a una señora:

–Esa es su mujer.

–¿Ah, sí? ¡Pues es divina!

Una carcajada de alguien hizo inaudible parte de la conversación, que prosiguió así:

–Nadie lo sabe seguro. Pero hay gente que lo cree, ¿sabes?... No, no lo parece, ¿verdad?

–Hola –le dijo Melinda a Vic–. ¿No te cansas de estar de pie?

Y le miró desde sus grandes ojos marrón verdoso de aquella forma lánguida que utilizaba tantas veces para mirar a los hombres, aunque la solía acompañar con una sonrisa. Y ahora no estaba sonriendo.

–No he estado todo el tiempo de pie. He estado sentado un buen rato con la señora Podnansky.

–Es tu chica favorita, ¿no?

Vic se echó a reír.

–¿Quieres que te ponga una copa?

–Un whisky cuádruple.

Antes de que le hubiese dado tiempo a Vic de ir a traerle nada, uno de los jóvenes que había estado bailando con ella se acercó y dijo solemnemente dirigiéndose a Vic:

–¿Me permite?

–Le permito –dijo Vic con una sonrisa.

No creía que aquel enfático «¿me permite?» fuese consecuencia de la historia de McRae, aunque podría perfectamente haberlo sido.

Vic echó una mirada hacia Don Wilson y comprobó que Don estaba otra vez mirándole. Se sirvió un tercer plato de helado de limón –no le atraía el alcohol aquella noche–, y al ver que Mary

Meller parecía estar bastante desplazada, le llevó otro a ella. Mary lo aceptó con una sonrisa cálida y cordial.

—Evelyn y Phil quieren que vayamos a su casa a darnos un chapuzón después de la fiesta para refrescarnos. ¿Vendréis tú y Melinda? —le preguntó Mary.

—No nos hemos traído el bañador —dijo Vic.

Aunque eso no les había detenido en otras ocasiones en que se habían tirado desnudos a la piscina de los Cowan. O por lo menos Melinda. A Vic le daba un poco de vergüenza ese tipo de cosas.

—¿Os pasáis por casa a buscar los bañadores, o no? —dijo Mary con voz alegre—. Hace una noche tan oscura que qué más da.

—Se lo diré a Melinda —dijo Vic.

—Está guapísima esta noche, ¿verdad, Vic? —Mary le tocó el brazo y él se acercó un poco más—. Esta noche no estás incómodo, ¿a que no? Quería que supieras que todos tus amigos de verdad lo siguen siendo igual que siempre. No sé qué habrás oído por ahí esta noche, pero espero que nada desagradable.

—¡No he oído ni una sola palabra! —le aseguró Vic con una sonrisa.

—He estado hablando con Evelyn. Ella y Phil piensan lo que nosotros. Sabemos perfectamente que dijiste aquello en broma, a pesar de lo que pretendan dar a entender gente como los Wilson.

—¿Qué pretenden dar a entender?

—No es ella sino él. Tiene la idea de que eres muy raro. Todos somos algo raros, ¿no? —dijo Mary con una sonrisa de alegría—. Estará buscando un argumento para su siguiente novela. ¡Él sí que me parece raro!

Vic sabía que Mary estaba más preocupada de lo que pretendía aparentar.

—¿Qué es lo que anda diciendo? —preguntó Vic.

—Pues dice que tus reacciones no son normales. Me figuro lo que habrá estado contando Ralph Gosden. Me refiero a que ha debido de echarle mucha leña al fuego. Don Wilson dice simplemente que se te debería vigilar y que eres muy misterioso. —Mary susurró la última palabra con una sonrisa—. Yo le he dicho que todos hemos tenido ocasión de observarte durante los últimos nueve o diez años y que eres uno de los hombres más delicados, dulces y poco misteriosos que he conocido en mi vida.

—Señora Meller, ¿me permite este baile? —preguntó Vic—. ¿Le importaría a su marido?

—Pero bueno, Vic, ¡no me lo puedo creer!

Vic cogió el plato de Mary y fue a dejarlo junto con el suyo a la mesa que estaba a unos pocos pasos. Luego volvió y condujo a Mary hasta la pista al son de un vals. El vals había sido siempre su música preferida. Lo bailaba muy bien. Vio a Melinda, que le estaba mirando, quedarse atónita. También Horace y Evelyn le miraban. Vic aflojó el ritmo de sus pasos para no parecer idiota, porque una jubilosa euforia se había apoderado de él y le había embargado como si un deseo largo tiempo reprimido hubiera salido a la luz. Tenía la sensación de que podría haber volado con Mary en brazos si las otras parejas no hubiesen estado allí abarrotando la pista.

—¡Pero bueno, si bailas de maravilla! —dijo Mary—. ¿Por qué te lo has tenido tan callado todos estos años?

Vic no intentó siquiera responder.

Bastante después de haber dejado de bailar, Vic sentía todavía un hormigueo excitante como si acabase de conseguir un triunfo. Cuando Melinda acabó uno de los bailes, se acercó a ella y, con una ligera reverencia, le dijo:

—¿Me permites, Melinda?

Ella escondió la sorpresa casi inmediatamente cerrando los ojos y volviendo la cabeza para que no la viese.

—Estoy muy cansada, cariño —dijo.

Cuando volvían a casa y Melinda le preguntó: «¿Qué te ha impulsado a bailar esta noche?», pudo disimular la ofensa que le supusieron sus palabras y se previno para que no se burlase más de él, diciendo: «Pensé que podía desconcertar a la gente siendo inconsecuente además de raro. Ya sabes que nadie espera de mí que baile nunca».

Melinda no tuvo ganas de ir a la piscina de los Cowan, si bien había rechazado la invitación con gran cortesía.

–Esta noche estabas preciosa –le dijo Vic al llegar a casa.

–He tenido que emplearme a fondo para contrarrestar todo el mal que tú has provocado –replicó–. Esta noche he trabajado duro.

Vic se encogió de hombros involuntariamente, se sonrió un poco y no dijo nada. Melinda se lo había pasado exactamente igual de bien que en otro baile cualquiera de los muchos en que se había emborrachado en exceso, había flirteado, se había mareado o había montado cualquier otro tipo de escena que tampoco había servido precisamente para acrecentar su popularidad.

Aquella noche, tumbado en la cama, Vic revivió los momentos en que había estado bailando con Mary Meller, el ceño fruncido de Don Wilson, la gente murmurando. Pensó que muy pocas personas de las que había allí creían de verdad que él había matado a Malcolm McRae, al menos de entre los que le conocían. Eso era lo que había querido decirle Mary. Si ella no le hubiese conocido tan bien o al menos creído que le conocía, hubiese sido una de las personas que habrían sospechado de él. Lo había dicho a medias palabras aquella otra noche en su fiesta: *«Es como si estuvieras esperando muy pacientemente y un buen día fueras a hacer algo»*. Se acordó de las palabras exactas y de cómo se había sonreído él ante la suavidad con que las pronunció. Sí, en efecto, todos aquellos años había estado jugando a aparentar calma e indiferencia ante cualquier cosa que pudiese hacer Melinda. Había ocultado deliberadamente todo sentimiento, y en los meses aquellos del primer lío que tuvo ella había sentido algo, aunque solo fuese sorpresa, pero había logrado ocultarlo con éxito. Eso era, y él lo sabía, lo que desconcertaba a la gente. Se lo había visto en la cara incluso a Horace. No reaccionaba con los estallidos de celos habituales, y aquello tenía que salir por algún sitio. Esa era la conclusión a la que llegaba la gente. Y eso era también lo que había dado credibilidad a su historia: ya había salido por algún sitio, había asesinado a uno de los amantes de Melinda. Aquello resultaba más verosímil que el que hubiese estado aguantando cuatro años sin hacer ni decir nada. Haber acabado explotando era, al fin y al cabo, lo más humano. La gente lo entendía. Nadie en el mundo podía probar que no había asesinado a Malcolm McRae, pensó, pero tampoco había nadie que pudiese probar lo contrario.

6

Dos semanas y pico después del baile del 4 de Julio, estaba Vic desayunando con Trixie una mañana cuando vio la noticia en el *New York Times:*

DESCUBIERTO EL ASESINO DEL AGENTE
DE PUBLICIDAD
El misterio de ocho meses sobre el
asesinato de Malcolm McRae
ha sido desvelado.

Vic se quedó absorto leyéndolo, con una cucharada de pomelo suspendida en el aire. La policía había detenido a un hombre que trabajaba en una tienda de artículos de caballero en el estado de Washington y que había confesado el crimen; no había «duda alguna» de que él era el asesino, a pesar de que todavía seguían investigando los hechos. El hombre se llamaba Howard Olney. Tenía treinta y un años, y era hermano de Phyllis Olney, una artista que había mantenido en tiempos «estrechas relaciones» con McRae. Olney –decía el periódico– culpaba a McRae de haberle separado artísticamente de su hermana, con la que trabajaba. Eran artistas de club nocturno, especializados en trucos de magia. Phyllis Olney había conocido a McRae en Chicago y hacía año y medio había roto su contrato para irse con él a Nueva York. Olney se había quedado sin un céntimo, ya que su hermana no le envió nunca ningún dinero, a pesar de que se lo había prometido (¿y quién hubiera sido capaz de sacarle un céntimo a McRae?), y según había declarado Olney, McRae había abandonado a su hermana dejándola en la miseria. Aproximadamente un año más tarde, Olney se había ido a Nueva York en autostop con el propósito deliberado de vengar a su hermana y de paso vengarse a sí mismo, matando a McRae. Los psiquiatras que habían visto a Olney decían que mostraba tendencias maníaco depresivas, que serían probablemente tenidas en consideración cuando se viese el juicio.

–¡Papá! –Trixie logró por fin distraer su atención–. ¡Te estoy diciendo que voy a acabarte hoy el cinturón!

Vic tenía la impresión de que se lo había gritado ya tres veces.

–¡Estupendo! Te refieres al cinturón trenzado, claro.

–Me refiero al *único* cinturón que estoy haciendo este verano –dijo Trixie en un tono que delataba su enfado.

Sacó un poco de trigo inflado de la bolsita que tenía delante y se lo añadió a los copos de maíz, lo mezcló todo y luego cogió la botella de ketchup. Trixie atravesaba por un período ketchup. El ketchup tenía que estar presente en todo, desde los huevos revueltos hasta el pudin de arroz.

–Pues estoy deseando verlo terminado –dijo Vic–. Espero que sea lo bastante grande.

–Es de talla gigante.

–Mejor.

Vic se quedó mirando sus hombros suavecitos y morenos cruzados por los tirantes del peto de algodón y pensó vagamente en decirle que cogiese una rebeca antes de salir. Luego volvió a la lectura del periódico.

Lo distante de la relación entre el asesino y su víctima, unido al hecho de que aquel no dejase pistas –decía el periódico– convertían el crimen en casi perfecto. Solo después de varios meses de paciente investigación sobre todos los amigos y conocidos de la víctima, había podido la policía dar con el rastro de Olney...

Apareciese o no la noticia aquella tarde en el *New Wesleyan*, mucha gente de Little Wesley, pensó Vic, recibía el *Times* todas las mañanas. Al llegar la noche todos los que estuvieran interesados en aquella historia conocerían la noticia.

–¿No quieres huevos con tocino? –preguntó Trixie.

Trixie solía pedirle uno de sus trozos de tocino. Y él ahora no tenía ganas de comer nada. Vio el enorme cuenco de cereales con ketchup que debía de estar incomible, incluso para Trixie. Se levantó despacio, fue a la cocina y encendió el fuego mecánicamente debajo de una sartén. Colocó en ella dos lonchas de tocino y sintió una ligera sensación de náusea.

–¿Papá? ¡Tengo *ciiinco* minutos justos! –le gritó Trixie en tono conminatorio.

–Un segundo, gatita –le contestó.

–¡Oye! ¿Desde cuándo me llamas *a mí* gatita?

Vic no le contestó. Le contaría lo del periódico a Melinda aquella mañana antes de que tuviese ocasión de oírlo de labios de otra persona.

Apenas acababa de ponerle el tocino a Trixie cuando se oyó el lejano quejido del autobús del colegio que se acercaba por la calzada. Trixie se levantó a toda prisa y recogió su raqueta de bádminton y el gran pañuelo rojo de obrero que tanto le gustaba y que llevaba puesto al cuello casi siempre, mientras con una mano agarraba un trozo de tocino. Al llegar a la puerta, giró sobre sus talones, se metió el tocino en la boca y Vic oyó el crujido que hizo al morderlo con sus dientes infantiles.

–¡Adiós, papá! –dijo. Y desapareció.

Vic miró hacia el sofá del salón y se acordó de la época en que Mal se solía derrumbar allí, teniendo que quedarse a dormir, aunque siempre se había repuesto lo suficiente para poder pedir que lo trasladasen al cuarto de los huéspedes. Se acordó también de la última noche que Ralph había yacido allí con la cabeza en el mismo lugar en que solía apoyarla Mal. A Ralph iba a divertirle la noticia, pensó Vic. Y seguro que no tardaba mucho en volver por allí.

Vic entró en la cocina, calentó el café unos instantes, le sirvió una taza a Melinda y le añadió una cucharadita escasa de azúcar. Se dirigió con la taza a la puerta de su dormitorio y llamó con los nudillos.

–¿Síii?

–Soy yo. Te traigo un poco de café.

–Paasa –dijo ella, arrastrando las palabras, entre aburrida y soñolienta.

Entró; Melinda estaba tumbada boca arriba, con los brazos detrás de la nuca. Llevaba puesto un pijama y dormía sin almohada. Las pocas veces que entraba en su habitación a despertarla y la veía en la cama, Vic siempre encontraba en ella algo curiosamente espartano. Ese algo podía ser el viento barriendo la habitación y haciendo ondear las cortinas al abrir la puerta en las más heladas mañanas de invierno. Podía ser también una manta tirada por el suelo, porque Melinda, incluso a temperaturas bajo cero, era capaz de mantenerse caliente con prácticamente nada de abrigo. En aquel momento había, efectivamente, una manta tirada por el suelo y Melinda tenía echada encima solo una sábana, Vic le alargó el tazón de café. Era su tazón de uso personal, azul y blanco, con su nombre grabado.

Hizo una mueca al beberse el primer trago caliente, gruñó «¡Ahhh!», se dejó caer sobre la cama de nuevo y dejó que el tazón se bamboleara peligrosamente entre sus dedos.

Vic se sentó en el banquito que había frente al tocador.

—He leído esta mañana una noticia curiosa —dijo.

—¿Sí? ¿Cuál?

—Han encontrado al hombre que mató a Mal.

Melinda se incorporó apoyándose sobre su brazo, y el sueño desapareció de su rostro por completo.

—¿De verdad? ¿Y quién es?

Vic llevaba el periódico bajo el brazo y se lo alargó a Melinda. Ella lo leyó con avidez, con un parpadeo de diversión que mantuvo a Vic con los ojos fijos en ella.

—Bueno, ¿qué te parece? —dijo al fin.

—Estoy seguro de que estás encantada —dijo Vic, tratando de ser agradable.

Melinda le lanzó una mirada penetrante, dura y rápida como una bala y le dijo:

—¿Es que tú no lo estás?

—Dudo que tanto como tú —dijo Vic.

Ella saltó de la cama y se quedó unos instantes de pie junto a él, enfundada en su pijama blanco. Estaba descalza y llevaba las uñas de los pies pintadas de color carmesí. Se quedó mirándose al espejo mientras se apartaba el pelo de la cara.

—Claro. No estás satisfecho. No podías estarlo.

Luego corrió al cuarto de baño con la misma agilidad con que lo habría hecho Trixie.

Sonó el teléfono en la mesilla de noche de Melinda y, sin dudarlo, Vic pensó que era Horace. También él estaba suscrito al *Times*. Vic salió del cuarto, cruzó el salón y descolgó el aparato que estaba en el vestíbulo.

—¿Diga?

—Hola, Vic. ¿Has leído el periódico hoy?

A Horace le asomaba la risa, pero una risa amistosa, no malévola.

—Sí. Lo he leído.

—¿Conocías a ese hombre?

—No había oído hablar de él en mi vida.

—Bueno... —Y Horace se detuvo por si quería hablar Vic—. Esto significa el fin del chismorreo.

—No he oído casi ningún chismorreo —dijo Vic bastante secamente.

—Bueno, bueno. Yo sí los he oído, Vic. Y no todos han sido muy benévolos que digamos.

—Melinda, como es lógico, está feliz.

—Ya sabes lo que opino yo de todo esto, Vic —dijo Horace, vacilando nuevamente, aunque ahora, sin embargo, estaba intentando encontrar las palabras adecuadas—. Creo que has..., bueno, creo que Melinda ha hecho grandes progresos en estos últimos dos meses. Espero que siga así.

Vic oyó el ruido de la ducha en el cuarto de baño. Melinda estaba allí dentro y no había descolgado el teléfono de su dormitorio; sin embargo, tenía un nudo en la lengua. Se sentía incapaz de discutir con Horace acerca de sus problemas personales.

—Gracias, Horace —pudo articular al fin.

Vic solía llegar a la imprenta sobre las nueve y cuarto o nueve y media, pero allí estaba ahora a las nueve y diez, esperando a que Melinda acabase de vestirse, esperando a que llegase y le dijera lo que tuviera que decirle aquella mañana, y esperando enterarse de adónde iba a ir. Se podía deducir, por lo que se demoraba en arreglarse, que tenían algún objetivo concreto. La oyó marcar un número en el teléfono de su dormitorio, pero no le llegó la voz a través de la puerta cerrada, y, de todas formas, no le hubiese gustado oír lo que decía. No le parecía probable que Melinda fuera a volver con Ralph, sobre todo después de lo cobarde que había demostrado ser. Joel estaba en Nueva York, aunque, en caso de que Melinda estuviera decidida a verle, no era una distancia insalvable. Vic cogió un cigarrillo de la caja que había sobre la mesa de palo de rosa donde estaban las bebidas. Era él quien había hecho aquella mesa y había pulido el tablero dejándolo levemente cóncavo, con el mismo cuidado con que habría pulido una lente. La había hecho para sustituir la vieja, también obra suya, que se remontaba a la época de Larry Osbourne y que había llegado a estar tan mancillada de quemaduras de pitillo y de manchas de alcohol, a pesar de las ceras protectoras con que no dejó nunca de cubrirla, que había perdido el aliciente de restaurarla. Se preguntó cuánto tardaría la mesa de palo de rosa en cubrirse de cercos de vasos y quemaduras de cigarrillos olvidados. Cuando oyó abrirse la puerta del cuarto de Melinda, se sentó en el sofá para aparecer ante sus ojos embebido en la lectura del periódico.

–¿Te estás aprendiendo la noticia de memoria? –le preguntó.

–Estaba leyendo otra cosa. Ha salido un libro sobre alpinismo que me gustaría comprar.

–Un deporte muy apropiado para ti. ¿Por qué no lo intentas?

Melinda cogió un cigarrillo de la caja y lo encendió. Llevaba una camisa blanca, su airosa falda marrón de pana y los mocasines marrones. Agitaba el llavero sin parar golpeándolo contra la mano vacía. Parecía nerviosa y desaforada, igual que casi siempre que estaba iniciando un nuevo amorío. Era el estado de ánimo que siempre precedía a sus escapadas.

–¿Adónde vas? –le preguntó Vic.

–He quedado a comer con Evelyn. Así que no vendré a casa a esa hora.

Vic no tenía la seguridad de que estuviese mintiendo. Su contestación no le había informado acerca del lugar adónde iba en aquel mismo momento. Vic se puso de pie, se estiró y se alisó el jersey sobre los pantalones, sin alterarse.

–¿Qué te parece si quedamos esta tarde para tomarnos una copa? ¿Puedes estar en el Chesterfield sobre las seis?

Ella frunció el ceño, giró una pierna apoyándose sobre la punta del pie, como una adolescente, y dijo:

–No creo, Vic. En realidad a ti no te gusta. Gracias, de todas formas.

–Lo siento –dijo Vic, sonriendo–. Bueno, me tengo que ir ya.

Fueron juntos hasta el garaje y cada uno cogió su coche. Vic tardó unos minutos en calentar el suyo, pero Melinda en cuestión de segundos desapareció por el sendero en su descapotable verde pálido.

7

Dos o tres días después del desenlace del caso McRae, Vic recibió en su oficina una llamada telefónica de un tal señor Cassell. Le dijo que era agente de la compañía inmobiliaria Binkley de East Lyme y que le habían dado el nombre de Vic para que sirviera de aval al señor Charles De Lisle, que quería alquilar una de las casas de su compañía.

—¿Charles De Lisle? —preguntó confuso Vic.

No había oído jamás aquel nombre.

—Lamento mucho tener que molestarle, señor Van Allen, pero no hemos podido encontrar en casa a su esposa. Realmente es la señora Van Allen quien figura aquí en mi informe, pero pensé que usted podría responder del señor De Lisle igual que ella. ¿Podría decirnos lo que sabe acerca de él para garantizar su solvencia? Tenemos que ofrecer alguna garantía al propietario, ¿me comprende?

Vic había recordado de repente el nombre: era el nuevo pianista del Lord Chesterfield.

—Bueno, no sé exactamente qué decirle... Me imagino que es una persona de fiar. Hablaré hoy al mediodía con mi mujer y le diré que le llame a usted por la tarde.

—Muy bien, señor Van Allen. Se lo agradeceremos muchísimo. Gracias y buenos días.

–Buenos días –dijo Vic.

Y colgó.

Stephen le estaba esperando con unas cuantas muestras de papel nuevas. Se pusieron a mirarlas juntos, colocándolas a la luz de una bombilla desnuda de doscientos vatios, y haciendo un meticuloso escrutinio de todas sus partes para comprobar la consistencia y el espesor que tenían. El papel iba destinado al próximo libro de la Greenspur Press, un libro de poemas de un joven profesor adjunto de Bard College que se llamaba Brian Ryder. Stephen tenía más ojo que Vic para apreciar la delicada textura jaspeada que aparecía bajo la luz resplandeciente, pero Vic confiaba más en su propio criterio a la hora de calibrar la calidad general del papel y de saber cómo absorbería las tintas. Miraron seis tipos de papel distintos, eliminaron cuatro a los pocos minutos, y acabaron por elegir uno de los dos que quedaban.

–¿Hago el encargo ahora mismo? –preguntó Stephen.

–No estaría de más. La última vez nos tardaron un siglo.

Vic volvió a su despacho, donde estaba escribiendo unas cartas para rechazar los manuscritos de tres poetas y un novelista, que había recibido el mes anterior. Vic escribía siempre personalmente y a mano las cartas de negativa, porque odiaba esa tarea y no le habría gustado encomendársela a Stephen, y porque consideraba que una carta cortés y escrita a mano por el propio editor era la única manera civilizada de comunicarse con la gente cuyo trabajo era rechazado. La mayoría de los manuscritos que recibía eran buenos. Algunos francamente buenos, y le habría encantado publicarlos, pero no podía publicar todo lo que le gustaba; y a los autores de manuscritos que consideraba muy buenos les daba consejos muy atentos, informándoles de adónde podrían enviar sus obras. La mayoría de sus cartas decían, poco más o menos: «... Como usted debe saber, la Greenspur Press es una empresa muy pequeña. Tenemos solo dos imprentas manuales, y dada la lentitud de nuestros métodos técnicos, nos resulta imposible imprimir más de cuatro libros al año, como mucho...». Usaba un tono modesto, acorde con el espíritu de la Greenspur Press, pero se sentía muy orgulloso de la lentitud de sus métodos, muy orgulloso del hecho de que su imprenta tardase normalmente cinco días en componer diez páginas.

Vic se sentía especialmente orgulloso de Stephen Hines y agradecía a la Providencia el haberle encontrado. Stephen tenía treinta y dos años, estaba casado y tenía un hijo pequeño. Era un hombre tranquilo, con los nervios siempre bien templados, e infinitamente paciente ante cualquier corrección o ajuste de los muchos que la impresión requería. Era tan meticuloso como Vic, y Vic no pensó nunca, en sus dos primeros años de dificultades, que pudiese llevarse bien con alguien tan concienzudo como él mismo. Pero Stephen se había presentado él solo un día, hacía seis años, y le había pedido trabajo. Antes había estado trabajando para una pequeña imprenta comercial de Brooklyn. Le dijo que quería irse a vivir al campo. Y le parecía que podría gustarle trabajar para la Greenspur Press. Vic empezó pagándole el sueldo base, pero a las dos semanas le concedió un aumento del veinte por ciento. Stephen al principio lo había rechazado. Le gustaba la imprenta, le gustaba el campo verde y montañoso. Era de Arizona y contaba que la granja de su padre había sido arrasada por una tormenta de polvo. Y por aquella época no estaba casado todavía.

Hacía cinco años que se había traído de Nueva York a su chica, Georgianne, y se habían casado. Vic fue testigo de la boda. Georgianne era la mujer pintiparada para Stephen, tranquila, modesta y tan enamorada del campo como él mismo. Compraron una antigua casa de huéspedes emplazada en una enorme finca entre Little Wesley y Wesley, una casa bien adentrada en el bosque sobre un camino que Stephen tuvo que ensanchar con sus propias manos para que le cupiese el coche. Vic, al principio, les había ayudado a pagarla, y Stephen le había devuelto ya tres cuartas partes del préstamo. Sentía por Vic verdadera devoción, aunque jamás hiciese de ello exhibición alguna. Lo demostraba más bien a través de la actitud de respeto que tenía para con él. Le había empezado llamando «señor», hasta que Vic, al cabo de dos meses, hizo una broma acerca de aquel tratamiento. Ahora Vic no era ni «señor Van Allen» ni tampoco «Vic», y Stephen, cuando se dirigía a él, no le llamaba de ninguna manera.

El otro miembro de la plantilla de la Greenspur Press era el viejo Carlyle, un hombre pequeño y encorvado de unos sesenta años, a quien Vic había rescatado de la indigencia en las calles de Wesley, cuando se encontraba mendigando, pidiendo que le diesen un centavo para tomarse una copa. Vic le invitó a la copa y se puso a hablar con él, le ofreció trabajo como ayudante para las tareas de carpintería y similares, y como hombre de la limpieza. Y Carlyle aceptó. Ahora su afición a la bebida se circunscribía a dos ocasiones al año: Navidad y el día de su cumpleaños. No tenía familia. Vic le pagaba lo suficiente para que pudiese vivir cómodamente en una habitación que tenía alquilada a una vieja señora. La casa se hallaba en la parte norte de Little Wesley. En los cuatro años que llevaba con Vic, las tareas de Carlyle se habían ampliado bastante, e incluían el envío del correo, el engrase de las máquinas, el ayudar a Stephen a preparar los moldes y el traer y llevar paquetes a la estación de Wesley. Se había convertido en un conductor más o menos de fiar de la furgoneta Dodge, bastante ligera, que estaba siempre aparcada a la puerta trasera de la imprenta. Podría discutirse si Carlyle se ganaba merecidamente o no su salario semanal de sesenta dólares, pero la Greenspur Press tampoco ganaba para cubrir sus gastos –razonaba Vic– y le parecía que estaba contribuyendo en gran parte a hacer feliz la última etapa de la vida de Carlyle al darle un empleo que no le hubiera ofrecido nadie. Puesto que lo peor que podía hacer Carlyle era salirse con la furgoneta del borde del puente del alcantarillado, emborracharse dos veces al año y mascar tabaco –era un mascador de tabaco empedernido y tenía en un rincón de la imprenta una escupidera que solía vaciar con bastante frecuencia–, podía perfectamente quedarse allí hasta que se muriese de viejo.

El local de la imprenta propiamente dicho era una construcción de una sola planta, pintada de verde oscuro, de tal modo que estaba casi por completo camuflada entre los frondosos árboles que la rodeaban elevándose sobre ella. Tenía una forma chocante, ya que originariamente había sido un pequeño granero de los que se usan para guardar herramientas. En esa habitación era donde estaban ahora las máquinas y las linotipias. Vic había construido en un extremo una habitación cuadrada más pequeña que le servía de oficina, y, en el otro, la habitación que hacía las veces de almacén para el papel y los tipos de imprenta. Para proteger el edificio contra la humedad, Vic había recubierto todo el exterior con aislante para techos, y luego lo había recubierto todo, a su vez, de planchas de aluminio, y las había pintado. Un camino un tanto lleno de baches conducía serpenteando desde la imprenta hasta una sucia carretera más ancha, que se hallaba a unos doscientos metros. La imprenta estaba a diez minutos en coche de la casa de Vic.

El día que recibió la llamada sobre Charles De Lisle, Melinda no estaba en casa a la una. Vic comió solo, mientras leía un libro. Se sentía extrañamente incómodo, como si alguien le estuviera espiando cuando se paseaba por la casa vacía. Puso los cantos gregorianos y les subió el volumen para poder seguir oyéndolos cuando, poco antes de las tres, salió a buscar los herbarios para volver a ponerlos en el garaje. En casa no había ninguna nota de Melinda; Vic había ido incluso a la habitación de ella por si encontraba alguna, aunque nunca solía dejarlas allí. Cuando dejaba alguna nota, la ponía en medio del suelo del salón.

¿Estaría con Charles De Lisle? La pregunta había aflorado a la superficie de la mente de Vic como una burbuja, que tuvo una pequeña y desagradable explosión cuando le llegaron las palabras.

¿Y por qué iba a pensar eso? Tenía un recuerdo muy vago del rostro de De Lisle. Le parecía recordar que era un tipo moreno, de cara delgada y cetrina, con el pelo untado de brillantina. Vic recordó haber pensado que parecía un delincuente italiano. Solo le había visto una vez, según creía, una tarde de hacía tres semanas cuando estaba tomando una copa con Melinda en la barra del Lord Chesterfield. Melinda no había hecho un solo comentario acerca de su forma de tocar el piano, lo cual a Vic le pareció bastante insólito.

Se sacudió de la cabeza a Charles De Lisle. Algo en lo que no quería caer jamás era en sospechar que tenía un fundamento para la sospecha. Melinda, mientras no se demostrase su culpabilidad, era siempre inocente.

Melinda seguía sin aparecer por casa cuando Vic llegó aquella tarde a las siete menos cuarto. Trixie llevaba allí desde las cuatro y media, y Vic le preguntó si sabía algo de su madre.

—No —contestó Trixie con indiferencia.

Estaba tumbada en el suelo boca abajo, leyendo la página de humor del *New Wesleyan*.

Trixie se había acostumbrado a que su madre faltase de casa a horas extrañas. Era lo que había conocido la mayor parte de su corta vida.

—¿Quieres que juguemos un rato a los crucigramas? —le preguntó Vic.

Trixie le miró sopesando la propuesta. Su carita ovalada y besada por el sol le evocó a Vic de repente la imagen de una bellota, una bellota flamante y reluciente recién caída del árbol con un extremo puntiagudo que sería la barbilla de Trixie y una caperuza que estaría formada por el recto flequillo y el pelo lacio que acababan de cortarle a la altura de las orejas.

—¡De acuerdo! —dijo por fin Trixie, levantándose de un salto y yendo a buscar la caja del juego de crucigramas que estaba en una de las librerías.

En ese momento sonó el teléfono y Vic lo cogió. Era Melinda.

–Vic, volveré a casa sobre las ocho. Cena tú si quieres; pero voy a llevar a una persona a tomar una copa. Si no te molesta –añadió con cierta pesadez, que indicaba que ya se había tomado unas cuantas–. ¿De acuerdo?

–De acuerdo –dijo él; y también sabía a quién iba a llevar–. De acuerdo, hasta luego.

–Adiós. Hasta luego –dijo ella.

Colgó el teléfono.

–Mamá no vendrá hasta dentro de una hora, preciosa –dijo Vic–. ¿Tienes hambre?

–No tengo nada de hambre –dijo Trixie.

A Trixie le encantaba comer con ellos. Era capaz de esperar horas, aunque el límite que le había puesto Vic eran las nueve, con tal de poder cenar a la mesa con ellos. Solían cenar sobre las ocho y media. Esta noche, pensó Vic, no iba a ser así. Hizo un esfuerzo por concentrarse en el juego. Él y Trixie habían establecido el pacto de que ella hiciese dos jugadas por cada una de las de él, con el fin de concederle cierta ventaja. Trixie tenía ya una ortografía mejor que la de su madre, aunque a Vic no le pareciera diplomático decírselo a ella. Vic le había enseñado a leer cuando tenía tres años.

Estaba ya bien avanzada la segunda partida, Trixie se había comido un buñuelo de chocolate con ketchup, y estaba oscureciendo por momentos, cuando se oyó el ruido de dos coches que se acercaban. Trixie los oyó también y meneó la cabeza.

–Vienen dos –dijo.

–Tu madre trae un invitado.

–¿Quién es?

–No lo sé. Solo ha dicho «una persona». Te toca a ti, Trix.

Oyó la voz confusa y grave de Melinda, sus pasos sobre el camino empedrado. Luego abrió la puerta.

–¡Hola! –dijo–. Pasa, Charley. Vic, te presento a Charley De Lisle. Charley, este es mi marido.

Sus gestos eran muy superficiales. Vic se había puesto de pie.

–Encantado –dijo.

Charley murmuró algo y asintió. Parecía sentirse incómodo. Tendría unos treinta y cinco años, era de complexión ligera y no muy alto, y tenía los ojos bastante juntos y de mirada furtiva. Sobre ellos las cejas formaban un trazo continuo.

–Charley es el pianista del Lord Chesterfield –dijo Melinda.

–Sí. Ya lo sé. Y qué, ¿le gusta nuestra ciudad? –preguntó Vic amablemente.

–Me gusta mucho –dijo Charley.

–Siéntate, Charley. ¿No nos pones una copa, Vic? ¿Qué quieres tomar?

Charley murmuró que le gustaría un whisky de centeno con hielo. Vic se fue a la cocina a preparar las copas. Preparó primero la de Charley y luego dos escoceses con agua para él y Melinda. También le sirvió a Trixie un zumo de naranja. Cuando volvió al salón, Trixie seguía de pie en medio de la habitación, mirando fijamente hacia Charley De Lisle con una expresión neutra de curiosidad. Vic repartió las copas en una bandeja.

–Hoy he recibido una llamada acerca de usted –le dijo Vic a Charley.

Charley le miró con incomprensión y sorpresa.

–Un agente inmobiliario quería saber si yo le conocía. Lamento no haber podido darle muchas referencias –dijo Vic con una sonrisa amistosa.

–¡Pero bueno! ¿Te han llamado *a ti?* –dijo riéndose Melinda–. Lo siento Vic, yo los llamaré mañana –añadió con aburrimiento–. Pero Charley ya tiene su casa. Se traslada mañana. Es una magnífica cabaña en el bosque. ¿Te acuerdas de aquella casita que había a unos tres kilómetros al sur de East Lyme? Creo recordar que te llevé una vez a verla. Me había enterado de que estaba vacante desde la primavera, y pensé que Charley la preferiría con mucho a un hotel, porque se va a quedar aquí seis semanas más, así que por fin di con el agente inmobiliario que la controlaba y se la pude alquilar. A Charley le entusiasma.

Melinda estaba buscando un disco para poner.

—Cuánto me alegro —dijo Vic.

Se le pasó por la cabeza que Melinda debía de haber llevado a alguien más a aquella cabaña. Tres kilómetros al sur de East Lyme suponían tres kilómetros menos de distancia a Little Wesley de lo que había imaginado. Pero intentó neutralizar sus pensamientos, lo intentó con todas sus fuerzas. No tenía razón alguna para sentir hostilidad hacia el señor De Lisle, que parecía estar asustado hasta de su propia sombra.

Melinda se había decidido al fin por los discos de piano, y tenía el volumen un poco demasiado alto. Cuando cayó el segundo disco sobre el plato, le preguntó a Charley si sabía quién era el pianista. Y lo sabía.

Vic fue a servir otras copas para él y para Melinda. Charley se limitaba a seguir dando sorbitos de la suya. Cuando volvió a la habitación, Melinda le estaba diciendo a Trixie:

—¿Por qué no te vas a jugar a tu cuarto, preciosa? Aquí lo estás poniendo todo patas arriba.

Trixie se dedicaba, con aire ausente, a hacer pequeñas construcciones con las piezas del juego de letras frente a la chimenea. Al oír a su madre, suspiró y empezó a recoger las piezas y a meterlas en su caja a un ritmo que podría hacer durar aquella tarea hasta unos veinte minutos.

—Tu copa no está envenenada, ¿sabes? —le dijo Melinda a Charley.

—Ya lo sé —contestó él, sonriendo—. Pero tengo que cuidarme la úlcera. Y además esta noche trabajo.

—De todas maneras espero que te quedes a cenar. No tienes que trabajar hasta las once. De aquí a Ballinger puedes llegar en seis minutos.

—En cohete, es posible —dijo Vic, sonriendo—. Pero será mejor que se dé un margen de veinte minutos si quiere seguir con vida.

–Charley trabaja de once a doce en el hotel Lincoln de Ballinger –le informó Melinda a Vic.

Podía haberse empolvado la nariz, pero a pesar de todo estaba muy guapa con el pelo rubio oscuro suelto y como volándole hacia atrás, tal como se lo había dejado el viento. Su rostro suave y ligeramente pecoso resplandecía bronceado por el sol, y emitía en aquel momento un hermoso fulgor animal. Todavía no había bebido lo bastante para empezar a languidecer. Vic entendía por qué los hombres la encontraban fascinante, incluso irresistible, cuando tenía el aspecto de ahora. Se inclinó hacia Charley y le puso la mano en el brazo.

–Charley, ¿te quedas a cenar?

Y, sin esperar respuesta, se puso en pie de un salto.

–¡Dios mío! ¡Me he dejado la carne en el coche! He comprado en Hansen's una carne maravillosa.

Y salió corriendo de la casa.

A pesar de todo, Charley seguía rechazando de plano el quedarse a cenar.

–Tengo que marcharme ya –dijo en cuanto se terminó la primera copa.

–Bueno, no creerás que vamos a dejarte marchar sin que toques algo –dijo Melinda.

Charley se levantó dócilmente, como si supiese que de nada servía ponerse a discutir con Melinda, y se sentó al piano.

–¿Queréis algo en especial? –preguntó.

Melinda estaba levantando la tapa del piano.

–Lo que tú quieras –dijo.

Charley tocó «Ole Buttermilk Sley». Vic sabía que era una de las canciones preferidas de Melinda, y Charley también debía saberlo, porque le había dirigido un breve guiño nada más empezar a tocar.

—Me encantaría saber tocar así —dijo ella cuando terminó—. Sé tocar, pero no así.

—A ver, a ver —dijo Charley, levantándose del banquito.

Melinda sacudió la cabeza.

—Ahora no. ¿Crees que podrías llegar a enseñarme a tocar como tú?

—Si ya sabes tocar algo, desde luego —dijo contundente Charley—. Y ahora sí que me marcho.

Vic se levantó.

—Encantado de conocerle —dijo.

—Lo mismo digo, y muchas gracias.

Y Charley recogió su gabardina.

Melinda salió con él hasta el coche. Tardó en volver unos cinco minutos.

Cuando volvió a entrar, ninguno de los dos dijo nada durante un buen rato, al cabo del cual, Melinda preguntó:

—¿Tienes algo nuevo que contarme hoy?

—Nada —dijo Vic, porque no le habría escuchado si le hubiese contado algo que fuese nuevo—. Creo que ya va siendo hora de que cenemos, ¿no te parece?

Melinda estuvo más agradable de lo habitual durante el resto de la noche. Pero al día siguiente volvió a estar ausente de casa a la una, y luego casi hasta las ocho.

Según decía, Charley De Lisle le estaba dando clases de piano por las tardes.

8

Vic estaba perfectamente al tanto de lo que había empezado a pasar, e intentó que Melinda admitiese los hechos y pusiese fin a la historia, antes de que se difundiese por toda la ciudad. Melinda se limitó a contestarle tranquilamente que le parecía que estaba yendo demasiado lejos en sus suposiciones respecto a Charles De Lisle.

—Estás viendo visiones —le dijo—. Es la primera persona con la que puedo hablar después de meses sin que me trate despectivamente, y tú vas y la odias. Lo único que te pasa a ti es que no quieres que disfrute de la vida, eso es lo que te pasa.

Era capaz de decirle cosas como aquella en el tono de quien estuviera completamente convencido de ello. De hecho podía llegar a bloquearle hasta el punto de hacerle preguntarse si de verdad Melinda se creería lo que estaba diciendo. Haciendo un esfuerzo por ser justo con ella, intentó ver las cosas como ella se las contaba, e intentó convencerse a sí mismo de que era imposible que pudiera sentirse atraída por un grasiento musiquillo de *nightclub* de mirada enfermiza. Pero no era capaz de lograr convencerse. Melinda había negado de igual forma toda insinuación respecto a Jo-Jo, y Jo-Jo también le resultaba repelente a Vic. Y sin embargo había sucedido lo que era de temer. Hay que ver lo gracioso que era Jo-Jo: una carcajada al minuto. Y luego se había portado tan bien con Trixie.

Y ahora resultaba que este De Lisle era un excelente pianista. Le estaba enseñando a Melinda a mejorar su estilo. Últimamente acudía a su casa después de las tres, un par de veces por semana, cuando Vic ya se había ido, y le daba clase a Melinda hasta las cinco, hora en que tenía que volver a trabajar al Lord Chesterfield. Trixie solía estar en casa por las tardes, ¿qué peligro había entonces en que fuese De Lisle? Sin embargo, algunas veces Melinda no se presentaba a comer, y tampoco siempre dedicaban la tarde a tocar el piano, porque Vic había visto una vez que un cenicero que estaba a las dos sobre el teclado seguía sin haber sido cambiado de posición cuando él volvió a las siete a casa. Algunas veces a donde iban era a casa de Charley De Lisle, que no tenía piano alguno.

—Pero ¿qué es lo que quieres que piense de este asunto? —le preguntó Vic.

—¡Nada! ¡No me explico qué es lo que te sorprende tanto!

Era de todo punto inútil hacerle notar a Melinda que Charley De Lisle era la única persona a la que había visto y de la que había hablado a lo largo de dos semanas. Inútil también, y además embarazoso, decirle que hasta Trixie estaba al tanto, y que ya estaba empezando a aceptarlo como un hecho consumado.

Durante la segunda semana de presencia de Charles De Lisle, Vic llegó a casa una tarde de las que Melinda no había vuelto todavía, y Trixie le dijo, como quitándole importancia: «Supongo que estará en casa de Charley. Cuando yo he venido ya no estaba aquí». Aquello le había herido mucho, incluso más que la forma en que Trixie se había quedado mirando a Charley la primera noche. Vic se acordaba del momento en que entró en el salón con dos copas recién servidas y vio a Trixie retrepada en el brazo de la butaca, mirando fijamente a Charley con los ojos bien abiertos y una expresión de penetrante curiosidad, que no dejaba de traslucir también su absoluta impotencia. Trixie le había mirado como si estuviese totalmente convencida de que en aquel momento estaba mirando al hombre que había de ocupar el lugar vacante dejado por Ralph, y de que a ese hombre iba a verlo con mucha frecuencia a partir de entonces; tanto si le gustaba como si no, tanto si se mostraba amable con ella como si no. El recuerdo de Trixie mirando a Charley desde la butaca llegó a obsesionarle. Se dio cuenta de que era aquel el primer instante en que la sospecha daba paso a la certeza absoluta. Y le pareció también comprender que Trixie, en su inocencia, había estado segura intuitivamente de lo que él, por aquel entonces, solo sospechaba.

Con un tono ligero y bromista, dijo Vic:

—No me favorece en absoluto el estar casado contigo, ¿no te parece? A lo mejor si fuera un completo extraño y apareciese inesperadamente, tendría más éxito contigo. Tengo dinero, no soy muy feo y tendría muchas cosas interesantes de que hablarte...

—¿Como cuáles? ¿Caracoles y chinches?

Melinda se estaba vistiendo para salir con Charley aquella tarde. Se estaba ajustando el cinturón que le había regalado Vic y anudando al cuello un pañuelo amarillo y púrpura que también le había regalado él, después de una meticulosa elección.

—Antes pensabas que los caracoles eran interesantes y que otras muchas cosas también lo eran, hasta que se te empezó a atrofiar el cerebro.

—Muchas gracias por el cumplido. Estoy muy contenta con el cerebro que tengo, tú haz con el tuyo lo que te dé la gana.

Era domingo. A Vic le hubiera gustado llegarse hasta Bear Lake con Melinda y con Trixie a remar un rato. Él y Melinda en la barca de remos, y Trixie en su canoa. Los fines de semana eran la única ocasión que tenía Trixie para ir al lago, y le encantaba. Y también le había gustado a Melinda hacía unas dos o tres semanas. Pero iba a salir con Charley. Y, según decía Melinda, iban solo a pasear por el campo. Pero el caso era que no se quería llevar a Trixie con ellos.

—A lo mejor no estoy en casa cuando vuelvas —dijo Vic.

—¿Ah, no? ¿Y adónde vas?

—He pensado ir a ver a Blair Peabody con Trixie.

—Ya —contestó ella.

Y a Vic le pareció que no le había oído siquiera.

—Bueno, Vic, pues hasta luego —le dijo al pasar por su lado en el vestíbulo—. Que te diviertas con Blair.

Vic se quedó de pie en el salón, oyendo cómo se alejaba por la callejuela el ruido del motor. Pensó que no debía haberle dicho lo de que se le estaba atrofiando el cerebro. No le beneficiaba en absoluto insultarla. Y lo lamentaba. Lo mejor era tomárselo con calma y ligereza, como si no estuviera resentido por nada, como si no hubiese nada por lo que estar resentido, como si fuese a cansarse de Charley al cabo de una semana o dos. Si le mostraba el desagrado que sentía por Charley, no haría más que impulsarla a ir tras él, solo por llevarle la contraria. Tenía que cambiar de táctica por completo y empezar a ser un buenazo y esas cosas. Por lo que decía Melinda, Vic tenía que reconocer que De Lisle no era ni guapo ni divertido, a no ser al piano. Pero también tenía que admitir que el ser un buenazo con Jo-Jo y con Ralph Gosden no le había llevado a ninguna parte. Y el solo pensamiento de imaginarse a Melinda arrastrando a Charley a las fiestas de los Cowan y los Meller (cosa que no había sucedido aún pero que no tardaría en llegar, de eso estaba seguro), la vergüenza de tener que respaldar socialmente a un rufián como Charley De Lisle, le parecía demasiado para poder soportarlo. Y además todo el mundo sabría perfectamente que Melinda se había agarrado al primer hombre que se le había aparecido después de hacerse pública la historia de McRae. Ahora todo el mundo sabría también que él se sentía asqueado y que era impotente para combatirlo, por muy indiferente que pretendiese mostrarse, ya que resultaría a todas luces evidente que lo que había intentado al difundir lo de McRae era alejar a los amantes de Melinda.

Trató de sobreponerse. ¿Qué otra alternativa le quedaba, aparte de tratar a De Lisle con cortesía y amabilidad? Degradarse a sí mismo demostrando que el señor De Lisle era merecedor de su irritación. Degradarse tratando de encontrar satisfacción en interrumpir el amorío. Pero esos no eran sus métodos, ni lo habían sido nunca. No, la actitud correcta era la de mantener la cortesía y portarse civilizadamente, pasara lo que pasara. Puede que así acabase perdiendo, puede que así fuese objeto de burla y escarnio, pero de la otra forma sí que perdería con toda seguridad, perdería el respeto de Melinda y su amor propio, tanto si lograba interrumpir los amoríos como si no.

No fue a visitar a Blair Peabody. Janey Peterson llamó a Trixie, que la invitó a ir a su casa. Y Trixie parecía estar tan feliz de quedarse allí jugando si iba a verla Janey, que Vic decidió pasarse la tarde leyendo a Tiberio.

El padre de Janey la acompañó hasta la puerta, y Vic se quedó hablando unos minutos con él en el porche. Era un hombre de complexión robusta y pelo rubio, del que emanaba un aire de franqueza y modestia muy agradable. Llevaba una bolsa de rosquillas caseras recién hechas, y Janey y Trixie, después de coger un par de ellas, desaparecieron. Vic y Peterson se quedaron allí masticando con placer y charlando sobre los macizos de hortensias que había en el porche delantero, y que estaban ahora brotando en todo su esplendor. Decía Peterson que las suyas eran más jóvenes, y por lo visto debían de serlo demasiado para brotar aquel año, ya que no lo habían hecho.

–Llévate un par de las nuestras –dijo Vic–. Tenemos de sobra. Peterson se resistía, pero Vic se fue a buscar al garaje la horca de jardinería y un par de sacos de arpillera, y desenterró dos de los arbustos de hortensias. Había cuatro repartidos desordenadamente por el césped y daba la casualidad de que Vic detestaba las hortensias. O por lo menos las detestaba aquella tarde. Aquel enorme racimo de brotes color pastel tenía un aspecto deslucido e insípido. Le entregó a Peterson los dos arbustos, con las raíces envueltas en la arpillera, y le dio muchos recuerdos para la señora Peterson.

—Se va a volver loca de alegría cuando los vea —dijo Peterson—. Van a embellecer mucho el césped. Salude también a su esposa de mi parte. ¿Está en casa?

—No. Ha salido a ver a una amiga —contestó Vic.

Peterson asintió.

Aunque no estaba seguro de ello, a Vic le había parecido notar que Peterson se ponía algo violento al mencionar a Melinda. Le saludó con la mano cuando el coche estaba arrancando y luego se volvió hacia la casa. El césped tenía el aspecto de haber recibido el impacto de dos bombas. Y lo dejó así.

Melinda volvió a las siete menos cuarto. Vic oyó llegar el coche y al cabo de unos segundos se dirigió desde su cuarto al salón, con el propósito deliberado de coger unos cuantos suplementos del *Times* dominical. Estaba casi seguro de que De Lisle iría con ella. Pero Melinda llegó sola.

—No me cabe duda de que esta tarde me habrás estado imaginando sumida en abismos de perversidad —dijo—, pero hemos ido a las carreras. He ganado ocho dólares. ¿Qué te parece?

—No he estado imaginándome nada —dijo Vic con una sonrisa.

Luego puso la radio. Quería oír a un locutor nuevo que daba las noticias a las siete.

Janey Peterson se quedó a cenar con ellos y luego Vic la acompañó a su casa en coche. Tenía la certeza de que Melinda iba a aprovechar su ausencia para telefonear a Charley. A Charley le habían instalado el teléfono casi de inmediato, porque Melinda había puesto en juego toda su influencia —o más bien la del apellido Van Allen— para conseguir que la compañía instalase el aparato sin la demora habitual de dos o tres semanas. Vic deseó que Melinda no hubiera dicho lo de «abismos de perversidad». Deseó que no fuese tan cruda. No siempre lo había sido. La culpa la tenía, por supuesto, la clase de compañías que buscaba. ¿Por qué había tenido que decir aquello aunque realmente no hubiera llegado a nada con De Lisle ni tuviera intención de llegar? Cuando una mujer tan atractiva como Melinda se ofrece servida en bandeja, ¿por qué iba a resistírsele un hombre como De Lisle? La moral de la resistencia era algo que ya no solía darse tan frecuentemente. Eso eran cosas propias de gente como Enrique III de Francia a la muerte de su esposa la princesa de Condé. Había devoción en la actitud de Enrique III, sentado en la biblioteca para el resto de sus días, junto a sus recuerdos de la princesa y haciendo diseños de tibias y calaveras para que Nicolas Eve ilustrase para él las cubiertas y portadas interiores de sus libros. Era muy posible que los psiquiatras modernos hubieran tachado a Enrique de psicópata.

Durante la semana siguiente Charley De Lisle fue a cenar dos veces, y una noche se fueron los tres a un concierto al aire libre que daban en Tanglewood, aunque Charley tuvo que marcharse antes de que acabara para poder estar en el hotel Lincoln sobre las once. Una de las noches que cenó con ellos era lunes, el día que libraba, y se pudo quedar hasta después de las once. Vic aquella noche se despidió sobre las diez, se fue a su cuarto y no volvió. Charley y Melinda habían estado tocando el piano, pero Vic oyó cómo se detenía la música en cuanto él desapareció. Por fin, Vic se metió en la cama y se durmió, aunque más tarde le despertase el ruido del coche de Charley De Lisle. Miró la hora en su reloj de pulsera y vio que eran las cuatro menos cuarto.

A la mañana siguiente, Vic llamó a la puerta del dormitorio de Melinda sobre las nueve, llevándole una taza de café. Acababa de llamarle Stephen para decirle que su mujer no se encontraba bien y que no quería dejarla sola. Le había preguntado si sería posible que Melinda fuera a su casa para sustituirle, ya que otras mujeres a las que había llamado estaban de vacaciones con sus maridos. Melinda no contestó a la llamada de Vic y entonces él empujó la puerta, que se abrió sin dificultad. La habitación estaba vacía. La colcha beige de la cama estaba excepcionalmente lisa y tirante. Vic volvió a la cocina con la taza de café y vertió el contenido por el fregadero.

Luego se fue a la imprenta. Llamó a Stephen para decirle que Melinda había tenido que salir muy temprano porque había quedado con una amiga para ir de compras a Wesley, pero que tenía que volver al mediodía y que entonces le volvería a llamar. Vic telefoneó a casa a las once y a las doce. A las doce ya estaba de vuelta y Vic le preguntó en un tono de voz perfectamente normal qué tal estaba y le contó lo de Georgianne. Georgianne estaba embarazada de seis o siete meses, según creía Vic. Stephen había llamado al médico y no parecía que fuese a abortar, pero necesitaba tener a alguien con ella.

–Por supuesto que sí –dijo Melinda–. Iré encantada. Dile a Stephen que en media hora estoy allí.

Parecía deseosa de ir, no solo por expiar así sus pecados de la noche anterior –supuso Vic–, sino también porque le gustaba de verdad hacer favores a los demás, llevar a cabo misiones misericordiosas. Una de las virtudes de Melinda, curiosa tal vez, era que le gustaba cuidar a la gente enferma y ayudar a los extraños cuando se veían en apuros, como alguien con una rueda pinchada, un cheque que no podía cobrarse o una nariz sangrante. Era la única vía de escape que tomaba su instinto maternal: hacia los extraños en apuros.

Vic pensó que la noche que Melinda había pasado fuera no iba a mencionarse, pero Charles De Lisle estuvo un poco raro con él la vez siguiente que lo vio, ya que carecía del aplomo suficiente para comportarse como si nada hubiera sucedido. Se mostró un poco más servil y huidizo. El hecho de que De Lisle no se atreviese a hacerle frente en absoluto era lo que más irritaba a Vic.

La velada en Tanglewood tuvo lugar dos días después, y Vic aquella noche estuvo tranquilo y afable. Incluso pagó las copas que se tomaron en el intermedio, aunque eran también los Van

Allen quienes habían comprado las entradas. El señor De Lisle parecía sentirse muy satisfecho de sí mismo. Tenía un trabajo veraniego agradable en las gratas y deliciosas Berkshires[1] y una amante disponible a quien no tenía que pagar, sino que, por el contrario, le invitaba a beber y lo alimentaba, y de la que encima no tenía que sentirse responsable porque estaba casada. Y para colmo de dichas, ¡al marido le daba lo mismo! Vic pensó que el mundo de De Lisle debía ser realmente un mundo de color de rosa.

El viernes de aquella misma semana, Vic se encontró con Horace Meller en la droguería y Horace insistió en que se tomasen juntos una copa rápida antes de marcharse a casa. Horace quería ir al Lord Chesterfield. Pero Vic propuso que fuesen a una pequeña cervecería que se llamaba Mac's y estaba a dos manzanas de distancia. Pero Horace insistió en lo del Chesterfield alegando que solo tenían que cruzar una calle, así que Vic asintió, pensando que al otro le iba a parecer raro que se pusiera a discutir sobre aquello.

El señor De Lisle estaba al piano cuando entraron en el bar, pero Vic no miró en aquella dirección. Había gente sentada en cuatro o cinco mesas, pero Melinda no estaba entre los clientes, como pudo comprobar Vic lanzando, nada más entrar, una mirada rápida. Se quedaron en la barra y pidieron whisky con soda.

–La semana pasada te echamos de menos en el club –dijo Horace–. Mary y yo no pasamos del primer hoyo. Te estuvimos esperando.

–Me quedé leyendo –dijo Vic.

–¿Qué tal Melinda? A ella tampoco la he visto últimamente.

–Muy bien. Ha estado yendo a nadar con Trixie al club. Pero los domingos es precisamente cuando no van.

Melinda había llevado a su hija a la piscina una sola vez y eso después de muchas súplicas por parte de Trixie.

---

1. Se refiere a las colinas de Berkshire, al oeste de Massachusetts, en Estados Unidos, zona donde supuestamente están Wesley y Little Wesley. *(N. de la T.)*

El señor De Lisle dejó de tocar y unas cuantas personas aplaudieron. Vic era consciente de cómo se ponía en pie para saludar y saltaba después del estrado para dirigirse al vestíbulo contiguo.

—Me alegro de que esté volviendo al redil –dijo Horace–. Espero que me perdones por haberte hablado a veces de Melinda. Nunca pretendí inmiscuirme en tus asuntos. Supongo que eso lo sabes, Vic.

—¡Por supuesto que lo sé, Horace!

Horace se había acercado más a él y Vic le miraba a los ojos, aquellos ojos castaños tan serios, enmarcados por las espesas cejas y por las bolsas que le formaban arruguitas en la parte de abajo. Vic se dio cuenta de repente de que Horace estaba ya rondando los cincuenta. Debía de saber bastante más que él con sus treinta y seis. Horace se puso erguido y Vic pudo darse cuenta de su turbación, de que le había sido violento verse obligado a soltar aquel discurso. Vic estaba pensando ahora cuál sería el comentario más adecuado.

—Quiero que sepas, y Mary piensa lo mismo –dijo Horace–, que sabíamos que las cosas se iban a arreglar, y que nos alegramos en el alma de que haya sido así.

Vic asintió sonriendo.

—Gracias, Horace.

Sintió una súbita y aterradora depresión, como si en algún lugar su alma se hubiera deslizado por la pendiente de una colina para caer en las tinieblas.

—Por lo menos es lo que supongo, que las cosas se están arreglando –dijo Horace.

—Sí, eso creo.

—La noche que fuimos a tu casa encontré a Melinda con un aspecto estupendo. Y también la noche del baile del club.

Vic recordó que la noche que los Meller habían ido a su casa fue solo dos días después del baile. Y hacía solamente dos noches

101

que los Meller les habían invitado a su casa para que oyeran unos discos nuevos que había comprado Horace. Pero Melinda estaba demasiado cansada, después de pasar la noche con De Lisle, como para ir. Los Meller no habían visto juntos todavía a Charley y a Melinda. Con solo dos minutos que los viesen, les bastaría para comprender lo que estaba ocurriendo. Melinda había estado mucho más encantadora con la gente durante la época en que circuló la historia de McRae. A eso se refería Horace cuando decía que había vuelto al redil.

—Te veo muy pensativo esta noche —dijo Horace—. ¿Cuál es el próximo libro que sacáis?

—Un libro de poemas —dijo Vic—. De un joven que se llama Brian Ryder. Me parece que un día te enseñé un par de poesías suyas en la oficina.

—¡Ah, sí! Ya me acuerdo. Para mi gusto eran un poco metafísicas, pero... —Horace se sonrió, se hizo un silencio, y luego continuó—: He oído decir que los Cowan piensan dar una fiesta al aire libre dentro de poco. Quieren festejar el nuevo libro de Phil. Está a punto de terminar la segunda parte. Evelyn dice que tiene la impresión de que han estado recluidos y han tenido que olvidarse de los amigos, así que quiere dar una fiesta por todo lo alto, con farolillos y hasta con disfraces, según creo —dijo Horace con una risita sofocada—. Supongo que acabaremos todos de cabeza en la piscina para refrescarnos.

En ese momento el señor De Lisle estaba obsequiando a su auditorio con «The Song from Moulin Rouge». Ligera, suave y sentimental. Melinda la había estado tocando últimamente, tratando de imitar el estilo de Charley. Vic tenía ganas de preguntarle a Horace: «¿Conoces a Charley De Lisle? Ya lo conocerás. Antes de la fiesta de los Cowan, casi seguro».

—¿Qué te parece el pianista nuevo? —preguntó Horace—. Contribuye a dar un aire neoyorquino a este viejo local nuestro.

—Yo creo que es bastante bueno, ¿no?

—Yo preferiría el silencio. Este año le deben de ir muy bien los negocios a Lesley. Tengo entendido que todas las habitaciones están reservadas. Y hoy hay aquí casi una multitud.

Horace se había dado media vuelta y estaba mirando a De Lisle, a quien se veía de perfil. Vic hubiera deseado declarar en voz firme: «Ese hombre ha tenido una cita con mi mujer esta tarde. No quiero verle ni oírle».

—¿Sabes cómo se llama? —preguntó Horace.

—No tengo ni idea —dijo Vic.

—Tiene pinta de italiano.

Horace se volvió otra vez de frente a la barra.

Parecía un italiano de la peor especie, aunque Vic no creía que lo fuese, y era un insulto para la raza italiana aseverar tal cosa. No parecía pertenecer a ninguna raza en particular, sino que era más bien una extraña amalgama de las peores características de los diversos pueblos latinos. Tenía pinta de haberse pasado la vida esquivando puñetazos, que sin duda debía de haberse merecido.

—¿Te da tiempo de tomarte otro medio? —preguntó Horace.

Vic salió de su ensimismamiento.

—Más bien no, Horace. Le he dicho a Melinda que esta tarde llegaría sobre las seis y media.

—Muy bien. Pues llegarás —dijo Horace, sonriendo.

Vic insistió en pagar la ronda. Luego salieron juntos al aire fresco de la tarde.

9

La fiesta de los Cowan fue un baile de disfraces. La gente tenía que asistir vestida como su héroe o heroína favoritos, bien fuesen reales o de ficción. A Melinda le estaba costando mucho trabajo decidir a quién iba a encarnar. No le satisfacían mucho ni María, reina de Escocia, ni Greta Garbo ni Annie Oakley ni Cleopatra, y tenía el presentimiento de que a Scarlett O'Hara ya debía de haberla elegido alguien, aunque Vic le dijo que lo dudaba. Melinda se puso en lugar de todas ellas, imaginándose con detalle el vestido que le cuadraría a cada una. Le daba la impresión de que tenía que haber un personaje que fuera más apropiado para ella, solo era cuestión de encontrarlo.

–¿Madame Bovary? –le sugirió Vic.

Por fin se decidió por Cleopatra.

Charley De Lisle iba a tocar el piano en la fiesta de los Cowan. Melinda lo había organizado así. Le contó a Vic con un tono ingenuo de triunfo que había convencido a Charley de que tocase por cincuenta dólares en vez de por los cien que pedía, y le dijo también que a Evelyn Cowan el precio no le había parecido nada exagerado.

Vic sintió que una cierta sensación de asco le revolvía el estómago.

–Creía que iba a ir solo como invitado.

–Sí, pero entonces no hubiera tocado. Se siente muy orgulloso de su trabajo. Dice que ningún artista debería regalar su arte. En una habitación llena de desconocidos dice que jamás tocaría el piano gratis. No sería profesional. Yo entiendo lo que quiere decir.

Siempre entendía lo que De Lisle quería decir.

Vic no había hecho últimamente ningún comentario acerca de De Lisle ni del tiempo que Melinda se pasaba fuera de casa. La situación no había cambiado, aunque De Lisle no había vuelto a venir a cenar ni Melinda a pasar la noche fuera. Tampoco había habido ningún acontecimiento social al que Melinda hubiese podido llevar a Charley, así que lo más probable era que ninguno de sus amigos sospechase nada todavía, pensó Vic, aunque Evelyn Cowan podía perfectamente empezar a sospecharlo ya. Y evidentemente todo el mundo lo sabría después de la fiesta de los Cowan. Por eso Vic sentía terror de que llegase. Deseaba no asistir, escabullirse de alguna forma, y sin embargo, sabía que su presencia tendría alguna influencia represora sobre Melinda, y que en buena lógica era mejor que asistiese. En muchas ocasiones la lógica no era ningún consuelo.

El Jenofonte se estaba imprimiendo. Stephen se quedó en la imprenta todo el día sacando una página cada diez segundos. Vic le relevó tres o cuatro veces a lo largo del día mientras él descansaba cambiando de tarea. Georgianne, la mujer de Stephen, había dado a luz a su segundo hijo después de siete meses de embarazo. Tanto ella como el niño estaban bien. Stephen parecía más feliz que nunca, y su felicidad inundaba el local durante aquel mes de agosto. Vic preparó la otra máquina para poder trabajar al mismo tiempo que Stephen. Solo podían tirar cinco páginas a la vez, porque no tenían más tipos de letra griegos, pero solo con aquellas páginas Stephen habría tenido para un mes entero sin la ayuda de Vic. Iban a sacar cien ejemplares. Vic igualaba a Stephen en aguante imprimiendo, y le gustaba permanecer en silencio, hora tras hora, con el solo sonido de los tipos golpeando el papel y el sol del verano entrando por las ventanas abiertas e iluminando con sus rayos las frescas páginas recién impresas. Todo era orden y progreso en la imprenta durante el mes de agosto. A las seis y media o las siete de la tarde Vic salía de aquel mundo pacífico para adentrarse en el caos. Ya desde que empezó a trabajar en la imprenta siempre que salía de ella entraba en una situación menos apacible, pero hasta entonces aquellos dos mundos no habían entrado en conflicto tan profundamente. Aquel conflicto nunca como entonces le había dado la impresión de estarle partiendo en dos.

Vic no pensó en su disfraz para la fiesta de los Cowan hasta el día anterior, y se decidió por Tiberio. El traje era sencillo, una toga color harina de avena hecha con una de las cortinas que antes colgaban de las ventanas del salón, sandalias planas con tiras de cuero anudadas al tobillo, dos broches baratos pero clásicos que él mismo se había comprado en vez de pedírselos a Melinda, y eso era todo. Pensó que sería más decente llevar debajo una camiseta y unos pantaloncitos cortos, en vez de los simples calzoncillos.

La fiesta tuvo lugar un sábado por la noche de un fin de semana particularmente caluroso, pero puesto que nunca hacía verdadero calor en las Berkshires por la noche, los farolillos colocados rodeando el césped de los Cowan y en derredor de la piscina sugerían un aire de feria y no una sensación desagradable de calor. Vic y Melinda llegaron pronto, a las nueve menos cuarto, con el fin de que Melinda pudiese estar allí para recibir a Charley, que llegaría a las nueve, y presentárselo a los Cowan. Solo los Meller habían llegado ya y estaban sentados con los Cowan en la terraza lateral donde había más farolillos y un enorme cuenco lleno de ponche sobre una mesa baja rodeado de vasos.

–¡Hola! ¡Mira quién está aquí! –dijo Evelyn, dándoles la bienvenida–. Pero, bueno, ¿habéis visto a Cleopatra?

—Buenas noches —dijo Melinda.

Y subió las escaleras de la terraza provocativamente con su ondulante vestido verde, dando chupadas a la boquilla de serpentina que sostenía entre el índice y el pulgar. Se había hecho incluso unos reflejos con alheña en el pelo.

—¿Y qué me decís de Cicerón? —dijo Horace, refiriéndose a Vic.

—Podría ser —admitió Vic—, pero no es lo que pretendía.

—Ah, ya, es Tiberio —dijo Horace.

—Gracias, Horace.

Vic le había mencionado hacía poco a Horace que estaba interesado por Tiberio y que estaba leyendo todo lo que podía encontrar sobre él.

—¿Y tú? —dijo Vic divertido, señalando la cintura de Horace que estaba abultada con un almohadón—. ¿Eres acaso un Santa Claus veneciano?

Horace se echó a reír.

—Frío, frío. Lo tienes que adivinar.

Pero Vic no estaba en condiciones de adivinar nada porque Evelyn le estaba ofreciendo con insistencia un vaso de ponche.

—Solo tienes que beberte este si no te gusta, querido Vic, pero esta noche tienes que beber uno por lo menos, ¡a la salud de todos! —dijo Evelyn.

Vic levantó el vaso en dirección a Phil Cowan.

—Por los *Tesoros enterrados* —dijo Vic—. Puede que sean descubiertos.

Tesoros enterrados era el título del libro de Phil. Phil le dio las gracias con una inclinación de cabeza.

Llegaron los MacPherson, vestidos como una pareja de vikingos. El traje le iba muy bien a la figura alta y robusta de la señora MacPherson y a su rostro ancho, gordo y levemente rosáceo. Los MacPherson estaban ya en la cincuentena, pero eran lo bastante deportivos como para llevar faldas por la rodilla y sandalias de tiras que rodeaban sus tobillos, gruesos y huesudos respectivamente. Parecían sentirse muy complacidos ante las sonoras carcajadas que provocaron al aparecer en la terraza.

Evelyn puso un poco de música, y Phil y Melinda se pusieron a bailar en el salón. Llegaron otros dos coches. Dos parejas cruzaron el césped, seguidas por el señor De Lisle enfundado en su esmoquin blanco. Iba rezagado tras el grupo buscando con los ojos a Melinda. Vic hizo como que no le había visto. Pero Melinda, al oír el jaleo de voces saludándose, salió a la terraza, vio a Charley y se lanzó hacia él cogiéndole de la mano.

–¡Por lo menos te debías haber vestido de Chopin! –exclamó Melinda, con una frase que probablemente llevaría ensayando varios días–. ¡Quiero presentaros a todos a Charley De Lisle! –anunció–. Estos son el señor y la señora Cowan, nuestros anfitriones, el señor y la señora MacPherson. –Esperó a que De Lisle murmurase «Encantado» y prosiguió–: El señor y la señora Meller, los Wilson, Don y June, la señora Podnansky y el señor...

–Kenny –dijo el joven, que era uno de los que habían estado bailando con Melinda en el baile del 4 de Julio.

–El señor De Lisle tocará para nosotros hoy –dijo Melinda.

Hubo un murmullo interesado y un leve aplauso. Charley parecía sentirse incómodo y nervioso. Melinda le llevó un vaso de ponche y luego le condujo al interior de la casa para enseñarle el piano que estaba al fondo del salón como si ella fuera la dueña. Los Wilson también parecían sentirse un poco incómodos y permanecían junto al cuenco del ponche. Wilson debía de tener demasiado calor con la gabardina estrechamente abrochada y el cuello subido y aquel sombrero con el ala calada. Debía de ser algún escritor de novelas policíacas, pensó Vic. No se había roto mucho la cabeza en pensar su disfraz, pero ofrecía un aspecto bastante azorado con una pipa en la boca; y tal vez su gesto ceñudo se debiera al personaje que pretendía interpretar. Su esposa, rubia y delgada, iba descalza y llevaba un ropaje desaliñado que era como una especie de camisón corto de color azul pálido. Podía ir de Trilby o de aparcera, pensó Vic.

Vic se sintió desde el principio aburrido y violento, y al acabar el primer vaso de ponche seguía absolutamente sobrio, aunque antes de salir de casa se había tomado con Melinda una copa bien cargada, ante la insistencia de ella. Era una de aquellas noches en que iba a permanecer sobrio como una piedra durante toda la velada, aunque bebiese varias copas más. Y cada momento transcurrido entre las doce y media, hora en que Charley volvería de Ballinger, y las cinco o cualquier otra hora en que Melinda decidiese volver a casa, se le iba a hacer eterno, y además sería una cruz tener que escuchar el brillante sonido del piano de De Lisle de las doce y media en adelante.

El señor De Lisle estaba ya sentado al piano, afinándolo, y Melinda se inclinaba sobre él radiante como una madre que exhibe a un niño prodigio. Vic los veía desde la terraza a través de los altos ventanales de la casa. Se dirigió hacia los escalones que bajaban de la terraza, pasando al lado de los Wilson, que estaban hablando con Phil, junto al cuenco de ponche.

–¿Qué tal? –les dijo Vic a los Wilson, sonriendo–. Me alegro de veros.

Los Wilson respondieron al saludo con timidez. La timidez era posiblemente su problema más grave. De todas formas, eran infinitamente preferibles en el plano social a Charley De Lisle, quien, según acababa de comprobar Vic, no le había mirado siquiera cuando Melinda había estado haciendo las presentaciones en la terraza. Vic, sin embargo, sí le había estado mirando. Aquel gesto despectivo le recordó a Vic que tanto Charley como Melinda se estaban vengando del día que Vic no había saludado a De Lisle en el Chesterfield cuando estuvo con Horace. Melinda le había echado una reprimenda al día siguiente: *He oído decir que estuviste ayer en el Chesterfield y que ni siquiera te dignaste saludar a Charley.*

Vic levantó la cabeza y respiró hondo una bocanada de aire fresco a medida que se alejaba por el césped. El aire estaba perfumado con el aroma de las madreselvas que crecían trepando por el muro bajo de piedra que limitaba el jardín de los Cowan, pero al pasar junto a un macizo de gardenias, el olor de estas se volvió más intenso que el otro. Vic dio la vuelta y regresó hacia la casa. Eran solo las nueve y media. Quedaba una hora hasta que la ausencia provisional de De Lisle le proporcionase un breve respiro. Vic subió a la terraza y se dirigió a la puerta del salón tomando fuerzas para enfrentarse a cualquier cosa. Pero Melinda estaba bailando con el señor Kenny.

—Señor Van Allen —dijo a sus espaldas una voz de mujer; era la señora MacPherson—. ¿Quieres hacer el favor de decirme qué es lo que se suele llevar debajo de las togas, si es que se lleva algo? ¡Eres tan erudito!

—Sí, tengo entendido que se llevan calzoncillos.

Consideró absurdo decirle el nombre latino porque podría parecerle una pedantería.

Y añadió:

—He oído decir que cuando los oradores estaban perorando y querían mostrarle al pueblo sus honorables cicatrices, se quitaban la ropa interior para poder así levantarse la toga y enseñarles la parte del cuerpo que quisieran.

—¡Qué divertido! —exclamó con un chillido la señora Mac-Pherson.

Era hija de un rico empaquetador de carne de Chicago, recordó Vic.

—Sí. No creo que yo sea muy divertido esta noche. Llevo pantalones cortos y una camiseta debajo.

—¡Qué gracia! —dijo, riéndose—. Horace me ha dicho que este verano vas a sacar un libro maravilloso.

—¿El Jenofonte?

—Sí, sí. ¡Ese es!

Luego, no se sabe cómo, Vic se encontró sentado con ella en un sofá hablando de Stephen Hines, a quien ella conocía un poco porque iban a la misma iglesia, y del techo del garaje de su casa, que no sabía si arreglarlo o echarlo abajo y reconstruirlo. George Mac-Pherson –Mac– era un hombre absolutamente inepto, según sabía Vic por otras conversaciones que había mantenido con su esposa Jennie. Vic les había aconsejado sobre cómo ampliar la bodega hacía unos dos años. Mac se había retirado para vivir del dinero de su mujer y no hacía absolutamente nada en la casa, salvo beber, según decían algunos. Vic estuvo discutiendo largo y tendido sobre el problema del tejado, mencionando precios y nombres de constructoras. A Vic le interesaba más que la mayoría de las conversaciones que se daban en las fiestas, y le ayudó a pasar el tiempo. Vio cómo Melinda se dirigía hacia Charley a las diez y treinta y dos minutos exactamente, le ponía una mano en el hombro y le decía –Vic tenía la certeza absoluta– que ya era hora de que se marchara. Charley asintió. Terminó la canción que estaba tocando, se puso de pie y se secó su achatada frente, brillante de sudor, en medio de los aplausos escasos pero entusiastas que le dirigieron.

–Charley se marcha, pero dice que volverá a las doce y media, entonces ¡seguirá la fiesta! –anunció Melinda a la concurrencia, agitando el brazo.

Salió con él a la terraza y, según pudo ver Vic, Horace lo notó. Luego miró a Vic, le dirigió una sonrisa con una inclinación de cabeza que pretendía ser casual, pero Vic le leyó el pensamiento en los ojos. Entonces le cruzó a Vic por la mente la posibilidad de que muchas o todas las mujeres presentes, siendo como eran más rápidas para este tipo de cosas, hubiesen adivinado ya que De Lisle era la nueva conquista de Melinda y que se estuviesen refrenando para no mostrarlo por pura educación. Pero evidentemente no todas las mujeres eran educadas hasta tal punto. Vic no sabía qué pensar. Se descubrió a sí mismo examinando todos y cada uno de los rostros de la habitación. No llegó a ninguna parte.

Evelyn estaba arracimando a la gente en el salón, formando un círculo para el veredicto sobre el disfraz. No iba a haber otro juez que el de la intensidad de los aplausos que cada concursante recibiera.

Martha Washington (señora Peter Jauch), que fue la primera en adelantarse por ser la primera dama, remataba su disfraz con cofia y delantal fruncidos, una caja de bombones, y una boquilla que sostenía entre los labios con desenvoltura. Luego hizo unas reverencias un tanto vacilantes. Después de ella se adelantó lady Macbeth con un candelabro en la mano. La acompañaba su marido, que iba de Hamlet, y que se miraba con ojos fijos de loco en un espejo de mano.

Vic apartó los ojos de la puerta de la terraza, haciéndose ya a la idea de que Melinda se hubiese ido a Ballinger con De Lisle, pero al cabo de unos cinco minutos reapareció sola y ajustó con gran frialdad un cigarrillo en la boquilla preparándose para concursar.

Ernest Kay, un hombrecillo tímido y huesudo que solo asistía a las fiestas una vez al año, obtuvo el aplauso más encendido de los que había habido hasta entonces con su disfraz de doctor Livingstone. Llevaba pantalones de montar con anticuadas polainas, un salacot, un monóculo, no se sabía por qué, y una chaqueta de montar de algodón absolutamente larga y muy estrecha de hombros que le colgaba casi hasta las rodillas. Cuando le llegó el turno a Vic recibió una sorprendente cantidad de aplausos y sonoros gritos que le decían: «¡Quítatelo, Vic!». Se desabrochó uno de los prendedores del hombro, mostró los pantalones cortos y la camiseta dándose una vuelta completa y haciendo una reverencia, y luego se volvió a abrochar la toga con una rúbrica como un experto romano. Melinda recibió aplausos y gritos, y cerró su actuación dejando caer la ceniza desdeñosamente sobre el pelo de Phil Cowan.

La menuda Martha Washington consiguió el premio de las mujeres, una bolsa de celofán llena de chucherías, que incluía una

112

caja de bombones, una barra de labios, un frasquito de perfume que se quedó mirando suspicazmente mientras preguntaba: «¿Qué marca es *esta?*»

El doctor Livingstone ganó el premio de hombres, que era un paquete envuelto con muchísimo papel y que se le cayó al suelo en su nerviosismo de sentirse contemplado por tanta gente, provocando así más risas todavía. Al fin logró sacar una botella de coñac de formas torneadas y murmuró: «Supongo que este será el señor Stanley»,[1] con lo que todo el mundo estalló en risas y aplausos.

Llegaron más bandejas de bebidas y el tocadiscos volvió a sonar. Dos doncellas colocaron un jamón asado y muchas otras cosas sobre la larga mesa que había junto a las ventanas. Vic salió a la terraza. La gente estaba jugando allí a una especie de juego que consistía en reptar con los ojos vendados, apoyándose en las manos y las rodillas, con un vaso de plástico lleno de agua mantenido en equilibrio entre los dos omóplatos. El juego se llamaba el «Llama». Se hacían carreras de dos en dos hasta el final de la terraza sin dejar de mover las manos y las rodillas alternativamente, como los animales de cuatro patas, y sin tirar nada de agua, aunque se derramaba muchísima. A Vic no se le podía ocurrir nada que le apeteciese menos, aunque se quedó largo rato contemplándolo, y allí seguía de pie cuando regresó De Lisle a las doce y media.

Melinda fue al encuentro de De Lisle ante la puerta del salón, le cogió de la mano y se rozó fugazmente contra su mejilla azulada. Charley se sonrió y pareció sentirse más cómodo que antes. Llegó incluso a volver hacia Vic la cabeza y a dirigirle una breve y rápida sonrisa que parecía querer decir: «¿Y qué le vamos a hacer?». Vic sintió una punzada de ira. De Lisle parecía un criminal. Era de esas personas a quienes no te gusta dar la espalda en tu

---

1. Alusión evidente al encuentro de Livingstone y Stanley. *(N. de la T.)*

propia casa por temor a que puedan robar algo. A Vic se le pasó por la cabeza la idea de decirles a Evelyn o a Phil que no sería mala idea esconder las cosas de valor que fuesen transportables, ya que no era del todo infrecuente que los músicos alquilados se llevasen unas cuantas cosas de las casas. Pero con ello perjudicaría a Melinda, que estaba apadrinando declaradamente a De Lisle aquella noche, así que no podía hacerlo. Estaba paralizado.

–¡Venga, Vic...! –le dijo Evelyn, cogiéndole de la mano–. ¡Todavía no has jugado al nuevo juego!

Vic se puso a cuatro patas, metiéndose la toga por dentro de los pantalones cortos. Su rival era Horace, que iba de Galileo. Les colocaron los vasos de agua sobre la espalda y dieron la salida. Del salón llegaban las notas de un arreglo musical a cuatro manos de «Melancholy Baby», un arreglo complejo que tenía que haber tomado su tiempo ajustar y que era una prueba audible de que Melinda y De Lisle habían pasado mucho tiempo juntos.

Horace tiró su vaso al suelo.

Había ganado Vic. Se enfrentó entonces a Ernest Kay y también le venció. Por fin le tocó enfrentarse a Hamlet para decidir el ganador absoluto. Hamlet, Dick Hewlett, era un hombre más grande e iba cubriendo terreno con facilidad, pero la coordinación de Vic era mejor. Tenía la habilidad de mover mano izquierda-rodilla derecha y rodilla izquierda-mano derecha con la misma rapidez que un perrito trotando. Al verle todos se estremecían y aullaban de risa. Don Wilson permanecía de pie en un rincón de la terraza mirando con una sonrisa desmayada. Le colocaron a Vic una corona que fue casi inmediatamente cubierta de gardenias por alguien. El olor empalagosamente dulce que le llegaba de la cabeza le recordó el olor mareante de la brillantina de Charley. Cuando Vic se estaba ajustando la toga divisó, por entre una docena de personas, a Evelyn Cowan que se hallaba en el umbral señalando con un gesto hacia el piano y susurrándole algo en el oído a su marido que estaba junto a ella. Vio cómo las cejas de

Evelyn se alzaban y volvían a bajar en un gesto como de triste resignación y cómo el marido le ponía la mano en el hombro y le daba un rápido apretón. Vic se dirigió hacia el salón conviniendo su propia voluntad. El piano había dejado de tocar.

Melinda y De Lisle estaban simplemente sentados en el banquito del piano, charlando. Pero el rostro de Melinda tenía aquella cálida animación que Vic llevaba tantos años sin ver dirigida a él.

—¡Vic! —dijo Phil—. ¡Ven a comer algo!

De nuevo aparecía el anfitrión que le instaba a comer otra vez porque estaba siendo ignorado y despreciado por su mujer.

—Tómate otro trozo de algo, Vic.

—Sí, muchas gracias —dijo amablemente Vic.

Y cogió en un plato una loncha de jamón, un poco de ensalada de patata y un tallo de apio, aunque en realidad no tenía hambre.

—¿Te has traído el bañador? —le preguntó Phil.

—Sí. Y Melinda también. Están en la habitación con la otra ropa.

Cuando Vic volvió a mirar hacia el piano Melinda y De Lisle habían desaparecido. Phil siguió hablando, y él también, tratando de mostrarse agradable y con aire festivo, aunque sentía que Phil era tan consciente como él de la desaparición de De Lisle.

La voz de Evelyn llegó a la terraza diciendo:

—¿Se viene alguien a darse un chapuzón?

Y unos cuantos segundos después, casi inmediatamente, una voz que no reconoció llegó desde el final del vestíbulo:

—¡Está cerrada la puerta! ¿Está cerrada por dentro?

Y Phil, en el mismo instante en que iba a dirigirse al vestíbulo, se contuvo y miró a Vic:

—Hay tiempo de sobra. No tenemos prisa ninguna.

—Claro que no. Nos da tiempo a tomarnos otra copa —dijo Vic, frotándose el labio superior.

115

Pero no quería otra copa, y al ir a buscar el plato que se había dejado en un extremo del bufete, vio junto a él la copa sin terminar.

Phil Cowan se dirigió hacia la terraza y le dijo por encima del hombro:

—Discúlpame un momento, Vic.

Y desapareció.

¿Iba acaso a consultar con su esposa qué hacer acerca de la habitación donde estaba la ropa, o cualquiera que fuese la habitación cerrada? Vic sintió un estremecimiento de miedo —o de desagrado o de pánico, ¿qué era?— recorriéndole las piernas desnudas bajo la toga. Luego oyó decir a una mujer en una voz inexpresiva y agradable que no podía saberse si iba o no dirigida a Melinda: «¡Ah, Melinda!». La voz venía del vestíbulo, y como si hubiese sido una señal de retirada, Vic salió a la terraza y se dirigió a grandes zancadas al extremo más oscuro. Allí seguía Don Wilson, hablando con una mujer, Jennie MacPherson. Vic se quedó mirando hacia la piscina, a través del césped. Se habían apagado algunos de los faroles pero todavía podía distinguir su forma de ele, de ángulos abiertos y redondeados gracias a la luz de dos o tres faroles. Era una noche sin luna. Dos personas se lanzaron al mismo tiempo a la piscina, cada una a un brazo de la ele. Le pareció que la piscina tenía absolutamente forma de bumerán.

—¿Qué estás haciendo aquí solo? —dijo Evelyn Cowan que apareció tras él súbitamente, frotándose los hombros con una toalla.

Su bañador negro tenía una faldita rizada como un traje de ballet.

—Me estoy divirtiendo —dijo Vic.

—¿No vas a darte un baño?

—Puede que sí, cuando venga Melinda.

Alguien llamó a Evelyn desde la piscina en aquel momento, y esta le dijo a Vic: «¡Pues venga, date prisa!». Y salió corriendo de la terraza escaleras abajo.

Melinda y De Lisle aparecieron en la terraza en traje de baño junto con dos o tres personas más también en bañador. Una de esas personas era Horace, que al ver a Vic se separó del grupo y se le acercó.

—¿Está ya Tiberio en su retiro? —le preguntó.

Con un nudo en la lengua, Vic estaba mirando a Melinda, con su bañador verde, que les decía adiós con la mano a dos parejas que se iban ya cruzando el césped en dirección a los coches que se alineaban frente a la casa.

—¿No vas a darte un chapuzón? —preguntó Horace.

—No, no creo —dijo Vic—. Pero bajaré a la piscina —añadió sin motivo alguno, ya que no deseaba bajar a la piscina.

Se pusieron a caminar él y Horace en silencio, uno junto al otro. Y por fin dijo Horace:

—Parece que la fiesta empieza a despejarse un poco.

Vic retrocedió para escapar al resplandor de los faroles. De Lisle estaba de pie junto a la piscina con una lata de cerveza en cada mano, contemplando a Melinda que estaba nadando a grandes brazadas desde uno de los brazos de la ele hasta el final de la piscina. De Lisle la bordeó para ir a su encuentro. Todavía no se había bañado, dedujo Vic, porque su bañador azul estaba seco. El cuerpo de De Lisle tenía un aspecto pálido y descarnado, y le crecían por todas partes mechones de pelo negro, no solo sobre el pecho hundido, sino también en la parte alta del omóplato izquierdo. Se agachó y le ofreció a Melinda una cerveza mientras ella se izaba para salir al tiempo que decía en su voz alta y clara:

—¡Me ha entrado un *asqueroso* dolor de cabeza! ¡Esto te cura o te mata!

Entonces divisó a Vic.

Vic se dio la vuelta y se dirigió hacia un macizo de gardenias con la intención de examinar uno de los brotes, aunque estaba tan oscuro que apenas si podía distinguir las flores blancas.

–¡Eh, vosotros! –gritó a sus espaldas la voz de Melinda–. ¿No iréis a volveros para dentro?

Desde el otro lado de la piscina De Lisle sonreía con una mueca en dirección a los que se iban. El resplandor del farol volvía cadavérico su rostro.

Melinda se tiró al agua dándose un buen panzazo, que no pareció molestarla porque se puso a nadar y luego se volvió diciendo: «¡Está divina!», como Vic había esperado que dijera. También sabía Vic que en aquel momento había ya tanto alcohol dentro de su cuerpo que ni sabía ni le importaba lo que estaba diciendo. Era incluso probable que pudiese salir con un «¡Charley, te adoro!» como aquella noche en que exclamó «¡Jo-Jo, te adoro!» y los amigos que lo oyeron –los Cowan, recordó Vic– lo ignoraron discretamente.

Llegó desde la carretera el sonido lejano de la puerta de un coche que se cerraba.

En aquel momento De Lisle estaba bajando con enorme precaución las escalerillas metálicas de la piscina por el extremo más alejado. Vic se dirigió para cambiarse al macizo de gardenias más lejano, pero sintió una cierta repugnancia ante la idea de meterse en la piscina con Melinda y De Lisle dentro, incluso de acercarse a la piscina, porque De Lisle había estado en contacto con aquellas aguas. El macizo de gardenias estaba a menos de treinta metros de la piscina en el rincón más umbrío del césped. Vic se preocupó de que el macizo quedase exactamente entre él y la piscina con la misma precaución que si hubiera sido pleno día. Se quitó la toga, los pantalones cortos y la camiseta y salió de detrás de las gardenias descalzo y en traje de baño.

Horace se había marchado y debía haber vuelto evidentemente al interior de la casa. En el momento en que Vic llegó a la piscina Melinda estaba subiendo por las escalerillas.

–¿Está fría? –le preguntó Vic.

–No, no está nada fría –dijo Melinda–. Me duele la cabeza.

Se quitó el gorro blanco de plástico y sacudió el pelo humedecido.

De Lisle estaba agarrado al rebosadero y no componía ciertamente una figura muy atlética.

—Yo la encuentro bastante fresca, la verdad —dijo.

—Evelyn, ¿tienes una aspirina? —dijo Melinda.

—Sí, claro.

Evelyn estaba sentada allí cerca sobre la hierba.

—Pero no creo que estén en el cuarto de baño, no, creo que están en el dormitorio. Ven conmigo y así le echo una ojeada al café.

—Ya estoy oliendo ese café —dijo Phil levantándose del borde de la piscina—. ¿Quiere alguien café?

—Ahora no, gracias —dijo Vic.

Fue el único en contestar. Vic se dio cuenta de repente de que estaba solo con Charley De Lisle.

—¿No te metes? —le dijo Charley a Vic, apartándose con un impulso del borde de la piscina y nadando de medio lado con un estilo impreciso hacia el extremo donde no cubría.

El agua estaba negra y poco apetecible. No fría, simplemente poco apetecible. Vic se quería marchar y dejar allí solo a De Lisle, pero parecería como una retirada, como un cambio de idea sin sentido después de haberse molestado en ponerse el bañador.

—Creo que sí —dijo Vic, dejándose caer inmediatamente desde el borde de la piscina al lado en que cubría.

Era un nadador consumado y resistente pero en aquel momento no se sentía con ganas de nadar, y la súbita frialdad del agua y la sucia humedad del pelo le produjeron un efecto de desagrado repentino que puso en marcha un motorcito de ira dentro de sí.

—Es una piscina muy bonita —dijo De Lisle.

—Sí —contestó Vic, con la misma frialdad y esnobismo con que el miembro de un club se dirigiría a otro que no lo fuese.

Vic, pedaleando en el agua, miró hacia la terraza donde aún lucían dos faroles. Le pareció que ya no quedaba nadie allí.

De Lisle estaba flotando boca arriba. Uno de sus blancos brazos se movía fustigando el agua con torpeza y un poco frenéticamente, aunque en el lugar en donde se encontraba no le cubría apenas. A Vic le hubiera gustado agarrarle por los hombros y hundirlo, y a medida que lo pensaba se fue acercando a él. De Lisle se había puesto a nadar hacia el borde de la piscina, pero Vic lo alcanzó en un segundo, lo agarró por el cuello y lo empujó para dentro. No se produjo ni una sola burbuja cuando la cabeza de De Lisle se hundió. Ahora Vic lo tenía cogido por debajo de la barbilla y por un hombro, y lo empujó inconscientemente hacia donde cubría, aunque le era fácil mantener la cabeza fuera del agua gracias a los esfuerzos denodados de De Lisle para librarse de las manos que lo hundían. Vic hizo un movimiento de tijera con las piernas y atrapó los dos muslos de De Lisle entre sus pantorrillas. A Vic se le hundió la cabeza cuando se echó hacia atrás, pero mantuvo la presión de sus manos y se empujó hacia delante para volver a salir. De Lisle seguía estando bajo el agua.

Vic pensó para sus adentros que aquello era una broma. Si le dejase sacar la cabeza en aquel instante sería solo una broma, aunque un poco pesada tal vez, pero precisamente entonces los esfuerzos de De Lisle se hicieron más violentos y Vic concentró sus esfuerzos, con una mano agarrando a De Lisle por la nuca, y la otra cogiéndole por la muñeca y alejándola así bajo el agua. La mano libre de De Lisle era del todo ineficaz para luchar contra el dominio que Vic ejercía sobre su nuca. Uno de los pies de De Lisle batió la superficie del agua y luego desapareció.

De repente, Vic se dio cuenta de la placidez del agua que le rodeaba, de aquel silencio absoluto. Era como si se le hubieran muerto los oídos. Vic relajó un poco la presión de la mano, aunque siguió manteniendo bajo el agua a De Lisle. Miró por la pradera, hacia la casa y hacia la terraza, y no vio a nadie, pero de repente se dio cuenta –con casi total objetividad y ninguna sensación de miedo– de que no se había preocupado de comprobar si no había nadie en la terraza o en el jardín antes de empezar a hundir a De Lisle. Seguía manteniendo bajo el agua aquellos hombros débiles, sin llegar a creerse todavía del todo que pudiese estar muerto o al menos completamente inconsciente.

Es una broma, pensó otra vez Vic. Pero ya era demasiado tarde para que fuese una broma, y en el mismo momento en que aquel pensamiento se le vino a la cabeza como una noticia nueva se dio cuenta de que tendría que decir que a De Lisle le debía de haber dado un calambre mientras él se estaba cambiando en el jardín y que no había visto ni oído nada. Vic le liberó de los hombros para probar. La parte trasera de la cabeza de De Lisle emergió un poco de la superficie del agua, pero su rostro permaneció hundido.

Vic salió de la piscina. Se dirigió directamente al macizo de gardenias y empezó a cambiarse de ropa. Oyó voces y risas que venían de la cocina, del extremo más alejado de la casa. Se puso la toga a toda prisa, envolviéndose en ella con el movimiento que había estado practicando en su casa, y luego se dirigió a la puerta trasera de la cocina que daba directamente al jardín.

Estaban todos en la cocina, Melinda, Evelyn y Phil, Horace y Mary, pero solo Evelyn le saludó al entrar.

–¿Te apetece un sándwich y un café, Vic? –le preguntó Evelyn.

–Un poco de café sí tomaría, gracias –dijo Vic.

Phil estaba sirviendo una taza y Melinda permanecía a su lado de pie, preparando un sándwich de jamón con bastante torpeza y murmurando algo sobre su dolor de cabeza, que perduraba aún. Vic, apoyado en el fregadero, contemplaba aquel ambiente casi opresivo que le recordaba docenas de otros fines de fiesta que había conocido: los anfitriones en la cocina con los invitados que se habían quedado rezagados, aquellos que se sentían cómodos de verdad porque se conocían bien entre sí y porque todo el mundo estaba de un humor relajado y ligero a causa de lo tardío de la hora y de la cantidad de alcohol que habían ingerido. Y al mismo tiempo Vic estaba seguro de que todo lo que se dijese o hiciese en aquel momento iba a ser repetido y vuelto a repetir más tarde, y se iba a discutir por ello. Evelyn estaba intentando resumir una historia sobre el reencuentro con un viejo amigo en el Goat-and-Candle que había empezado antes de que llegara Vic, y que hablaba de que el hijo del amigo había sufrido una extraña operación del corazón. Horace estaba esforzándose por prestar atención. Y Phil le estaba ofreciendo una taza de café y decía: «Aquí tienes, Vic, ¿quieres azúcar?» y Evelyn interrumpió diciendo: «¿Y yo qué?», como queriendo decir que ella también quería café. Y Melinda estaba lamentándose y con la resaca del día siguiente cerniéndose ya sobre ella: «¡Dios mío! ¿Qué he hecho para merecer este espantoso dolor de cabeza?». Y no se dirigía a nadie en particular, aunque era tan alto el tono de su voz que Evelyn se levantó y se dirigió hacia ella.

—Pero ¿todavía te dura, guapa? ¿Por qué no te tomas una de esas maravillosas píldoras amarillas que te he ofrecido? Estoy segura de que te harán efecto.

Melinda recorrió media cocina cuando Evelyn se levantó para ir a buscar las píldoras amarillas, y Vic creyó que iba a ir detrás de ella, pero se dio la vuelta en redondo otra vez.

—¿Dónde está Charley?

—Está nadando todavía —dijo Vic.

Melinda hizo ademán de salir al jardín, pero se detuvo en el umbral, se inclinó hacia fuera agarrada al marco de la puerta y gritó:

—¡Charley! ¡Ven adentro!

Volvió a entrar sin esperar respuesta.

Evelyn volvió enseguida, Melinda se tragó la píldora y volvió inmediatamente a la puerta para llamar otra vez: «¡Charley!» y luego salió a buscarle.

En aquel momento Vic vio cómo Phil y Evelyn intercambiaban una sonrisa y una mirada por lo preocupada que Melinda se sentía aquella noche por Charley. Phil cogió un sándwich y le dio un mordisco.

Luego oyeron un grito.

–¡Vic! –chilló Melinda–. ¡Phil!

Salieron corriendo al jardín. Phil iba en cabeza, luego Vic y Horace. Melinda estaba de pie, sin saber qué hacer, al borde de la piscina.

–¡Se ha ahogado! –dijo Melinda.

Phil se quitó la chaqueta y se tiró al agua. Vic vio fugazmente el rostro pálido de Phil y la mueca que había en él cuando se volvió hacia ellos arrastrando el cuerpo de Charley. Vic le cogió por un brazo, Horace por el otro, y lo sacaron fuera.

–¿Sabes... –dijo Phil sin aliento–, sabes algo de respiración artificial?

–Un poco –dijo Vic.

Estaba ya poniendo a Charley boca abajo, colocándole la mano derecha debajo de la mejilla y extendiéndole el otro brazo hacia arriba. Melinda estaba delante de él, tratando de encontrarle el corazón, buscándole frenéticamente el pulso en la muñeca.

–¡No le encuentro el pulso! –dijo histérica Melinda–. ¡Llamad al doctor Franklin!

–¡Iré yo! –dijo Evelyn, corriendo hacia la casa.

–Eso no tiene por qué querer decir nada –dijo apresuradamente Phil–. Sigamos.

Él estaba intentando buscarle el pulso a Charley en la muñeca izquierda.

Vic estaba de rodillas de cara a Charley, levantando su huesuda y escuálida caja torácica por las axilas y volviendo a dejarla caer.

–¿Tú crees que es así, Horace?

–Sí, eso parece –dijo Horace en tensión.

Se arrodilló junto a Vic, mirando la cara de Charley.

—Creo que se debe dejar la boca abierta –dijo, acercándose a la boca de Charley con la misma decisión con que lo habría hecho un médico y sacándole la lengua fuera.

—¿No creéis que deberíamos levantarlo y sacarle el agua que ha tragado? –dijo Phil.

—No, no haremos eso –dijo Horace–. No se puede perder tiempo.

Vic lo alzó más por las axilas. Nunca le había hecho la respiración artificial a nadie, pero hacía muy poco que había leído sobre ella en *El almanaque del mundo,* una tarde que Charley estaba en su casa. Pero se acordó de que el libro aconsejaba la respiración artificial si el paciente había dejado de respirar pero su corazón seguía latiendo, y el corazón de Charley ya no latía.

—¿No crees –dijo Vic, que seguía dándole sacudidas– que deberíamos darle la vuelta y hacerle un masaje cardíaco?

Y aunque le había parecido que se encontraba sereno, aquella pregunta le sonó como la pregunta estúpida de una persona nerviosa, como la pregunta que todos habían estado esperando.

—No –dijo Horace.

—¡No lo estáis haciendo bien! –dijo Melinda chillando de rodillas junto a Vic.

—¿Por qué? ¿Qué es lo que pasa? –preguntó Phil.

—¿Os parece que traiga una manta? –preguntó la aguda voz de Mary.

—¡No lo estáis haciendo bien! –dijo Melinda, empezando a llorar y a lamentarse entre sollozos entrecortados.

—Déjame que te releve cuando estés cansado, Vic –dijo Phil.

Seguía tratando de buscarle el pulso en la muñeca izquierda, pero Vic leyó en su cara asustada que no había sentido ni un ligero temblor.

Evelyn volvió corriendo.

—El doctor Franklin va a venir en un momento. Ha dicho que va a llamar al hospital para que manden una ambulancia.

–¿No creéis que deberíamos traerle una manta? –volvió a decir Mary.

–Sí, yo la traeré –dijo Evelyn, y volvió a la casa.

–¿Qué ha podido pasarle? –preguntó Phil–. ¿Un calambre?

Nadie contestó.

Melinda seguía gimiendo, balanceándose de un lado a otro con los ojos cerrados.

–A lo mejor se golpeó en la cabeza. ¿Estaba buceando, Vic? –preguntó Phil.

–No, estaba chapoteando –Vic soltó las inflexibles costillas– en la parte en que no cubre.

–¿Parecía encontrarse bien? –preguntó Mary.

–Sí –dijo Vic.

Luego Phil apartó a Vic.

–Deja que te releve –dijo.

Una sirena gimió pasando lúgubremente de un tono a otro, se acercó, gimió más débilmente todavía y luego se detuvo. Phil prosiguió con empeño la tarea de levantar y dejar caer el cuerpo cogiéndolo por las axilas. Un par de hombres con bata blanca corrieron hacia ellos cruzando el césped, con una bombona de oxígeno.

La luz que iluminaba la escena era tétrica, la luz deprimente y blanquecina del amanecer. Vic pensó que nadie podía volver a la vida con una luz semejante. Era una luz de muerte. Al mirar a los enfermeros moverse de un lado a otro haciendo preguntas y reemprendiendo la respiración artificial, Vic se dio cuenta de su propia fatiga. Le pareció despertar de un estado de trance. Se dio cuenta por primera vez de que si De Lisle revivía, estaba perdido. Semejante pensamiento no se le había cruzado siquiera por la cabeza cuando le estaba haciendo la respiración artificial. Se había limitado a hacerlo lo mejor posible, de eso estaba seguro. Había hecho exactamente los mismos movimientos que habría hecho si hubiese sido Horace quien estuviese en sus manos. Había realizado los movimientos precisos, pero no había *deseado* que De Lisle volviese a la vida. Entonces, por un instante, le pareció irreal el hecho de haber ahogado a De Lisle, le pareció algo que más bien había imaginado pero no hecho. Vic empezó a mirar absorto a De Lisle como todos los demás excepto Melinda, que seguía gimiendo y lamentándose, y que miraba al vacío como si hubiese perdido el juicio.

Uno de los enfermeros sacudió la cabeza con desesperanza.

Vic oyó cerrarse una puerta. Entonces el doctor Franklin, un hombrecillo activo y serio de pelo canoso, apareció andando presuroso por la pradera con su maletín negro. Era el mismo médico que había traído a Trixie al mundo, el mismo que les había arreglado los brazos rotos, tratado las indigestiones, drenado los abscesos, prescrito dietas y tomado la presión sanguínea a todos los presentes.

—¿Han estado haciéndole la respiración artificial desde que me llamaron? —preguntó el médico, tomándole el pulso a De Lisle y levantándole un párpado.

—Desde antes —dijo Evelyn—. Desde un poco antes.

El doctor Franklin movió también la cabeza con disgusto.

—¿Cree que no hay ninguna esperanza? —preguntó Evelyn.

Melinda gimió con más intensidad.

—Parece que no —contestó el doctor Franklin con una voz aséptica.

Estaba preparando una inyección.

Melinda continuó sollozando y se cubrió la cara con las manos.

El doctor Franklin, que parecía acostumbrado a las llamadas nocturnas de emergencia y a lo que solía encontrar en ellas, no le prestó la menor atención, aunque Vic pensó que de ser él el ahogado sí lo hubiera hecho. El doctor Franklin habría tenido tiempo para decirle unas palabras a una esposa. Clavó la aguja en el brazo de De Lisle.

—Dentro de unos minutos lo sabremos —dijo el doctor—. Si no...

Levantó la muñeca izquierda de De Lisle.

Phil se puso de pie, se desplazó unos metros y Evelyn se unió a él. Horace y Mary hicieron lo mismo, como si se sintiesen impulsados a aliviar la tensión poniendo un poco de distancia entre ellos y el muerto. Vic se agachó y cogió a Melinda suavemente por el hombro, pero ella lo apartó de una sacudida. Entonces se fue a reunir con los otros.

Phil tenía un aspecto ceniciento, como si fuera a desmayarse.

—Creo que a todos nos vendría bien un café —dijo, pero no se movió nadie.

Todos estaban mirando para atrás, hacia el grupo formado por los enfermeros y el médico, hacia el cuerpo medio cubierto por la manta eléctrica.

—Me temo que no hay nada que hacer —dijo el doctor Franklin, poniéndose en pie—. Vamos a llevarlo al hospital.

—¡Está muerto! —chilló Melinda, mirándoles, y se echó hacia atrás apoyándose sobre las manos en el césped en una posición curiosamente relajada.

Luego, mientras ponían a De Lisle sobre una camilla, se puso en pie de un salto. Quería ir al hospital. Vic y Phil tuvieron que impedírselo físicamente. Uno de sus puños le alcanzó a Vic en el oído. En la lucha se le desgarró el vestido por delante, y Vic vio uno de sus pechos desnudos, temblando como el de una ménade en su furia. Entonces la sujetó por detrás cogiéndola de los hombros. La soltó, sintiéndose avergonzado de repente, y ella salió disparada hacia delante y chocó contra Phil, dio un chillido de dolor y se agarró la nariz. La condujeron hacia el interior de la casa.

Cuando llegaron a la cocina, Evelyn salió a su encuentro con una taza de café.

—Le he echado un par de somníferos —le dijo a Vic en voz baja.

Melinda aceptó el café con una especie de avidez enfermiza y se lo bebió de un trago, aunque a juzgar por el humo debía de estar

127

muy caliente. Le sangraba la nariz y tenía todavía el pecho desnudo. Vic se quitó la toga y la envolvió con ella, luego con un extremo le sujetó la nariz. Melinda dio un viraje repentino y violento hacia él y tiró unos cuantos vasos y copas del escurreplatos. Acto seguido se desplomó sobre una silla arrastrando con ella a Vic, que estaba intentando sujetarla. La rodilla de Vic cayó sobre un fragmento de cristal. Entonces Melinda se quedó en silencio de repente, con la cabeza echada para atrás y los ojos fijos en el techo. Le brotaba sangre del labio superior, y Vic se lo secó con la toga hasta que llegó Evelyn con unos cuantos pañuelos de papel y un cubito de hielo para ponerle en la nuca. Melinda no dio señales de haber sentido el contacto del hielo contra su piel caliente.

Vic miró hacia atrás. Horace y Mary estaban juntos al lado de la caldera; Phil, en medio de la cocina, tenía un aspecto confundido y atemorizado. A Vic se le pasó por la cabeza que Phil, en caso de que alguien sospechase que De Lisle había sido asesinado, era el que tenía un aspecto más culpable de todos ellos.

—No crees que quisiera suicidarse, ¿verdad? —le preguntó Phil a Vic.

Melinda levantó la cabeza.

—¡Claro que no! ¿Por qué iba a hacer semejante cosa si tenía el mundo entero a sus pies y todos, todos los dones y talentos que puede desear un hombre?

—¿Qué estaba haciendo cuando dejaste la piscina, Vic? —preguntó Phil.

—Estaba chapoteando. Haciendo el muerto, según creo.

—¿No dijo que el agua estuviese fría? —preguntó Evelyn.

—No. Creo recordar que antes había dicho que estaba fresca, pero...

—*Tú* lo hiciste —dijo Melinda, mirando a Vic—. Estoy segura de que le golpeaste la cabeza y luego lo hundiste.

—¡Melinda! —dijo Evelyn, acercándose a ella—. ¡Melinda, estás loca!

—*¡Estoy segura de que le golpeaste y le ahogaste!* —dijo Melinda en voz todavía más alta, quitándose de encima las manos de Evelyn—. ¡Voy a llamar al hospital!

Y se puso de pie.

Phil la cogió por un brazo, pero el impulso que llevaba la lanzó contra la nevera.

—¡Melinda, no hagas eso! ¡Ahora no!

—*¡Vic lo ha matado, lo sé perfectamente!* —chilló Melinda, con voz bastante alta como para que la oyese todo el vecindario, aunque no había ninguna casa a menos de quinientos metros a la redonda—. ¡Él lo ha matado! ¡Déjame marchar!

Se lanzó hacia Vic cuando se aproximaba a ella, pero se lanzó con poco impulso y entonces Horace se metió en medio y trató de agarrarla por una de las muñecas, que agitaba en el aire.

—¡Voy a decirles que le examinen *la cabeza!*

Luego, sujeta de repente por Horace y Phil que la agarraban cada uno de un brazo, Melinda se quedó rígida e inmóvil, con su salvaje cabeza color alheña levantada y los húmedos ojos cerrados.

—Será mejor que la acostemos aquí, Vic —dijo Evelyn—. ¿Y Trixie? ¿Se encontrará bien?

—Está con los Peterson. Seguro que está perfectamente —dijo Vic.

Horace había aflojado la mano con que sujetaba el brazo de Melinda. Se dirigió hacia Evelyn con una sonrisa de cansancio en los labios.

—Nosotros nos vamos, Evelyn, a menos que podamos hacer algo más.

—Gracias, Horace. Creo que aguantará otras dos de estas, ¿no? —le preguntó en voz baja, dejando caer dos somníferos en una taza de café—. Son solo de cinco miligramos.

—Por supuesto —dijo Horace, y se volvió hacia Vic—. Buenas noches, Vic. Llámanos mañana, ¿de acuerdo? No permitas..., no permitas que nada te deprima.

Le dio a Vic una palmadita en el hombro.

A pesar de lo bajo que habló Horace, Melinda le oyó, rompió su rigidez de trance y le gritó:

–¿Deprimirle? ¡Se hundirá! ¡Se hundirá en el fondo de esa piscina!

–¡Melinda!

–¡Melinda, basta ya! –dijo Phil–. ¡Bébete esto!

Melinda no volvió a chillar, pero tardaron casi una hora en poder acostarla arriba en el cuarto de los huéspedes.

Phil llamó al hospital de Saint Joseph Wesley tan pronto como Melinda se hubo callado. Le dijeron que Charles De Lisle había muerto.

10

Vic volvió a casa con Melinda sobre el mediodía. Ella no le dirigió ni una sola palabra durante el trayecto. Apenas si había pronunciado alguna desde las once y media, hora en que se había despertado. Tenía los ojos hinchados y parecía estar todavía atontada por los somníferos. No se había pintado los labios, y la boca parecía más pequeña, como una línea recta cruzándole la cara, mientras miraba fijamente al parabrisas. Vic la dejó en casa, se puso unos pantalones y una camisa limpia, y se fue a casa de los Peterson a buscar a Trixie. Tendría que decirles a los Peterson lo que había pasado. Encontrarían antinatural que no lo hiciera.

Vic se lo contó cuando estaban los tres de pie en el camino, fuera del alcance del oído de los niños.

—Anoche hubo un accidente en casa de los Cowan. Un hombre se ahogó en su piscina.

—¿*Quée?* —dijo Katherine Peterson con los ojos fuera de las órbitas.

—¿Quién? —preguntó Peterson.

Vic se lo dijo. Ellos no habían visto nunca a De Lisle, pero quisieron saber todos los detalles. Cuántos años tenía, si había comido algo antes —cosa que Vic no sabía— y cuánto tiempo había estado en el agua antes de que lo encontraran. Vic dijo que no estaba seguro, porque De Lisle estaba nadando cuando él salió del agua unos siete minutos antes. Tenía todo el aspecto de haber sido un calambre. Los Peterson estuvieron de acuerdo en que parecía un calambre.

Después Vic llevó a Trixie de regreso a casa. Tenía un excelente humor de domingo porque acababa de estar en la sesión dominical de la escuela con Janey Peterson. Le estaba contando a Vic cómo era un proyectil de plástico que se lanzaba con una goma atada a un palito, y que tenían algunos de los niños en la escuela. Trixie quería uno y Vic se paró en la tienda de periódicos de la ciudad y le compró uno que había en el escaparate, pero estaba pensando en otra cosa. Había dos cosas que no dejaban de darle vueltas en la cabeza: el asunto de los Wilson y lo que le había preguntado Phil Cowan aquella mañana. Lo de Phil era lo que más le preocupaba. Phil se había limitado a preguntarle por la mañana con cierta turbación: «¿Está enamorada Melinda de De Lisle?». Y Vic le había contestado: «No tengo la menor idea, Phil». Era una pregunta que se le podía haber ocurrido a cualquiera. Melinda había actuado como si efectivamente estuviese enamorada de De Lisle, y a Vic no le cabía la menor duda de que la gente iba a recordar y a hablar sobre la forma en que se había estado comportando con De Lisle toda la noche, sobre el dueto que habían tocado al piano, y sobre la historia de los amoríos de Melinda. No era sentimiento de culpa ni miedo a ser descubierto lo que le incomodaba, era el agudo sentimiento de vergüenza que la pregunta directa de Phil le había provocado. El asunto de los Wilson era más vago. Evelyn había dicho por la mañana a la hora del café y el zumo de naranja: «Es extraño que los Wilson no notaran nada cuando se fueron a casa. Don se marchó justo en el momento en que debió de pasar. ¿No te acuerdas, Phil?». (Pero Phil no se acordaba). Evelyn dijo que los Wilson se habían marchado casi al mismo tiempo en que ella y Melinda habían entrado en la casa a buscar la aspirina para el dolor de cabeza de Melinda, y que Don había vuelto un minuto después a buscar algo –no recordaba qué– que se había olvidado su mujer. La pregunta que se hacía Vic era: ¿si Wilson hubiera visto su lucha al pasar por la pradera, se habría marchado sin decir nada? No era demasiado probable. Pero Wilson era un tipo tan raro y misterioso que aquella posibilidad llegó a pasársele a Vic por la imaginación.

Melinda estaba bebiendo un whisky con soda cuando Vic llegó a casa con Trixie. Ni siquiera saludó a Trixie, y Trixie, aunque había visto a su madre despeinada y fuera de sí en otras ocasiones, comprendió que había sucedido algo peor. Pero después de lanzarle una larga mirada Trixie se fue a su habitación sin preguntar nada.

Vic fue a la cocina y preparó un huevo revuelto con nata para Melinda. Le puso un poco de curry porque a veces le gustaba así cuando tenía una mañana mala. Se lo llevó y se sentó a su lado en el sofá.

–¿Qué te parece comer un poquito de huevo? –le dijo.

No hubo respuesta. Se echó otro trago de whisky.

–Lleva curry.

Le ofreció un poco en el tenedor.

–Vete al infierno –murmuró ella.

Trixie volvió vestida con un mono y con el tirador en la mano.

–¿Qué pasa? –le preguntó a Vic.

–¡Charley ha muerto! ¡Eso es lo que pasa! ¡Se ha ahogado! –gritó Melinda, levantándose del sofá–. ¡Y lo ha matado tu padre!

Trixie abrió la boca. Miró a Vic de soslayo.

–¿Has hecho eso, papá?

–No, Trixie –dijo Vic.

–Pero ¿se ha muerto? –preguntó Trixie.

Vic miró a Melinda con el ceño fruncido.

–¿Tenías que decirlo? –le preguntó. El corazón le latía con furia–. ¿Hacía falta que le dijeras eso?

—A los niños hay que decirles siempre la verdad —replicó Melinda.

—Pero ¿se ha muerto, papá? —volvió a preguntar Trixie.

—Sí, se ahogó —dijo Vic.

Trixie se quedó con los ojos como platos ante la noticia, pero no pareció sentirse apenada en lo más mínimo.

—¿Se golpeó en la cabeza?

—No lo sé —dijo Vic.

—No, no se golpeó en la cabeza —dijo Melinda.

Trixie les miró alternativamente con ojos atentos durante unos instantes. Luego se dirigió hacia la puerta principal, tranquilamente, para ponerse a jugar.

Melinda fue a la cocina para volverse a llenar la copa —Vic oyó el golpe de la puerta superior de la despensa al cerrarse— y luego volvió, cruzó el salón y se dirigió a su cuarto.

Al cabo de un minuto Vic se levantó y fue a tirar el huevo revuelto por el fregadero. Pensó que se sentía muy cerca de Trixie. Se dio cuenta de que algo debía de estar reteniendo las reacciones de culpabilidad o de horror ante lo que había hecho. Era muy extraño. Mientras permanecía tumbado en el sofá de los Cowan, sin una gota de sueño, estuvo esperando que le sobreviniesen el temor, el pánico, la culpa, o al menos el pesar. Sin embargo, se sorprendió a sí mismo recordando un día muy agradable de su infancia en que había ganado un premio en clase de geografía por hacer el mejor modelo de un pueblo esquimal, usando medias cáscaras de huevo como iglús y fibra de vidrio para representar la nieve. Sin darse cuenta de ello conscientemente, se sintió absolutamente seguro. Seguro de que no iba a ser descubierto. ¿O era que creía que no sentiría miedo si lo descubrían? Era muy lento en todas sus reacciones. Frente al peligro físico. Frente a los golpes emocionales. A veces tales reacciones tenían lugar semanas después, de tal modo que le resultaba francamente difícil vincularlas con sus verdaderas causas.

Sonó el teléfono. Vic fue al vestíbulo para cogerlo.

–¿Diga? –preguntó.

–Hola, Vic. Soy Evelyn. ¿No te habré despertado de la siesta?

–No, claro que no.

–¿Cómo está Melinda?

–Pues no demasiado bien. Está en su habitación tomándose una copa.

–Vic, no sabes cuánto siento lo de anoche.

Vic no sabía muy bien a qué se refería exactamente.

–Todos lo sentimos.

–El doctor Franklin nos llamó por teléfono. Mañana van a hacer un interrogatorio ante el juez de instrucción en Ballinger a las dos y media, y tendremos que ir todos, se supone. Creo que de todas formas alguien te lo notificará. Es en el palacio de justicia.

–De acuerdo. Gracias, Evelyn. No lo olvidaré.

–Vic, ¿has recibido alguna llamada telefónica sobre este asunto?

–No.

–Nosotros sí. Yo..., Phil cree que no te debería decir nada, Vic, pero yo creo que es mejor que lo sepas. Una o dos personas, bueno, digamos que una, dijo que no creía que fuese imposible que tuvieses algo que ver con la muerte de Charley. No lo dijeron con tanta claridad, claro, pero lo dieron a entender. Ya te puedes figurar lo que yo les contesté. Pero me pareció que debía avisarte de que va a haber algunas murmuraciones, Vic. No estuvo nada bien que tanta gente se diese cuenta de la actitud de Melinda y de Charley, como si estuviesen locos el uno por el otro. Pero mucha gente se dio cuenta, Vic.

–Sí, ya lo sé –dijo Vic con cierto tono de hastío–. ¿Y quién es la persona que te llamó por teléfono?

–No sé si debo decírtelo. No está bien, y en realidad da lo mismo, ya lo sabes.

–¿Fue Don Wilson?

Hubo una leve vacilación.

–Sí. Ya sabes que no lo conocemos mucho, y él a ti no te conoce tampoco. Ya estaría feo en alguien que te conociese, pero él tiene aún menos derecho.

Vic había esperado que fuese Don Wilson. Y esperaba que fuese aquello todo lo que tenía que decir.

–Dejémoslo correr. Es un resentido.

–Sí. Algo le pasa. No puedo decir que me guste ese hombre. Nunca me gustó. Ya sabes que lo invitamos a la fiesta por pura cordialidad.

–Sí, ya lo sé. Gracias por contármelo, Evelyn. ¿Alguna otra persona ha hecho comentarios...?

–No. No como ese, pero... –La voz suave y sincera se detuvo y Vic siguió esperando pacientemente–. Como ya te he dicho, Vic, varias personas hicieron comentarios sobre la forma en que Melinda se comportó con Charley y me preguntaron si yo creía que había algo entre ellos. Les dije que no.

Vic aferró fuertemente el teléfono sintiéndose azorado. Sabía perfectamente que Evelyn lo sabía de sobra.

–Ya sabes, Melinda siempre se está entusiasmando con la gente. Y especialmente con un pianista. Yo lo entiendo –dijo Evelyn.

–Sí –dijo Vic, maravillándose de la capacidad humana para el autoengaño.

Se había hecho tan habitual en sus amigos el ignorar el comportamiento de Melinda, el contemplarla sin pestañear, que ahora podían llegar a creerse que no había nada por lo que pestañear.

–¿Qué tal está Phil? –preguntó Vic.

–Está todavía bastante impresionado. Es el primer accidente que ha habido en nuestra piscina, ¿sabes? Y ha sido tan horrible además. Yo creo que Phil se siente de algún modo culpable. No costaría ningún trabajo convencerle de que cegase la piscina, pero me parece un poco exagerado.

–Por supuesto –dijo Vic–. Y muchas gracias por llamarme, Evelyn. Supongo que todos nos sentiremos un poco mejor después del interrogatorio de mañana en Ballinger. Ayudará a poner las cosas en su sitio. Nos veremos entonces a las dos y media en Ballinger, ¿no?

—Sí. Y si hay algo que podamos hacer hoy por ti, Vic..., quiero decir respecto a Melinda, no tienes más que llamarnos.

—De acuerdo, Evelyn. Muchas gracias. Hasta luego.

—Hasta luego, Vic.

Se dio cuenta de que había dicho lo de que el interrogatorio pondría las cosas en su sitio con una confianza absoluta e irreflexiva en su propia seguridad. Allí estarían sus amigos, Phil Cowan, y Horace Meller con sus mujeres. Pero por un instante se puso a pensar en Horace: había estado sorprendentemente callado después de que sacaran a Charley de la piscina, y luego en la cocina también. Vic trató de reproducir su expresión. Primero había sido intensa y sorprendida, y al final estaba ojeroso, pero Vic no recordaba haber visto ninguna sombra de duda cruzando su rostro. No, podía confiar en Horace. Melinda era capaz de acusarlo al día siguiente frente al juez de instrucción, pero Vic no creía que fuese a hacerlo realmente. Se requería un valor especial que no le parecía que tuviese Melinda. Bajo aquella capa de rebeldía era en el fondo cobarde y conformista. Sabía que si lo acusaba frente a todos sus amigos, estos se volverían contra ella, y Vic no creía que fuera ese su deseo. Podía actuar bajo el efecto de la rabieta, por supuesto, y acusarle, pero si lo hacía, todo el mundo iba a saber que se trataba de una rabieta y a conocer las razones de esta. Si alguien se paraba a examinar su carácter podía ser el fin de Melinda. Y no creía que a ella le interesara someterse a un escrutinio de su vida privada.

El lunes Vic volvió de la imprenta un poco antes de la una, a tiempo de hacer una comida rápida y de coger el coche hasta Ballinger antes de las dos y media. Melinda había pasado la mañana fuera de casa —Vic imaginó que estaría con Evelyn o con Mary— porque la había estado llamando desde las diez y media para notificarle lo del interrogatorio de las dos y media. No quiso comer nada, pero tampoco se tomó una copa hasta pocos minutos antes de marcharse. Por la falta de sueño tenía bolsas debajo de los ojos y la cara pálida y un poco hinchada: un aspecto muy apropiado para la atribulada dama cuyo amante acaba de morir, pensó Vic. No respondió a ninguna de las cosas que le preguntó o le dijo, así que Vic la dejó por imposible.

El interrogatorio tuvo lugar en el palacio de justicia de ladrillo rojo que se alzaba en la plaza principal de Ballinger. En la habitación había varias sillas y dos despachos, en uno de los cuales estaba sentado un secretario que escribía en taquigrafía todo lo que se hablaba. El juez se llamaba Walsh. Era un hombre guapo y serio de unos cincuenta años, con el pelo canoso y muy erguido. Todos estuvieron presentes y llegaron puntuales, los Meller, los Cowan, él y Melinda, y el doctor Franklin, que se sentó con los brazos cruzados. Primero había que narrar y confirmar las circunstancias objetivas del hecho, y luego se les preguntó a todos si creían que la muerte había sido producida por causas accidentales.

–Sí –afirmó Phil Cowan con firmeza.

–Sí –dijo Evelyn.

–Eso creo –dijo Horace, con la misma firmeza que Phil.

–Y yo también –añadió Mary.

–Sí –dijo Vic.

Le tocaba hablar a Melinda. Había estado mirando hacia el suelo. Miró hacia el juez con expresión asustada.

–No lo sé.

El juez Walsh la miró por segunda vez.

–¿Cree usted que algo o alguien que no sean circunstancias accidentales han podido ser responsables de la muerte del señor De Lisle?

–No lo sé –dijo Melinda inexpresivamente.

–¿Tiene usted alguna razón para pensar que alguien sea responsable de la muerte del señor De Lisle?

138

—Sé que a mi marido no le gustaba —dijo Melinda con la cabeza gacha.

El juez Walsh frunció el ceño.

—¿Quiere usted decir que su marido tuvo una pelea con el señor De Lisle?

Melinda vaciló.

Vic observó molesto cómo Phil fruncía el ceño y se movía en la silla. El doctor Franklin parecía limitarse a desaprobarlo severamente. Evelyn Cowan parecía desear levantarse de su asiento, sacudir a Melinda por los hombros y regalarle un poco de su cerebro.

—No, no se habían peleado —dijo Melinda—. Pero creo que a mi marido no le gustaba única y exclusivamente porque me gustaba a mí.

—¿Vio usted a su marido —empezó a preguntar con paciencia el juez Walsh— hacer algún movimiento en contra del señor De Lisle?

Melinda vaciló de nuevo.

—No —dijo, mirando todavía hacia el suelo con una curiosa timidez, aunque el tono alto y claro de su voz hizo que aquel «no» sonase muy positivo.

Ahora el juez se volvió hacia el doctor Franklin.

—Doctor, ¿la muerte del señor De Lisle se debió en su opinión a causas accidentales?

—No tengo motivos para pensar de otro modo —replicó el doctor Franklin.

Vic sabía que le caía bien al doctor Franklin. Se habían hecho muy amigos cuando nació Trixie. El doctor no tenía ni tiempo ni temperamento para ser muy sociable, pero siempre tenía una sonrisa y unas palabras para Vic cuando se encontraban en la ciudad.

—No percibió marca alguna en el cuerpo que diera fe de algún tipo de lucha —afirmó el juez más que preguntó.

Un ambiente de clara desaprobación hacia Melinda estaba haciéndose cada vez más espeso en la habitación.

–Había unas marcas rojas muy débiles en los hombros –dijo el doctor Franklin con un tono cansino–, pero probablemente se le hicieron al sacarlo de la piscina. O tal vez durante la respiración artificial que le hizo el señor Van Allen.

El juez Walsh sacudió la cabeza con profundo asentimiento.

–Vi las marcas de que habla. Parece ser usted de mi misma opinión. Y por lo que pude observar no tenía ninguna contusión en la cabeza.

–No –dijo el doctor Franklin.

–¿Y qué tenía en el estómago? ¿Había algo que pudiera haberle producido un calambre? ¿Había alguna señal de un calambre, en su opinión?

–No, no puedo decir que lo hubiera. Tenía en el estómago una cantidad ínfima de alimento, algo así como un canapé de los que sirven en las fiestas. Nada que pudiera producirle un calambre. Pero no siempre se producen por la presencia de alimentos en el estómago.

–¿Alcohol? –dijo el juez.

–No había más de cuatro décimas de milímetro de alcohol. Es decir, por centímetro cúbico de sangre.

–No había nada entonces que hubiera podido causarle molestias –dijo el juez.

–Nada en absoluto.

–¿Sin embargo, sigue siendo de la opinión de que la muerte del señor De Lisle se debió a circunstancias accidentales?

–Sí –dijo el doctor Franklin–. Eso es lo que creo. La causa específica de la muerte fue la asfixia por agua.

–¿Sabía nadar el señor De Lisle? –preguntó el juez a todos los presentes.

Nadie contestó inmediatamente. Vic sabía que no nadaba bien. Entonces Horace y Melinda empezaron a decir al mismo tiempo:

–Por lo que pude ver en...

–¡Sabía nadar lo bastante bien como para mantener la cabeza a flote! –dijo Melinda, que había reencontrado su lengua y su volumen.

–Señor Meller –dijo el juez.

–Por lo que pude ver en la piscina, no era un buen nadador –dijo Horace con cautela–. Esto puede o no tener que ver con lo que sucedió, pero le vi agarrándose al borde de la piscina como si tuviese miedo de soltarse, y, como ha dicho antes el señor Van Allen, y confirmado el señor Cowan, el señor De Lisle dijo que el agua estaba bastante fría.

Horace le dirigió a Melinda una mirada de soslayo, una mirada que no era en absoluto amable.

–¿Ninguno de ustedes oyó un grito? –preguntó el juez por segunda vez.

Hubo un coro de voces que dijeron «no».

–¿Señora Van Allen? –dijo el juez.

Melinda estaba retorciendo sus guantes blancos sobre el regazo y mirando al juez.

–No, pero no podríamos haber oído nada con el ruido que estábamos haciendo en la cocina.

–No estábamos haciendo tanto ruido –dijo Phil, frunciendo el ceño–. Habíamos apagado la música. Creo que habríamos podido oír un grito si hubiese habido alguno.

Melinda se volvió hacia Phil.

–¡No se oye ningún grito cuando a alguien se le hunde la cabeza y se le mantiene así!

–¡*Melinda!* –exclamó Mary Meller aterrorizada.

Vic contempló los segundos siguientes con un extraño desapego. Melinda estaba ahora medio de pie, gritándole su opinión al juez, y Vic sintió cierta admiración por aquel valor y aquella honestidad que no sabía que poseyera, mientras contemplaba su perfil con el ceño fruncido y sus puños apretados. Mary se levantó y avanzó vacilante unos cuantos pasos en dirección a Melinda

141

antes de que Horace la devolviese con suavidad a su asiento. El rostro bello y alargado de Phil estaba fruncido, y el doctor Franklin, con los brazos cruzados, seguía manteniendo hacia Melinda Van Allen el mismo frío desdén que había dado comienzo con las irracionales peticiones y quejas que le había hecho cuando la trató antes del nacimiento de Trixie. Melinda estaba repitiendo:

—Sí, creo que mi marido tuvo algo que ver con ello. ¡Creo que lo hizo él!

La expresión del juez Walsh era una mezcla de irritación y perplejidad. Por un momento pareció haberse quedado sin habla.

—¿Tiene usted algo, alguna prueba material para apoyar su creencia, señora Van Allen? —dijo, con la cara congestionada.

—Evidencia circunstancial. Mi marido estaba solo con él en la piscina, ¿no es así? Mi marido es mucho mejor nadador que Charley. ¡Y tiene también mucha fuerza en las manos!

Mary se puso de pie, y su rostro parecía aún más pequeño y concentrado de algún modo en su boca fruncida y llorosa, y se dispuso a abandonar la habitación.

—Debo pedirle, señora Meller —dijo el juez—, que no se marche, si es tan amable. La ley dice que todas las personas implicadas deben permanecer presentes hasta el final del interrogatorio.

Sonrió y la devolvió a su asiento con una inclinación.

Horace no había hecho ningún movimiento para detenerla. Parecía como si él mismo hubiese preferido marcharse.

El juez se volvió de nuevo hacia Melinda.

—Usted ha dicho que a su marido no le gustaba el señor De Lisle porque le gustaba a usted. ¿Estaba usted tal vez enamorada del señor De Lisle?

—No. Pero me gustaba mucho estar con él.

—¿Y cree usted que su marido estaba celoso del señor De Lisle?

—Sí.

El juez Walsh se volvió hacia Vic.

—¿Estaba usted celoso del señor De Lisle?

–No, no lo estaba –dijo Vic.

El juez Walsh se volvió hacia los Cowan y los Meller y les preguntó en un tono paciente y razonable:

–¿Percibió alguno de ustedes algo en la conducta del señor Van Allen que les llevase a pensar que estaba celoso del señor De Lisle?

–No –dijeron Phil y Horace prácticamente al unísono.

–No –dijo Evelyn.

–Por supuesto que no –dijo Mary.

–¿Cuántos años hace que conoce usted al señor Van Allen, señor Cowan?

Phil miró a Evelyn.

–¿Unos ocho años?

–Nueve o diez –dijo Evelyn–. Conocimos a los Van Allen en cuanto se mudaron aquí.

–Ya. ¿Y el señor Meller?

–Creo que hace diez años –dijo Horace con firmeza.

–¿Entonces consideran que lo conocen bien?

–Muy bien –dijo Horace.

–¿Apostarían ambos en favor de su carácter?

–Absolutamente –dijo Phil sin darle tiempo a hablar a Horace–. Y lo mismo hará cualquiera que le conozca.

–Yo lo considero mi mejor amigo –dijo Horace.

El juez asintió con la cabeza, luego miró hacia Melinda como si quisiese hacerle alguna pregunta o hacer alguna pregunta acerca de ella, pero Vic se dio cuenta de que no quería prolongarlo más, ni quería tampoco investigar más a fondo en su relación con De Lisle. De los ojos del juez se desprendía algo cálido y amistoso cuando miró hacia Vic.

–Señor Van Allen, tengo entendido que es usted el dueño de la Greenspur Press de Little Wesley, ¿no es así?

–Sí –dijo Vic.

–Una editorial estupenda. He oído hablar mucho de ella –dijo, sonriendo como si diese por sentado que cualquier persona culta en aquella región de Massachusetts tenía que haber oído hablar de la Greenspur Press–. ¿Tiene algo más que añadir, señora Van Allen?

–Ya le he dicho lo que pienso –dijo Melinda, escupiéndole las últimas palabras con su viejo estilo.

–Puesto que esto es un palacio de justicia, tenemos que tener evidencias –dijo el juez con una leve sonrisa–. A menos que alguien pueda ofrecer alguna evidencia de que la muerte no se debió a circunstancias accidentales, tendré que declarar cerrado este interrogatorio.

Esperó. No habló nadie.

–Declaro cerrado este interrogatorio con un veredicto de muerte debida a causas accidentales. –Sonrió–. Muchas gracias a todos por comparecer. Buenas tardes.

Phil se levantó y se secó la frente con un pañuelo. Melinda se encaminó hacia la puerta mientras se sonaba la nariz. Al llegar a la calle, el doctor Franklin fue el primero en despedirse, diciéndoles a todos buenas tardes con mucha solemnidad, y dudando un instante al dirigirse a Melinda, como si estuviese a punto de añadir algo, pero se limitó a decirle también «Buenas tardes, señora Van Allen», y se encaminó hacia su coche.

Melinda se quedó de pie junto al coche, sujetándose todavía el pañuelo contra la nariz como una viuda desconsolada.

–Arriba ese ánimo, Vic –le dijo Phil, dándole una palmadita en el hombro.

Luego se dirigió a su propio coche como si quisiera evitar el añadir algo más.

Evelyn Cowan le puso a Vic la mano en la manga.

–Lo siento, Vic. Llámanos pronto, ¿de acuerdo? Esta misma noche si quieres. ¡Adiós, Melinda!

Vic se dio cuenta de que Mary quería decirle algo a Melinda y que Horace estaba tratando de desanimarla. Entonces Horace se acercó a Vic, sonriendo, con su estrecha cabeza levantada como si quisiera infundirle valor a Vic mediante su actitud, como si quisiera demostrarle con aquella sonrisa que era todavía su amigo, su mejor amigo.

—Estoy seguro de que no puede seguir portándose así, Vic —dijo Horace en voz baja para que no lo oyese Melinda—. Así que no te dejes hundir. Nosotros estaremos siempre de tu parte, siempre.

—Gracias, Horace —dijo Vic.

Vic vio detrás de Horace cómo Mary movía sus labios finos y sensibles mientras miraba a Melinda. Luego, cuando Horace la cogió del brazo, le tiró un beso a Vic, sonriéndole a medida que se alejaba.

Vic le abrió la puerta a Melinda y ella entró en el coche. Luego se sentó al volante. Era su viejo Oldsmobile. Vic circundó la plaza principal según dictaban las normas de tráfico y luego cogió la calle que iba hacia el sur para llegar a la autopista de Little Wesley.

—No voy a volver a casa —dijo Melinda—, así que no te hagas ilusiones.

Vic suspiró.

—Pero Melinda, no puedes seguir llorando por alguien a quien apenas conocías.

—¡Tú lo mataste! —dijo Melinda con vehemencia—. Los Meller y los Cowan no lo saben tan bien como yo, ¿a que no?

Vic no contestó. Lo que le decía no le provocaba la más mínima alarma. Tampoco había sentido alarma alguna durante el interrogatorio, ni siquiera cuando surgió la cuestión de las marcas rojas en la piel de Charley. Pero sí se sentía ahora consciente de la irritación que le producía Melinda, de una cierta vergüenza que acababa por ser tranquilizadora de puro familiar que le resultaba. Todo el mundo sabía por qué le había acusado Melinda, por qué había llorado durante el interrogatorio, por qué se había puesto histérica en casa de los Cowan la noche del suceso. Los Cowan sabían cuál había sido su relación con De Lisle. De Lisle no había sido nada más que otro amante furtivo, pero daba la casualidad de que había ido a morirse precisamente en su casa. Los Cowan y los Meller también debían saber que él llevaba muchos años soportando escenas como aquella, muchos años aguantando lágrimas por culpa de citas fallidas con canallas y sinvergüenzas, y todavía más lágrimas cuando la abandonaban. Y sabían que él había estado pasando por todo pacientemente, sin una sola queja, comportándose siempre como si no pasara nada, igual que se había comportado en el interrogatorio.

Durante unos momentos, mientras Melinda se sonaba con un pañuelo limpio, Vic sintió que algo en su interior se endurecía contra ella. Había recibido su merecido y estaba indefensa para vengarse. Si volvía a la policía, ¿quién iba a creerla? ¿Cómo iba a probar su afirmación? Se podía divorciar de él, eso era todo. Pero Vic no creía que fuese a hacerlo. Podía negarse a darle su pensión, y para ello tendría una sólida base en que apoyarse, y también podría quitarle con facilidad la custodia de la niña, aunque no creía que eso la afectase demasiado. No creía que la atrajese en exceso la idea de quedarse sin dinero, de volver a la monótona y aburrida casa que sus padres tenían en Queens.

Melinda salió del coche en cuanto se detuvo frente al garaje y entró en la casa. Vic metió los herbarios de nuevo en el garaje. Eran las cuatro menos cuarto. Miró al cielo y le pareció que iba a caer un chaparrón sobre las seis de la tarde.

Volvió a entrar en el garaje y sacó, uno por uno, los tres acuarios de caracoles terrestres, que estaban cubiertos por una pantalla de cobre que permitía entrar la lluvia e impedía que los caracoles se escapasen. A los caracoles les gustaba la lluvia. Se inclinó sobre uno de los acuarios a mirar a dos de los caracoles, que se llamaban Edgar y Hortense, mientras se aproximaban lentamente el uno al otro, levantaban la cabeza para besarse y luego se deslizaban. Probablemente se acoplarían aquella tarde, bajo la fina lluvia que se filtraba por la pantalla. Solían acoplarse una vez a la semana y a Vic le parecía que estaban enamorados de verdad, porque Edgar no tenía ojos para otra hembra que no fuese Hortense, y Hortense no respondía jamás a los intentos de besarla de otros caracoles. Tres cuartos del millar aproximado de caracoles que tenía eran de su progenie. Eran muy considerados el uno con el otro respecto a la carga de incubar los huevos –operación que solía durar unas veinticuatro horas– y Vic había deducido que Hortense era la hembra solo porque la había visto incubando con más frecuencia que a Edgar. A Vic le parecía que aquello era amor de verdad, aunque se tratara de gasterópodos. Se acordó de una frase de uno de los libros de Henri Fabre que hablaba de que los caracoles eran capaces de cruzar vallas y vallas para encontrar a su compañera, y aunque él nunca había verificado personalmente aquel experimento, tenía la impresión de que podía ser cierto perfectamente.

11

El sentimiento de culpa de Vic no hizo acto de presencia. Tal vez fuese por las muchas otras cosas en las que había que pensar y por las que había que preocuparse. Melinda les estaba diciendo a todos sus amigos que creía que Vic había matado a Charley, lo cual podía interpretarse como consecuencia de su shock tras la muerte de este, aunque siguió insistiendo durante tres semanas y cada vez se mostraba más elocuente al respecto. En casa estaba todo el día gruñéndole y poniéndole mala cara. Daba la impresión de que estaba tramando alguna venganza contra él, y Vic no tenía ni idea de cuál podría ser. Entre preguntarse qué sería lo que Melinda iba a hacer al minuto siguiente y tratar de quitarle importancia a su comportamiento ante sus amigos, lo que hacía del modo más galante y condescendiente, Vic tenía bastante para ocupar las horas que le quedaban libres después de la editorial.

Horace fue a ver a Vic a la editorial tres días después del interrogatorio del juez. Los primeros minutos estuvo mirando las hojas sueltas en caracteres griegos que eran resultado del trabajo de aquel día, y se detuvo también a examinar el grabado que Vic había elegido –no era el mismo que tan descuidadamente había elegido Melinda– para la cubierta del libro. Sin embargo Horace atacó la cuestión que le había llevado allí antes de que transcurrieran cinco minutos.

—Vic, estoy un poco preocupado —dijo con firmeza—. Ya sabes por qué, ¿no?

Stephen y Carlyle se habían ido a casa. Estaban solos en la imprenta.

—Sí —dijo Vic.

—Ha ido dos veces a ver a Evelyn, ya sabes. Y otra a ver a Mary.

—Ya —dijo Vic sin sorprenderse—. Creo que me dijo que había estado con Evelyn.

—Bueno, ¿y sabes lo que anda diciendo? —dijo Horace, sintiéndose violento—. Le dijo a Mary que te había dicho a ti lo mismo en casa. —Hizo una pausa pero Vic no abrió la boca—. No es que me interese demasiado el asunto salvo que no es muy agradable que se difunda por toda la ciudad, pero ¿qué va a pasar con Melinda?

—Supongo que se aplacará —dijo Vic en tono paciente.

Se sentó con una pierna en una esquina de la mesa de composición. Un ruiseñor cantó «Chip, chip» y su canto se oyó claramente a través de la ventana cerrada que había a espaldas de Horace. Veía perfectamente al ruiseñor posado en el alféizar. Se estaba poniendo el sol. Se preguntó si el ruiseñor querría algo de comer o si tendría algún conflicto. La primavera pasada aquel ruiseñor vivía con su pareja en un nido que habían hecho sobre un muro bajo de piedra justo detrás de la puerta trasera.

—¿Eso crees? ¿Qué estás pensando? —dijo Horace.

—Sinceramente, estaba pensando en ese ruiseñor —dijo Vic, apartándose de la mesa y dirigiéndose a la puerta de atrás.

Miró las migajas de pan y los trocitos de tocino que quedaban todavía de los que Carlyle había esparcido detrás del árbol aquella mañana.

—A lo mejor solo estaba diciendo buenas noches —prosiguió Vic—, pero la primavera pasada tuvimos que cazar una serpiente que se les había metido en el nido.

Horace se sonrió con cierta impaciencia.

–Nunca sabré si finges que no te importa nada o si realmente no te importa nada, Vic.

–Supongo que sí me importa –dijo Vic–, pero no debes olvidar que llevo ya unos cuantos años sobrellevándolo.

–Sí. Ya lo sé. Y no quiero meterme, Vic. Pero ¿te imaginas a Evelyn o a Mary –y Horace alzó repentinamente la voz– yendo a decirte a ti y a otros amigos suyos que su marido es un asesino?

–No. Pero yo siempre he sabido que Melinda era distinta.

Horace se rió, con desesperación.

–¿Qué vas a hacer, Vic? ¿Se va a divorciar de ti?

–No ha dicho nada al respecto. ¿Le ha dicho algo de eso a Mary?

Horace se quedó un momento mirándole, casi con sorpresa.

–No, que yo sepa.

Hubo una pausa larga. Horace se puso a pasear en el espacio que había entre dos mesas, con las manos en los bolsillos de la chaqueta, como si estuviese midiendo sus pasos concienzudamente. Vic estaba ahora de pie y respiró hondo. Sintió que se le aflojaba el cinturón y se lo apretó un agujero más. Últimamente había estado comiendo poco deliberadamente, y se le empezaba a notar en la cintura.

–Bueno, ¿y qué es lo que le contestas cuando te acusa? –le preguntó Horace.

–¡Nada! –dijo Vic–. ¿Qué voy a contestarle? ¿Qué puede contestarse a eso?

Horace se puso nuevamente pálido de asombro.

–Yo podría contestar muchas cosas. Le diría, si fuera tú, que había estado soportando lo insoportable durante años y que eso era la gota que colmaba el vaso. No creo que realmente se crea lo que dice, Vic –dijo muy serio–. Si lo creyera, ¡no podría estar viviendo contigo bajo el mismo techo!

En realidad no estaba viviendo bajo el mismo techo, pensó Vic. El apasionamiento de Horace le ponía nervioso.

—No sé qué hacer, Horace. Realmente no tengo ni idea.

—¿Se te ha ocurrido alguna vez pensar que Melinda puede estar de verdad un poco loca? Yo no soy psiquiatra, pero he tenido ocasión de observala durante años. ¡Y esto pasa ya demasiado de la raya como para atribuirlo a la falta de moderación o a que esté un poco malcriada!

Vic captó la nota de hostilidad que había en la voz de Horace y automáticamente sintió algo que se le rebelaba, algo que le impulsaba a defender a Melinda. Era la primera vez que Horace expresaba su desagrado por ella.

—No creo que esto vaya a continuar así, Horace.

—Pero es algo que luego ya no podrá deshacerse –protestó Horace–. Nadie se va a olvidar de ello, Vic. Y creo que a estas alturas la ciudad entera sabe que te está acusando. ¿Qué clase de mujer es? ¡No entiendo cómo puedes aguantarlo!

—He aguantado tanto –replicó Vic con un suspiro– que supongo que se ha convertido en una costumbre.

—¿Costumbre de torturarte?

Horace miró a su amigo con angustiada preocupación.

—No es tan terrible como parece. Puedo sobrellevarlo, Horace. Así que, por favor, no te preocupes.

Y le dio una palmadita a Horace en el hombro.

Horace dejó escapar el aire de su boca con un ruido de protesta.

—Pero es que sí me preocupo.

Vic sonrió levemente, se dirigió a la puerta de atrás y la cerró.

—Me gustaría que te vinieras a casa a tomar una copa...

—Muchas gracias –le interrumpió Horace en tono de negativa.

—Como tú quieras –dijo Vic, sonriendo.

Pero volvió a sentir una incomodidad y una vergüenza crecientes porque Horace se había vuelto contra Melinda.

—Muchas gracias, Vic, pero ahora no. ¿Por qué no vienes tú a vernos? Mary estará encantada de verte.

–Esta noche me parece que no va a poder ser. Pero tomo nota, otra vez será. De todas formas no te olvides de darle a Mary recuerdos de mi parte. ¿Qué aspecto tiene el peral?

–Mejor. Mucho mejor –dijo Horace.

–Me alegro.

Vic les había dado un poco de su propio líquido fungicida para que rociasen el peral, ya que sus hojas habían empezado a mostrar unos puntitos marrón rojizo.

Salieron y se dirigieron a los coches, hablando de la posibilidad de que lloviese aquella tarde. Se respiraba en el aire un aroma de otoño.

–Nos gustaría verte pronto, Vic –dijo Horace antes de meterse en el coche.

–Así será –contestó Vic, sonriendo–. ¡Un beso a Mary!

Le saludó afectuosamente con la mano y se metió en el coche.

Melinda estaba en el salón, sentada en el sofá con una revista, cuando Vic llegó a casa.

–Buenas tardes –dijo Vic, sonriendo.

Le miró con hosquedad.

–¿Quieres que te prepare una copa? –le preguntó Vic.

–Gracias. Ya lo haré yo.

Vic se había aseado y puesto una camisa limpia en su habitación antes de entrar en la casa. Se sentó en su butaca favorita a leer el periódico. Era chocante, y bastante agradable, no sentir deseo alguno de tomarse una copa a las siete de la tarde. Llevaba tres días sin tomar ninguna copa. Le hacía sentirse de algún modo seguro y autosuficiente. Era consciente de la placidez que aparecía en la expresión de su rostro, mientras que en su interior sentía una severidad inflexible, una tensión no del todo desagradable cuyos componentes desconocía en realidad. ¿Odio? ¿Resentimiento? ¿Miedo? ¿Sentimiento de culpa? ¿O era simplemente orgullo y satisfacción? En cualquier caso era como su núcleo. Y otra pregunta era: ¿lo había tenido siempre dentro o se trataba de algo nuevo?

Melinda apareció con el vaso en la mano.

—Trixie va a venir y tendrá cosas que contar —anunció.

—¿Adónde ha ido?

—A una fiesta en casa de los Peterson. Era el cumpleaños de Janey. Seguro que vuelve a casa con algo divertido que contar.

—¿Tengo yo que ir a recogerla o la va a traer Peterson?

—Dijo que la traería sobre las siete y media —contestó Melinda dejándose caer con tal fuerza en el sofá que casi derramó la copa.

Al hacer ese movimiento una nube de polvo gris surgió del sofá haciéndose visible. Vic la miró divertido.

—Creo que voy a pasar un poco el aspirador antes de cenar —anunció complacido.

La cara de Melinda, incongruentemente hosca y melancólica, le hizo sonreír aún más. Sacó la aspiradora del armario del vestíbulo y la enchufó junto al tocadiscos. Se puso a silbar mientras trabajaba, disfrutando con la veloz desaparición de las pelotas de polvo que había bajo el sofá y del cuadrado de fino polvo que apareció al correr la butaca. Disfrutaba también con el esfuerzo de sus músculos al realizar la humilde y doméstica tarea de limpiar el salón. Metía el estómago hacia dentro, mantenía las rodillas sin doblar al inclinarse para limpiar debajo de la librería, se estiraba lo más posible para alcanzar la parte alta de las cortinas con la boquilla-cepillo. Pensó que al día siguiente la emprendería con las ventanas. Hacía meses que necesitaban una limpieza. Seguía pensando cuando llegó Charles Peterson con Trixie.

—¡Hola! —le gritó Vic a Peterson, que estaba fuera en el coche—. ¿No vas a pasar un minuto?

Peterson parecía no tener muchas ganas de entrar. Detrás de su tímida sonrisa, Vic percibió su incomodidad. Pero ya estaba entrando.

—¿Qué tal estáis esta tarde? —preguntó cuando llegaba a la puerta.

Trixie había pasado corriendo junto a Vic, haciendo sonar un silbato que le habían dado en la fiesta.

—Muy bien —dijo Vic—. ¿Quieres una cerveza? ¿O un poco de té helado? ¿Una copa?

El cuadro que componían él y Melinda era bastante gracioso, y Vic lo sabía. Él, en mangas de camisa, limpiando el salón con la aspiradora, y Melinda sentada en el sofá con una copa, con un aspecto que tampoco era particularmente aseado: una blusa de algodón, una falda y unas sandalias sin medias.

Peterson miró a su alrededor un poco incómodo, y luego se sonrió.

—¿Cómo está usted, señora Van Allen? —preguntó un poco amedrentado, según le pareció a Vic.

—Muy bien, gracias —contestó Melinda con una contorsión de boca que pretendía ser una sonrisa.

—Estas fiestas de los niños... —dijo Peterson con una risita—. Realmente te agotan mucho más que las fiestas para adultos.

Se le notaba un dejo lento y pesado de Nueva Inglaterra al pronunciar las aes.

—Puedes estar seguro de eso —dijo Vic—. ¿Qué edad tiene Janey? ¿Siete años?

—Seis —dijo Peterson.

—¡Seis! Es muy alta para su edad.

—Sí, es verdad.

—¿No te sientas?

—No, me marcho enseguida, gracias.

Los ojos de Peterson bailaban de un lado a otro, como si pudiese leer en una esquina de la habitación, en las revistas revueltas que había sobre el mueble bar, la verdadera explicación del escándalo Van Allen.

—Bueno, Trix parece que se ha divertido mucho. Seguro que es la que más ruido ha metido —dijo Vic, haciéndole un guiño.

—¡No es verdad! —gritó Trixie, hablando todavía lo más alto

154

posible como probablemente debía de haber hecho durante toda la fiesta para que se la oyese por encima de otros veinte niños de seis años chillando al mismo tiempo–. Tengo algo que decirte –le dijo a Vic en un tono premeditado para excitar su curiosidad.

–¿A mí? ¡Qué bien! –susurró Vic entusiasmado.

Luego se volvió hacia Peterson, que se dirigía hacia la puerta.

–¿Cómo están las hortensias?

La cara de Peterson se iluminó con una sonrisa.

–Están muy bien. Estuvieron un poco mustias durante un tiempo, pero ya se han repuesto. –Se dio la vuelta–. Buenas noches, señora Van Allen. Me alegro de haberla visto.

Vic sonrió.

–Buenas noches, Charley.

Sabía que sus amigos le llamaban así y pensó que le gustaría más que «señor Peterson».

–Buenas noches –dijo Peterson–. Hasta pronto.

A Vic le sorprendió que la sonrisa de Peterson fuese más auténtica ahora que la que tenía al llegar.

–¡Pero por Dios! –dijo Vic cuando volvió a la casa–. ¿No podías haberle dicho buenas noches a ese hombre?

Melinda se limitó a mirarle lánguidamente.

–No me parece muy conveniente para tus relaciones públicas. –Se puso las manos en las rodillas y se inclinó hacia Trixie–. ¿Y tú no podías haber dado las gracias y las buenas noches?

–Ya se las he dado en casa de Janey –replicó Trixie.

Miró rápidamente a su madre, y luego le hizo señas a Vic de que fuera con ella a la cocina.

Melinda los estaba mirando.

Vic se fue con Trixie. Esta le cogió la cabeza inclinándola hacia ella y le susurró al oído con voz ronca:

–¿De verdad mataste a Charley De Lisle?

–¡No! –susurró Vic, sonriendo.

—Porque Janey dice que fuiste tú.

Los ojos de Trixie brillaban de impaciencia, con un orgullo y una excitación prestos a estallar en un grito o un abrazo si Vic le dijese que había matado a Charley.

—¡Eres una niña salvaje! —le susurró Vic.

—Janey dice que los Wilson fueron a ver a su madre y a su padre, y ellos creen que fuiste tú.

—¿De verdad?

—¿Entonces no lo hiciste?

—No, no lo hice —susurró Vic—. No lo hice, no lo hice.

Melinda entró en la cocina. Miró a Trixie con aquella mirada aburrida pero intensa que no tenía un ápice de nada que pudiese llamarse maternal. Trixie no reaccionó en absoluto a la mirada. Estaba acostumbrada.

—Trixie, vete a tu habitación —dijo Melinda.

Trixie miró a su padre.

—Sí, cariño, vete —dijo Vic, haciéndole una caricia debajo de la barbilla—. No tienes por qué hablarle como a un lacayo, ¿no? —le dijo a Melinda.

Trixie se fue con la cabeza alta, pretendiendo sentirse ofendida, pero Vic sabía que se le olvidaría en pocos segundos.

—Bueno —dijo Vic, sonriendo—. ¿Qué pasa?

—Creí que te vendría bien saber que toda la ciudad te ha calado.

—¿Que me ha calado? ¿Qué quieres decir? Supongo que todos saben que maté a Charley.

—Están todos hablando de eso. Tendrías que oír a los Wilson.

—Me parece como si ya los hubiera oído. No tengo especial interés en oírlos. —Vic abrió la nevera—. ¿Qué hay de cena?

—Va a haber un escándalo público en tu contra —dijo Melinda amenazadoramente.

—Dirigido por ti. Dirigido por mi mujer.

Vic estaba sacando unas chuletas de cordero del congelador.

–¿Te crees que no va a pasar nada? ¡Pues estás muy equivocado!

–Supongo que Don Wilson me vio ahogando a De Lisle en la piscina. ¿Por qué no lo dice claramente? ¿De qué sirven todas esas murmuraciones a espaldas de la gente?

Sacó unos guisantes congelados. Guisantes, una gran ensalada de lechuga y tomate, y las chuletas. Él no quería patatas, y sabía que si no ponía patatas, Melinda tampoco lo haría.

–¿Crees que no soy capaz de hacer algo? ¿Qué te apuestas? –preguntó Melinda.

Él la miró y volvió a notar las bolsas que tenía debajo de los ojos, la angustiosa tensión de sus cejas.

–Cariño, me gustaría que no siguieras así. No sirve de nada. Haz algo. Haz algo constructivo, pero no te dediques a lamentarte por casa todo el día, torturándote. –Le costó añadir esto último que le había copiado a Horace–. No quiero verte con bolsas debajo de los ojos.

–Vete al infierno –murmuró ella, y regresó al salón.

Era una frase simple, «Vete al infierno», realmente muy poco original y más o menos imprecisa, pero a Vic siempre le molestaba oírsela a Melinda por las muchas cosas diferentes que podía significar. No siempre significaba que no encontraba nada mejor que decir, aunque a veces también se trataba de eso. Vic sabía que aquella noche estaba tramando algo. ¿Una confabulación con Don Wilson? Pero ¿de qué tipo? ¿Y cómo? Si Don Wilson de verdad hubiera visto algo la noche de la fiesta de los Cowan lo habría dicho antes. Melinda no se habría callado algo tan importante si se lo hubieran dicho.

Vic volvió al salón y terminó de limpiar con entusiasmo. Melinda suponía un desafío y él lo saboreaba.

Preparó toda la cena, incluyendo salsa de manzana con una clara batida para postre. Trixie se había quedado dormida en su cuarto, y Vic no la despertó, suponiendo que probablemente habría comido más que suficiente en casa de los Peterson. Vic estuvo muy amable y charlatán durante la cena. Pero Melinda estaba pensativa, no atendía realmente a todo lo que él decía, y su falta de atención no era deliberada.

Unos diez días después, a comienzos de septiembre, cuando llegó el saldo del banco, Vic se dio cuenta de que faltaban más de cien dólares de lo habitual, obviamente sacados por Melinda. Algunos de sus talones convertidos en metálico figuraban entre los recibos pagados –uno de ciento veinticinco dólares–, pero no había ninguno con alguna dirección que pudiese darle una pista de para qué había usado el dinero. Trató de recordar si se había comprado algún vestido o algo para la casa. No había comprado nada, estaba seguro. En circunstancias normales no se habría percatado de un exceso de cien dólares en sus gastos mensuales, pero puesto que últimamente se mostraba tan receloso con todos los actos de Melinda supuso que debía haber examinado el saldo del banco con más cuidado del habitual. El cheque de ciento veinticinco dólares tenía fecha del 20 de agosto, más de una semana después del funeral de De Lisle en Nueva York (al cual Melinda había asistido), y Vic pensó que no podía por tanto ser para flores o algo relacionado con el funeral.

Vic creyó posible que hubiese contratado a un detective privado, así que empezó a buscar alguna cara nueva en Little Wesley, una cara que pareciese mostrar algún interés especial por su persona.

12

Septiembre era un mes muy tranquilo en lo que a acontecimientos sociales se refiere. La gente estaba muy ocupada reparando la bodega, limpiando las cañerías de desagüe, inspeccionando las calefacciones de cara al invierno, y buscando a los operarios para que llevasen a cabo tales tareas, lo que a veces llevaba una semana. Los MacPherson llamaron a Vic desde Wesley para que les diese su opinión sobre una estufa de petróleo que querían comprar. Y la señora Podnansky tenía una ardilla muerta en su pozo. No usaba dicho pozo más que como elemento decorativo, y no es que el agua tuviese que estar limpia, pero la ardilla flotando la deprimía. Vic la sacó con una de sus viejas redes de cazar mariposas atada a un mango de rastrillo. La señora Podnansky, que había intentado pescarla con un cubo y una cuerda durante varios días antes de llamarle, daba saltos de gratitud. Su rostro nervioso y más bien dulce se iluminó y estuvo a punto durante unos minutos de echarle un pequeño discurso –un discurso sobre su confianza en él y el afecto que le tenía a pesar de las habladurías de la gente, imaginó Vic–, pero al final lo único que le dijo en tono malicioso fue:

–Tengo una botella de una cosa maravillosa en la cocina. Calvados. Me lo trajo mi hijo. ¿Lo quieres probar?

Y Vic se acordó con desagrado de los trozos extra de tarta que le ofrecían a la fuerza los anfitriones compasivos. Se sonrió y dijo:

—Muchas gracias, querida. Pero últimamente estoy a dieta de agua.

La red de cazar mariposas, que hacía años que Vic no tocaba, le recordó el placer con que solía perseguir mariposas cerca del arroyo que había detrás de la casa. Pensó que estaría bien volver a hacerlo.

Vic se encontró dos veces a Don Wilson en la ciudad. Una por la acera, y la otra cuando él iba conduciendo y Wilson a pie. Las dos veces Wilson le dirigió una sonrisa furtiva, una débil inclinación de cabeza, y lo que podría haber sido denominado como una mirada larga. En ambas ocasiones Vic le había dicho «¡Hola! ¿Qué hay?» con una sonrisa radiante. Sabía que Melinda había ido varias veces a ver a los Wilson. Puede que también Ralph Gosden hubiese estado allí. Vic podría haberles propuesto que fuesen a su casa, pero le aburrían soberanamente, y además se daba cuenta de que Melinda los consideraba ahora sus amigos, y no amigos de él, y no los quería compartir.

Una tarde June Wilson se presentó en la imprenta. Apareció tímidamente, pidiendo disculpas por llegar sin avisar, y le preguntó a Vic si tenía tiempo para enseñarle el local. Vic dijo que por supuesto.

Stephen estaba de pie junto a la máquina. Conocía a los Wilson y le dio la bienvenida a June con una sonrisa de sorpresa. No dejó de trabajar. Vic tomó nota de la forma en que se hablaban uno a otro, tratando de encontrar alguna frialdad en el tono de Stephen, pero no pudo encontrarla. De todas formas Stephen era un joven muy educado. Vic le enseñó a June una plancha de tipos griegos que iba a imprimir aquella tarde en papel de seda y a corregir después, le enseñó el almacén, se la presentó a Carlyle, y luego se quedaron unos instantes mirando a Stephen hasta que June debió de considerar que ya había transcurrido tiempo suficiente, porque le sugirió a Vic que pasaran a su oficina. Una vez allí. June encendió apresuradamente un cigarrillo, y dijo a bocajarro:

—He venido para decirte una cosa.

—¿El qué? —preguntó Vic.

—Para decirte que no apruebo lo que está haciendo mi marido y que yo no pienso como él. Y además yo... —sus delgadas manos manejaban la pitillera de cuero, y temblaron cuando volvió a poner la solapa en su sitio para cerrarla— me siento muy violenta por la forma en que se está comportando.

—¿A qué te refieres?

Ella le miró, con los ojos azules grandes y jóvenes llenos de seriedad. La luz del sol que entraba por la ventana a sus espaldas parecía arder como un fuego dorado sobre su cabello corto y rizado. Vic la encontraba demasiado menuda y de aspecto famélico para ser guapa, y no estaba seguro de si era o no muy inteligente.

—Debes saber a qué me refiero —dijo—. ¡Es terrible!

—Sí, he oído decir lo que piensa, o lo que ha estado diciendo. No puedo decir que me moleste demasiado.

Le sonrió.

—No, claro. Ya lo comprendo. Pero a mí me molesta porque... porque es injusto, y no llevamos demasiado tiempo en esta ciudad, y la gente va a acabar odiándonos.

—Yo no te odio —dijo Vic, sonriendo todavía.

—No sé por qué no me odias. Pero la gente está empezando a odiar a Don. No les puedo culpar. Está hablando con gente que son amigos tuyos, algunos por lo menos. O que te conocen bien, la mayoría. Cuando Don dice lo que dice, la gente..., bueno, o nos dejan con la palabra en la boca o tachan a Don de grosero, de chiflado o de algo parecido. —Se quedó dudando un instante, con las manos temblorosas jugando de nuevo con la pitillera—. Quería pedirte disculpas, por mi marido, y decirte que no comparto sus ideas en absoluto en lo que respecta a ese asunto —dijo con firmeza—. Lo siento de veras y estoy avergonzada.

–¡Venga! –dijo Vic en tono burlón–. No se ha hecho daño a nadie, excepto a tu marido quizá. Yo también lo siento, pero –la miró sonriendo– creo que es un gran detalle por tu parte haber venido a decirme esto. Lo aprecio de veras. ¿Hay algo que pueda hacer para ayudarte?

Ella sacudió la cabeza.

–Supongo que podremos capear el temporal.

–¿Podremos?

–Sí, Don y yo, quiero decir.

Vic se estaba paseando por detrás de su despacho con las manos en los bolsillos, mirando al suelo, sintiéndose agradablemente consciente de que ahora estaba completamente plano por delante, de que no sobresalía una sola protuberancia por encima de su cinturón trenzado. De hecho, Trixie había tenido que volver a llevar el cinturón al colegio para estrecharlo unos centímetros.

–¿Os gustaría a Don y a ti venir una tarde a tomar una copa a casa?

June Wilson pareció sorprenderse.

–Sí, claro. Seguro que iremos –frunció el ceño–. ¿Lo dices de verdad?

–¡Por supuesto que sí! –dijo Vic, echándose a reír–. ¿Qué te parece mañana viernes por la noche? ¿Sobre las siete?

Se sentía tan complacida que se ruborizó.

–Creo que estará muy bien. A mí me encantaría ir. Me he alegrado muchísimo de verte.

–Yo también.

Vic la acompañó hasta el coche y le hizo una reverencia cuando se marchó.

Aquella tarde cuando volvió a casa, le dijo Melinda:

–Tengo entendido que has invitado a los Wilson a tomar una copa.

–Sí. No te importa, ¿verdad?

–A Don Wilson no le gustas, lo sabes de sobra.

—Eso es lo que he oído –dijo con aburrimiento–. Así que pensé que habría que hacer algo para arreglarlo. Parecen bastante agradables.

Luego Vic salió a buscar la segadora que estaba en el garaje. Su proyecto de aquella tarde era segar el césped desigual que rodeaba la casa por tres de sus lados, ocupando así el tiempo entre las siete y la hora de cenar, tiempo que antes solía ser la hora de tomarse una copa.

Los Wilson llegaron sobre las siete y veinte el viernes por la tarde. Don saludó a Melinda en el mismo tono que usó con Vic. Pero su mujer no fue tan reservada; tenía para Vic una amplia sonrisa. June ocupó la butaca de Vic, y Don se sentó en medio del sofá muy estirado con las largas piernas cruzadas hacia delante y en una pose de exagerada impasibilidad. Tenía una expresión despectiva de diversión y una mirada como de quien acaba de percibir un mal olor. También despectivos, pensó Vic, eran sus pantalones sin planchar y su camisa no muy limpia. Su chaqueta de mezclilla tenía coderas de cuero.

Vic preparó unos Old Fashioned, muy fuertes y con mucha fruta fresca, y los llevó al salón en una bandeja. Melinda y June estaban hablando de flores, lo cual a Melinda la estaba aburriendo soberanamente. Sirvió las copas, colocó el plato de palomitas en medio de la mesa, y luego se sentó en una silla y le dijo a Don:

—¿Y qué hay de nuevo?

Don se irguió un poco. Seguía manteniendo la sonrisa despectiva.

—Don tiene la cabeza en otra cosa –se adelantó su mujer–. Es probable que esta noche esté bastante callado, pero no os preocupéis.

Vic hizo un gesto educado con la cabeza y bebió un trago.

—No hay mucho de nuevo –dijo Don con su voz ronca de barítono.

Estaba ahora mirando a Vic mientras las mujeres seguían con su charla.

Vic llenó la pipa despacio, consciente de que estaba siendo observado por Don Wilson. Era sorprendente la facilidad que tenía June Wilson para hablar horas y horas sin decir nada. Ahora estaba hablando de exposiciones caninas, preguntándose si en Little Wesley se habría celebrado alguna vez una exposición canina. Vic vio cómo Melinda se echaba un buen trago de su copa. Melinda no tenía talento para las conversaciones banales con otras mujeres. Don Wilson estaba echándole una ojeada exhaustiva al salón, según percibió Vic, y supuso que pronto llegaría una inspección de la librería.

—¿Y qué os parece la ciudad? —le preguntó Vic a Don.

—Muy bien —dijo Don, mirando a Vic con sus ojos oscuros una y otra vez.

—Tengo entendido que conocéis a los Hines.

—Sí. Son una gente realmente encantadora —dijo Don.

Vic suspiró. Preparó una segunda ronda de bebida lo más pronto que pudo. Luego le preguntó a Don:

—¿Habéis visto últimamente a Ralph Gosden?

—Sí. La semana pasada, me parece —contestó Don.

—¿Y qué tal está? Hace mucho que no lo veo.

—Creo que está bien —dijo Don, con cierto tono de desafío en la voz.

Vic sintió lástima de June Wilson. La segunda copa no estaba haciendo gran cosa para relajarla. Seguía haciendo un gran esfuerzo con Melinda, atravesando realmente una especie de convulsiva agonía, todo en nombre de las relaciones sociales. Vic decidió que la única forma de que Don Wilson se desentumeciera era quedarse a solas con él, ya que su mujer probablemente le habría dicho que se portase lo mejor posible aquella noche, así que propuso dar una vuelta por la finca.

Don se fue levantando por partes, con la sonrisa insultante

todavía posada sobre los labios. «No tengo miedo de dar una vuelta por el campo con un asesino», podría haber dicho.

Vic lo llevó primero al garaje. Le enseñó los caracoles, y le habló de sus huevos y sus crías con un fervor malévolo cuando se percató de que a Don le desagradaban un poco. Habló con locuacidad de su ritmo de reproducción y de que los empujaba a hacer carreras que organizaba para divertirse, haciéndolos caminar sobre el filo de una cuchilla de afeitar, aunque la verdad era que jamás en su vida les había hecho hacer carrera alguna. Luego le habló de su experimento con los chinches y de la carta que había escrito a la revista de entomología, que fue publicada, y de la carta de agradecimiento con que le habían contestado.

–Siento no poder enseñarte los chinches pero me deshice de ellos cuando acabé el experimento –dijo Vic.

Don Wilson miró con educación la sierra eléctrica de Vic, sus hierbas, y las ordenadas hileras de martillos y sierras que estaban colgadas en un panel en la pared trasera del garaje, todos ellos instrumentos asesinos. Luego Vic le enseñó la pequeña librería que estaba preparando para la habitación de Trixie. El rostro de Don estaba empezando a traicionar una cierta sorpresa.

–¡Deja que te traiga otra copa! –dijo Vic de repente, quitándole a Don el vaso de la mano–. Espérame aquí. Enseguida vuelvo. ¡Tienes que ver nuestro arroyo!

Vic volvió al cabo de cinco minutos con una copa nueva para Don. Luego se encaminaron hacia el arroyo que había detrás de la casa.

–Aquí es donde duermo yo –dijo Vic al pasar por delante de su ala al otro lado del garaje, aunque estaba seguro de que Don había oído decir que dormían en habitaciones separadas. Don miró atentamente hacia las ventanas sin cortinas.

Vic estuvo hablando por lo menos diez minutos acerca de un lecho de origen glacial que había debajo del arroyo y de unas piedras que había recogido él mismo. Luego se lanzó a disertar sobre la vida arbórea que crecía en derredor. Tuvo especial cuidado en mantener su entusiasmo justo al borde de la histeria, de la aberración. Don apenas habría podido deslizar una palabra en medio aunque hubiese querido.

Por fin Vic se detuvo y dijo con una sonrisa:

—Bueno, en realidad no sé si te interesa todo esto.

—Debes de ser un hombre muy feliz —dijo Don con sarcasmo.

—No me puedo quejar. La vida se ha portado muy bien conmigo —replicó, y luego añadió—: Tuve la inmensa suerte de nacer con una renta, lo cual evidentemente ayuda.

Don asintió con su larga quijada apretada. Era evidente que odiaba a la gente que vivía de renta. Bebió un trago.

—Quería preguntarte algo esta noche.

—¿El qué?

—¿Qué crees que mató a Charley De Lisle?

—¿Que qué creo? No lo sé. Supongo que fue un calambre. O que se metió donde cubría.

Los ojos marrón oscuro de Don le penetraron, o lo intentaron al menos.

—¿Eso es todo?

—¿Qué crees tú? —preguntó Vic balanceándose sobre una roca suelta que había en la orilla.

Estaba más bajo que Don, que en aquel momento se hallaba a un metro y medio por encima de Vic. Don dudaba. No tenía valor, pensó Vic, realmente no había allí nada de agallas.

—Pensé que podrías haberlo hecho tú —dijo Don en un tono casual.

Vic se echó a reír un poco.

—Vuelve a intentar adivinarlo.

Don no contestó nada, solo siguió mirándolo.

—Algunas personas creyeron también que yo había matado a Malcolm McRae, según oí —dijo Vic.

—Yo no.

—Me alegro por ti.

—Pero pensé que era una historia muy peculiar para andar circulando por ahí —añadió Don, haciendo énfasis en la palabra «peculiar».

—Me hace gracia que la gente diera tanta importancia a aquello. Creo que Ralph Gosden estaba aterrorizado, ¿no?

—Lo que es curioso es que te divierta tanto —dijo Don sin sonreír.

Vic subió despacio por la orilla, sintiéndose muy aburrido de la compañía de Don Wilson.

—Pareces compartir con mi mujer la opinión de que fui yo quien mató al señor De Lisle —dijo Vic.

—Sí.

—¿Crees que tienes poderes parapsicológicos? ¿Que puedes ver lo que no hay? ¿O se trata simplemente de que tienes imaginación de escritor? —preguntó Vic en tono agradable.

—¿Te atreverías a decirle a un detector de mentiras que no lo mataste? —dijo Don que estaba empezando a enfadarse.

Las tres copas bien cargadas habían empezado a hacer que su hablar fuera un poco pastoso.

—Me encantaría, desde luego —dijo Vic un poco tenso.

Si esa súbita tensión se debía al aburrimiento o a la hostilidad era algo que ignoraba. Pensó que probablemente se trataría de las dos cosas.

—Eres un hombre muy raro, Van Allen —dijo Don Wilson.

—Y tú un hombre muy brusco —replicó Vic.

Ahora estaban sobre suelo firme. Vic vio cómo la huesuda mano de Don se tensaba sobre la copa vacía, y no le habría sorprendido que se la hubiese arrojado a la cara de repente. Vic le sonrió con una suavidad deliberada.

—Señor Van Allen, no me importa nada lo que pienses de mí. No me importa no volver a verte nunca más.

Vic se echó a reír.

—Ese sentimiento es mutuo.

—Pero creo que nos volveremos a ver.

—No podrás evitarlo a menos que te mudes a otro sitio.

Vic esperó. Don no dijo nada, se limitó a mirarle.

—¿Vamos con las mujeres?

Vic empezó a andar hacia la casa y Don le siguió.

Lamentaba haberse dejado irritar y haberle hablado tan ásperamente a Don —realmente no entraba dentro de su carácter—, pero, por otra parte, a veces había que ser sensato, se suponía. Y era sensato dejarle ver a Don que era capaz de reaccionar con ira, con ira normal, si se le provocaba lo bastante. Por eso tal vez Vic percibía ahora en Don Wilson una sutil retirada. A pesar de toda la agresividad de Don, la tarde no era suya.

—¿Qué os parece quedaros a cenar? —dijo afablemente Vic, dirigiéndose a June Wilson cuando él y Don entraban en la sala.

—Bueno, supongo que la última palabra la tiene tu mujer —dijo June—, pero a mí me parece...

—Nada, yo estoy encantado de cocinar —dijo Vic—. Creo que hay unas cuantas chuletas.

Melinda, sentada en el sofá con aire hosco, no le respaldó en absoluto, por lo que Vic supo que no había cena.

—Creo que nos deberíamos ir a casa —dijo June—. Me estoy empezando a emborrachar. —Se echó a reír tratando de que su risa sonase alegre—. Me ha dicho Melinda que esta mesa la hiciste tú, Vic. La encuentro *adorable*.

—Gracias —dijo Vic, sonriendo.

—Siéntate, Don —dijo Melinda, señalándole el sofá con un golpecito—. Tómate otra copa.

Pero Don no se sentó. No respondió siquiera.

—Oye, ¿dónde está Trixie? —preguntó Vic—. Cariño, ¿no me dijiste que había ido al cine a la sesión de las cinco?

Melinda se irguió de un salto. Tras su hosquedad asomó una expresión de sorpresa.

–¡Dios mío! ¡Tenía que ir a recogerla a Wesley! –Lo dijo con un aburrimiento absolutamente nada maternal–. ¿Se puede saber qué hora es?

June Wilson se rió con disimulo.

–¡Estas madres modernas...! –dijo, echando hacia atrás su rizada cabeza.

Estaba alargando su último sorbo de bebida, y tenía todo el aire de desear quedarse allí toda la noche bebiendo y charlando.

–Son las ocho y veinticinco –dijo Vic–. ¿A qué hora tenías que ir a buscarla?

–A las siete y media –dijo Melinda, gimiendo, y todavía sin levantarse del sofá.

Vic se dio cuenta de que Wilson la estaba mirando con aire pesimista de sorpresa y desaprobación.

–¿Con quién está? ¿Con Janey? –preguntó Vic.

–No. Con los chicos Carter, los que viven en Wesley. Probablemente esté con ellos. Estará bien seguramente, si no, nos habría llamado.

Melinda se pasó los dedos por el pelo y cogió su vaso.

–Los llamaré ahora mismo –dijo Vic con calma.

Su preocupación, sin embargo, contrastaba visiblemente con la indiferencia de Melinda, y se dio cuenta de que los Wilson se habían percatado de ello.

Los Wilson se estaban mirando. Hubo un silencio de casi un minuto. Luego June se puso de pie y dijo:

–Realmente tenemos que marcharnos. Tenéis cosas que hacer. Muchas gracias por las bebidas, estaban buenísimas. Espero que la próxima vez vengáis vosotros a casa.

–Gracias, Melinda –dijo Don Wilson, inclinándose hacia el sofá.

Se dieron la mano, y Melinda aprovechó la mano que le tendía Don para ayudarse a levantarse del sofá.

–Gracias por venir –dijo Melinda–. Espero que la próxima

vez que vengáis a vernos la casa no se encuentre en este lamentable estado.

–¡Qué dices! No he notado ningún estado lamentable –dijo June, sonriendo.

–Sí, sí. Si no es una cosa es otra –dijo Melinda.

Los Wilson se deslizaron por la puerta, y June iba lanzando miradas hacia atrás y prometía telefonear muy pronto. Vic estaba contento de que a June le pareciese que la velada había sido un éxito, aunque era evidente que cambiaría de opinión si su marido le contase su conversación. Pero probablemente Don no le narrase aquella conversación a su mujer. Se limitaría a decirle que creía que Vic Van Allen estaba chiflado a juzgar por los caracoles del garaje y por el insano entusiasmo que le provocaban los glaciares.

–¿Es que no sabe hablar? –preguntó Vic.

–¿Quién?

Melinda acababa de servirse otra copa, solo con hielo.

–Don Wilson. No he podido sacarle ni una sola palabra.

–¿No?

–No. Tengo que telefonear a los Carter. ¿Cómo se llaman de nombre?

–No lo sé. Viven en Marlboro Heights.

Vic llamó. Trixie estaba bien y quería quedarse a dormir allí. Vic habló con ella y le hizo prometerle que se iría a la cama sobre las nueve, aunque no creía que fuese a cumplir tal promesa.

–Está bien –le dijo Vic a Melinda–. La señora Carter dice que la traerá mañana por la mañana en coche.

–¿A qué se debe tu alegría? –le preguntó Melinda.

–¿Y por qué no iba a estar alegre? ¿No ha sido una noche agradable?

–June Wilson me aburre de muerte.

–Y Don me aburre a mí. Deberíamos haber intercambiado. Escucha, no es demasiado tarde. ¿Por qué no nos vamos a Wesley a cenar al Golden Pheasant? ¿No te gustaría?

Sabía que sí le gustaría, y sabía también que se resistiría a admitirlo, que detestaba ir con él en vez de con algún hombre imaginario, a quien en aquel momento tal vez estaba incluso imaginando.

—Prefiero quedarme en casa —dijo Melinda.

—No, no te quedarás en casa —dijo Vic amablemente—. Ve a ponerte la blusa de hilo de oro. La falda me parece que está bien.

Llevaba una falda de terciopelo verde, pero como si hubiese querido demostrarles su insolencia a él o quizá a June Wilson, había cubierto la falda con un viejo jersey marrón arremangado y nada alrededor del cuello. Un aspecto comparable al de los viejos pantalones de Don, pensó Vic. Suspiró, a la espera de su inevitable hacerse rogar para ir a su habitación y ponerse la blusa de hilo de oro como él había sugerido. Melinda se balanceó un poco, mirándole con sus ojos verdosos, luego se dio la vuelta y se fue quitando el jersey antes de haber salido siquiera de la habitación.

¿Por qué lo había hecho, se preguntó Vic, cuando hubiera preferido quedarse en casa sentado leyendo un libro? O trabajando en la librería de Trixie. Con paciencia y haciendo gala de buen humor, la llevó al restaurante, y trató de arrancarle una sonrisa describiéndole doce métodos distintos de atraer la atención de un camarero. Melinda se limitaba a mirar al vacío, aunque Vic sabía que estaba mirando a otras personas. Disfrutaba mucho mirando a la gente. ¿O acaso estaba mirando para ver si hallaba allí a su detective? No era muy probable, ya que era él quien había propuesto ir al Golden Pheasant y no creía que el detective, si es que existía, se fuese a molestar en seguirlos de noche a los dos. Un detective tendría la función de sacarle a sus amigos lo que pudiera. Además ningún extraño había aparecido en escena. Vic pensó que los Meller o los Cowan habrían mencionado la presencia de un curioso desconocido si hubiesen sido interrogados por él. No, Melinda estaba limitándose a observar a la gente. Tenía una facultad que a él le parecía realmente admirable, y era la de ser capaz de soñar, de vivir de un modo vicario durante un rato las vidas de otra gente. Podría haberle dicho algo de esto a ella, pero tenía miedo de que aquella noche se lo tomase como un insulto. O que dijera: «¿Qué otra cosa puedo hacer con la vida que llevo?». Así que habló de otra cosa, de la posibilidad de ir a Canadá antes de que llegase el frío. Podían hacer algún arreglo para dejar a Trixie con los Peterson durante diez días, dijo Vic.

—Yo no me molestaría por eso —dijo Melinda con una sonrisa gélida.

—Se ha pasado el verano sin que ninguno de los dos hayamos tenido verdaderas vacaciones —dijo él.

—Déjalo pasar. Estoy harta de él.

—El invierno va a ser todavía más aburrido, sin un solo paréntesis —dijo él.

—No, yo no creo que vaya a ser aburrido —dijo Melinda.

—¿Es una amenaza? —dijo Vic, sonriendo.

—Tómatelo como quieras.

—¿Me vas a poner arsénico en la sopa?

—No creo que el arsénico acabase contigo.

Fue una noche encantadora. Antes de volver a casa Vic se paró en el mayor *drugstore* de Wesley para echarles una ojeada a los libros. Compró dos de Penguin, uno de insectos, y otro sobre la instalación de las vidrieras en las ventanas de las iglesias. Melinda se fue a una cabina telefónica y le hizo a alguien una larga llamada. Vic pudo oír el murmullo de su voz, pero no hizo ningún esfuerzo por entender lo que estaba diciendo.

13

Trixie ingresó en la Highland School el 7 de septiembre y la pusieron en el tercer curso por lo bien que sabía leer. Vic se sentía muy orgulloso de ella. Les habían llamado del colegio a él y a Melinda para discutir la cuestión de si había que pasarla o no al tercer curso, ya que iba a necesitar cierta ayuda extra en aritmética, en geografía y probablemente también en caligrafía, y querían saber si podían contar con los padres para que la ayudaran un poco en casa. Vic contestó que estaba encantado de poder ayudarla y que le sobraba tiempo para ello. Incluso Melinda dio una respuesta afirmativa. Así que la cosa quedó decidida. Como sorpresa y premio, Vic le regaló a Trixie la librería que había hecho y le llenó los dos estantes de arriba con libros nuevos y los de abajo con sus libros viejos preferidos. Le dijo que le iba a dar clase durante dos horas todos los sábados y domingos, aunque cayesen chuzos de punta, y Trixie se quedó muy impresionada.

Las clases empezaron al final de su primera semana en el colegio. Primero Vic le daba media hora de aritmética y otra media hora de caligrafía, en la mesa del salón; luego, después de un pequeño descanso de quince minutos, daban una hora de geografía, lo cual no suponía un esfuerzo mental excesivo, ya que Vic era capaz de convertir la geografía en algo muy divertido.

Le encantaba darle clase a Trixie. Llevaba muchos años deseando que llegara ese momento para enseñarle primero aritmética, álgebra y geometría y luego tal vez cálculo y trigonometría. Siempre le había parecido aquello la esencia de la paternidad y de la familia: la generación adulta le transmitía a su prole la sabiduría de la raza, al igual que los pájaros enseñan a volar a sus crías. Sin embargo las clases pusieron de relieve ciertos hechos incómodos. Le hicieron darse cuenta con más claridad de que estaba llevando dos vidas y de que la amistad que ahora le dispensaban Horace y Phil, por ejemplo, existía gracias a que ignoraban la verdad acerca de él. Aquello le hizo sentirse más culpable que el hecho de haber matado a De Lisle.

Se dedicaba a pensar en estas cosas mientras contemplaba la mano gordita e insegura de Trixie intentando escribir una hilera de «bes», «cus» o «ges». A be ce de e efe ge, hache i jota ka elemeneopecú, recitaba Trixie de vez en cuando para descansar de sus labores de caligrafía, ya que hacía años que se sabía el alfabeto de memoria. Vic intentaba encontrar una respuesta a la pregunta que no había sido capaz de contestarse durante los últimos cuatro o cinco años: ¿adónde irían a parar sus relaciones con Melinda?, ¿adónde quería él que fueran a parar? La quería para él, pero ya no le resultaba atractiva como mujer; de eso también se daba cuenta. Tampoco es que le resultara repelente. Sencillamente se daba cuenta de que podría pasarse sin ella o sin cualquier otra mujer, en el terreno sexual, durante el resto de su vida. ¿Y se había dado cuenta de eso después de matar a De Lisle? No era capaz de contestar a eso, no podía recordarlo. El asesinato de De Lisle era como una escisión en su vida. Y todo lo sucedido antes de aquello le resultaba emocionalmente difícil de recordar. Recordaba un nudo, un apretado y oscuro nudo de represiones y resentimientos que el asesinato de De Lisle parecía haber desatado. Ahora se sentía más relajado y, en honor a la verdad, más feliz. No conseguía verse a sí mismo como un psicópata o un criminal. Se parecía mucho en realidad a lo que había entrevisto la noche en que le había contado a Joel Nash la historia de McRae. Aquella noche se había sumergido en la fantasía de que había matado realmente a McRae, partiendo de la base de que McRae le había provocado lo bastante, y recordaba que de inmediato había comenzado a sentirse mejor. Una descarga de odio reprimido tal vez fuese una metáfora más adecuada que la de deshacer un nudo. Pero ¿qué era lo que le había empujado a cruzar la línea que separaba la fantasía de la realidad aquella noche en la piscina de los Cowan? Y ¿volvería a suceder lo mismo en circunstancias semejantes? Esperaba que no. Evidentemente era mejor dejar salir el vapor poco a poco sin esperar a que alcanzase proporciones que lo hiciesen estallar. Se sonrió de puro lógico que le parecía. Era capaz de imaginar muchas cosas, pero no podía imaginarse a sí mismo muy enfadado, como suele enfadarse la mayoría de la gente, levantando la voz y dando puñetazos en las mesas. Pero tal vez debía disponerse a intentarlo.

–Ponles una esquinita a esas «erres» –le dijo Vic a Trixie–. Estás haciendo una hilera de palos de cróquet.

Trixie se echó a reír, perdiendo toda la concentración.

–¡Vamos a jugar al cróquet!

–Cuando termines las «erres».

Phil y Horace no podrían nunca perdonarle del todo el asesinato de De Lisle, pensó Vic, así que estaba condenado a la hipocresía. Pero no podía por menos de sentir cierto alivio ante la idea de que tanto Phil como Horace como cualquier otra persona lo habrían matado en caso de verse en las mismas circunstancias. La diferencia estaba en que probablemente no hubieran elegido una piscina. Tal vez habrían elegido la casa de De Lisle una tarde en que sorprendieran a su esposa allí. Y ellos también se habrían sentido mejor después quizá. La casa entera reflejaba el feliz estado de ánimo de Vic. Había pintado el garaje de amarillo brillante, había plantado un arce en uno de los huecos dejados por las hortensias y el otro lo había cubierto y sembrado. El salón ofrecía ahora el aspecto de que la gente que vivía en él era feliz, aunque no fuese así. Vic creía haber perdido por lo menos siete kilos de peso –sentía aversión a pesarse– y rara vez había vuelto a probar el alcohol. Silbaba con más frecuencia. ¿O silbaba nada más que para molestar a Melinda, precisamente porque ella le solía decir que se callara?

Melinda llegó en su coche cuando Vic y Trixie estaban jugando una partida de cróquet bastante heterodoxa en el césped del jardín. Venía con un hombre; un hombre al que Vic no había visto nunca. Vic se agachó con calma y acabó su tirada, una tirada de cinco metros sobre terreno convexo que golpeó ligeramente la bola de Trixie para ocupar un lugar justo enfrente del palo. Trixie emitió un quejido y se puso a dar saltos y a patalear, enfurecida, como si arriesgase muchísimo en el juego, aun cuando su único objetivo en el cróquet pareciese ser el de lanzar la bola lo más lejos posible. Vic se dirigió hacia el camino cuando Melinda y su compañero se estaban aproximando. Él era un hombre alto, rubio y ancho de espaldas, de unos treinta y dos años. Llevaba una chaqueta de mezclilla y pantalones de *sport*. Su rostro serio sonrió ligeramente al acercarse a Vic.

–Vic, te presento al señor Carpenter –dijo Melinda–. Señor Carpenter, mi marido.

–Encantado –dijo Vic, alargándole la mano.

–Encantado –respondió el señor Carpenter con un fuerte apretón–. Su esposa me ha estado enseñando la ciudad. Estoy buscando casa.

–Ah, ya. ¿Para alquilar o para comprar? –preguntó Vic.

–Para alquilar.

–El señor Carpenter es psicoterapeuta –dijo Melinda–. Va a trabajar en Kennington durante unos meses. Estaba en el drugstore haciendo preguntas, así que se me ocurrió darle una vuelta por la ciudad. Ninguna de las inmobiliarias de por aquí abre los domingos.

Esto dio lugar a la primera sospecha de Vic. Melinda se estaba expresando con demasiado detalle. Los ojos del señor Carpenter le estaban inspeccionando con un interés demasiado excesivo, incluso para un psicoterapeuta.

–¿Le has hablado de la casa de Derby? –preguntó Vic.

–Se la he enseñado –dijo Melinda–. Es un poco demasiado rústica. Quiere algo más del estilo de lo que tenía Charley, en el bosque quizá, pero confortable.

–Bueno, esta es una buena época para encontrar algo. La gente que ha venido aquí en verano está dejando las casas libres. ¿Y la casa de Charley? –preguntó Vic, devolviéndole el golpe–. ¿No estará libre ahora?

El señor Carpenter estaba mirando a Melinda y no apareció en su expresión nada que pudiese delatar que alguna vez hubiera oído mencionar a Charley.

–Síii –dijo Melinda reflexivamente–. Podríamos preguntar. Supongo que los dueños estarán en casa también hoy.

Miró hacia la casa como si se le hubiese pasado por la cabeza la idea del teléfono.

Pero Vic sabía que no iba a llamar ahora a los dueños, ni tampoco mañana probablemente.

–¿Quiere pasar, señor Carpenter? –preguntó Vic–. ¿O tiene usted prisa?

El señor Carpenter indicó con una sonrisa y una leve inclinación que estaba encantado de pasar. Se dirigieron todos hacia la casa, con Trixie detrás, observando al recién llegado.

–¿Qué le parece Kennington? –preguntó Vic cuando entraron.

Kennington era un instituto psiquiátrico que había en las afueras de Wesley con unos cien pacientes entre internos y visitantes. Era famoso por su plantilla de personal reducida y selecta y por su ambiente hogareño. El edificio, bajo, blanco y alargado, estaba emplazado sobre una verde colina y parecía una casa de campo bien cuidada.

—Bueno, llegué ayer —dijo el señor Carpenter con voz agradable—. La gente es encantadora. Ya me lo esperaba. Estoy seguro de que me va a encantar trabajar allí.

Vic pensó que no le debía preguntar en qué iba a consistir exactamente su trabajo. Sería mostrar una curiosidad excesiva.

—¿Quiere una copa? —preguntó Melinda—. ¿O una taza de café?

—No, muchas gracias. Me voy a fumar un cigarrillo nada más. Luego me tengo que ir a buscar el coche.

—Ah, sí. Se ha dejado el coche abierto enfrente del *drugstore* —dijo Melinda, sonriendo—. Teme que se lo pueda robar alguien.

—No pasan mucho esas cosas por aquí —dijo afablemente Vic.

—Desde luego esto no es Nueva York —asintió el señor Carpenter sin dejar de mirar la habitación mientras hablaba.

Vic estaba mirando su holgada chaqueta de mezclilla preguntándose si el bulto que tenía bajo el brazo sería una pistola dentro de una pistolera de sobaco, o si tal bulto ni siquiera existiría realmente. Podría ser simplemente un pliegue del tejido. En sus pesados rasgos se podía leer ahora una expresión de leve aburrimiento que a Vic le pareció deliberada. Había en él un cierto barniz de intelectual, pero solo un barniz. Tenía rostro de hombre de acción. Vic llenó su pipa. Últimamente disfrutaba mucho con ella.

—¿Y dónde se aloja usted ahora? —le preguntó Vic.

—En el Ardmore, en Wesley —contestó Carpenter.

—Le va a encantar esto en cuanto esté bien instalado —dijo Melinda con animación.

Estaba sentada en el borde del sofá fumando un cigarrillo.

—Las mañanas son tan limpias y tan frescas —prosiguió— que es una verdadera delicia coger el coche y darse una vuelta por los alrededores a las siete o las ocho de la mañana.

Vic no recordaba una sola mañana en que Melinda se hubiera levantado a las siete o las ocho.

—Espero que me guste —dijo el señor Carpenter—. Estoy seguro de que no me va a ser difícil instalarme.

—Mi mujer tiene verdadero talento para ayudar a instalarse a la gente —dijo Vic, dirigiendo a Melinda una sonrisa afectuosa—. Conoce a la perfección todas las casas y el campo de por aquí. Déjela que le ayude.

Vic le dedicó al señor Carpenter una sonrisa directa.

Él asintió lentamente con la cabeza como si estuviese pensando en otra cosa.

—Trixie, vete a la otra habitación —dijo nerviosa Melinda.

Trixie estaba sentada en medio del suelo mirándolos a todos.

—Bueno, primero vamos a presentársela —dijo Vic, poniéndose de pie y levantando suavemente a Trixie con las dos manos—. Trixie, te presento al señor Carpenter. Mi hija Beatriz.

—Encantado —dijo el señor Carpenter, sonriendo pero sin levantarse.

—Encantada —dijo Trixie—. Papá, ¿no puedo quedarme?

—Ahora no, bonita. Haz lo que dice tu madre. Seguramente volverás a ver al señor Carpenter. Vete a jugar y a correr un poco, que dentro de un rato iré a que terminemos la partida.

Le abrió la puerta de delante y ella salió corriendo.

Cuando se volvió sorprendió al señor Carpenter mirándolo fijamente.

—Conviene que tome un poco de aire fresco en un día como este —dijo Vic, sonriendo—. ¡Mira! —exclamó luego, cogiendo el cuaderno de Trixie de la mesa—. ¿No te parece una página preciosa? Buena diferencia con las de la semana pasada.

Abrió el cuaderno por una página anterior para enseñárselo a Melinda. Ella intentó simular interés. Lo intentó con gran eficacia.

—Es una página estupenda —dijo.

—Le estoy enseñando caligrafía a mi hija —le explicó al señor Carpenter—. Acaba de empezar a ir al colegio y la han puesto en una clase superior a su edad.

Y se puso a pasar las páginas del cuaderno de Trixie con una sonrisa de satisfacción.

Luego el señor Carpenter preguntó la edad que tenía Trixie, hizo otra pregunta sobre el clima de Little Wesley, y se puso de pie.

–Me tengo que marchar. Lo siento mucho, pero va a tener que acompañarme –añadió, dirigiéndose a Melinda.

–¡No me importa en absoluto! Podemos pasar por... por ese sitio del bosque de que hablábamos antes.

–La casa de Charley –completó Vic.

–Sí –dijo Melinda.

–Bueno, tiene usted que volver a vernos –le dijo Vic al señor Carpenter–. Espero que disfrute de su estancia aquí. Kennington es un sitio estupendo. Estamos muy orgullosos de él.

–Muchas gracias –dijo el señor Carpenter.

Vic los estuvo mirando hasta que el coche de Melinda se perdió de vista, y luego se dispuso a proseguir la partida de cróquet. Trixie había dispersado las bolas por todo el césped.

–Bueno, ¿dónde estábamos? –preguntó él.

Mientras jugaba y le daba a Trixie indicaciones que ella no solía seguir, Vic se puso a pensar en el señor Carpenter. Sería mucho más divertido no dejarle entrever a Melinda que él sospechaba algo. También existía la posibilidad de que estuviera equivocado, de que el señor Carpenter fuese un psicoterapeuta y nada más. Pero ¿acaso un psicoterapeuta se metería en un coche con una mujer desconocida y se dejaría conducir por ella en busca de una casa para alquilar? Bueno, eso también entraba dentro de lo posible. Pero el señor Carpenter no era el tipo de hombre que a Melinda le pegaba como amante, de eso estaba completamente seguro. Tenía un aire inconfundible de estarse tomando algo muy en serio, fuera lo que fuera, y la mirada de un hombre que no permite que lo distraigan. Además era bastante guapo. Una agencia de detectives podría perfectamente haberlo elegido para un trabajo como aquel. Por segunda vez Vic trató de recordar si había visto al señor

Carpenter en algún lugar por las calles de Little Wesley o de Wesley. Pero le parecía que no.

Melinda volvió enseguida, demasiado pronto para que hubiese tenido tiempo de pasarse por la casa de Charley. Entró en casa sin decirle nada. Cuando Vic hubo terminado la partida con Trixie, también entró en la casa. Melinda se estaba lavando la cabeza en el lavabo. La puerta del cuarto de baño estaba abierta.

Vic cogió *El almanaque del mundo* de la librería y se sentó. Se puso a leer una cosa sobre los antídotos para el envenenamiento por arsénico. Ella salió, entró en su dormitorio y Vic le preguntó:

—¿Has acompañado al señor Carpenter hasta su coche?

—Sí.

—¿Le has enseñado la casa de Charley?

—No.

—Parece un tipo majo.

Melinda apareció descalza en albornoz y con una toalla enrollada en la cabeza.

—Sí, eso parece. Es muy listo. Creo que es el tipo de hombre con quien te divertiría charlar.

Había en su tono el impertinente desafío de siempre.

Vic se sonrió.

—Bueno, vamos a esperar a conocerlo un poco más, si es que tiene algún tiempo libre para dedicarnos.

El lunes Vic llamó desde la oficina al Instituto Kennington. Sí, allí había un señor Carpenter. El señor Harold Carpenter. La telefonista dijo que no estaba siempre en el Instituto, pero que podía dejarle recado.

—¿Es sobre una casa? —le preguntó a Vic.

—Sí, pero ya volveré a llamar —dijo él—. Todavía no he encontrado nada, solo quería seguir en contacto con él. Muchas gracias.

Colgó antes de que a la telefonista le diese tiempo a terminar la pregunta de a qué compañía inmobiliaria representaba.

14

En caso de que realmente fuese un detective, el señor Carpenter y Melinda estaban llevando el asunto con mucha cautela. Después de transcurrida toda una semana Vic seguía sin estar seguro, y eso que había vuelto a ver al señor Carpenter otras dos o tres veces más. Una de ellas había ido a su casa a tomar una copa, y otra le había sugerido Melinda que se dejase caer por casa de los Meller, que daban una fiestecita con ocho invitados. En esa ocasión el señor Carpenter conoció a los Cowan y a los MacPherson, pero no a los Wilson, porque los Meller, al igual que los Cowan, los habían borrado de su lista. Horace estuvo hablando un rato aquella noche con el señor Carpenter, y más tarde Vic le preguntó de qué habían estado hablando. Horace dijo que sobre lesiones cerebrales, y le preguntó a Vic de qué lo conocían. Vic le contó lo que Melinda le había contado acerca de su encuentro. Solo hubo una cosa realmente interesante en aquella fiesta de los Meller. Y es que Vic se dio cuenta de que Melinda le prestaba a Harold Carpenter más atención de la necesaria. Vic pensó que lo hacía deliberadamente para exhibir tal actitud frente a él y sus amigos. Se sonrió pensando en ellos, con un buen humor benigno. ¿Qué esperaban lograr? ¿Acaso provocarle para que cometiese otro asesinato? ¿Era aquel su primer y bien calculado paso?

Al cabo de unos diez días Harold Carpenter empezó a ir por la casa con bastante frecuencia. Por fin había cogido la casa de Charley De Lisle, lo cual no había sorprendido a Vic, ya que aquella casa se convertía automáticamente en un buen tema de conversación. Gracias a ello Harold podía hacer todas las preguntas que quisiera sobre el difunto Charley, no solo a Vic sino también a sus amigos. «¿Dónde se aloja?» era una pregunta que casi todo el mundo le hacía a un recién llegado como Carpenter, y a partir de ahí ya le daban pie. Vic suponía que al cabo de tres semanas Carpenter debía de haber oído ya por lo menos diez versiones distintas sobre la noche en que se había ahogado Charley. También es cierto que debía de haberlas obtenido con bastante sutileza porque ni Horace ni Phil fueron a contarle a Vic que habían sido interrogados por él.

–¿Ha conocido a Don Wilson? –le preguntó Vic un sábado por la tarde en que Carpenter se había dejado caer por allí para pedirle prestadas las tijeras de jardinería.

–No –contestó Carpenter un poco dubitativo.

Melinda los estaba oyendo.

–Supongo que lo conocerá pronto –dijo Vic, sonriendo–. Mi mujer suele ver a los Wilson con frecuencia. Quizá le divierta, no lo sé.

A Vic no le cabía ninguna duda de que Carpenter había conocido a Don. Probablemente era Don el que había contratado a Carpenter por encargo de Melinda, yendo para ello a Nueva York, ya que de cualquier viaje que ella hubiese hecho Vic se habría dado cuenta, tan pocas eran las veces que iba. Y un encargo como ese habría necesitado de contacto personal. Harold Carpenter era un buen detective. Nada le confundía. Vic dijo:

–¿Cuándo empezó sus estudios de psiquiatría?

Carpenter le había dicho que había pasado el último año en Columbia, y que solo le faltaba la tesis, además de un último examen, para obtener el doctorado.

—¿Empezar? No empecé hasta los treinta y tres años. Perdí bastante tiempo en la guerra de Corea.

—¿Y cuándo lo dejó?

Carpenter no pestañeó.

—¿Dejarlo? ¿Qué quiere decir?

—Me refiero a cuándo dejó las clases para empezar a investigar para la tesis.

—Ah, ya. Bueno, pues a principios de verano, en realidad. Asistí a algunos cursillos de verano —dijo, sonriendo—. En psiquiatría nunca hay un límite al número de cursos que pueden realizarse, o que deberían realizarse para llegar a ser un buen médico.

A Vic aquello le resultaba demasiado vago.

—¿Y la esquizofrenia es lo que más le interesa?

—Bueno, supongo que sí. Es la afección más común, como sabrá.

Vic se sonrió. Melinda había ido a la cocina a llenar su copa. Ni Vic ni Carpenter estaban bebiendo.

—Me estaba preguntando si creía usted que mi mujer muestra alguna tendencia esquizofrénica.

Carpenter frunció el ceño y sonrió al mismo tiempo, mostrando sus blancos y cuadrados dientes y su generosa boca de gruesos labios.

—No lo creo en absoluto. ¿Y usted?

—Realmente no lo sé. Al fin y al cabo no soy ninguna autoridad en la materia —dijo Vic, y esperó a que Carpenter añadiera algo.

—Tiene mucho encanto —dijo Carpenter—. Un encanto un poco indisciplinado.

—Quiere decir usted el encanto de la carencia de disciplina.

—Sí —dijo, sonriendo—. Me refiero a que tiene más encanto del que ella cree tener.

—Eso es mucho.

Carpenter se echó a reír y miró a Melinda cuando regresaba al salón.

Entonces se le pasó a Vic por la cabeza que Carpenter era la única persona de las que habían pasado por su casa que no había mostrado ningún tipo de sorpresa ante el hecho de que él viviese en otra ala del edificio. Y ahí Carpenter había resbalado. De todas formas uno de los dos iba a recibir una sorpresa en poco tiempo. ¿Cuál de los dos? Vic sonrió a Carpenter de manera amistosa, como lo haría un buen deportista ante su contrincante.

Carpenter se quedó como una media hora la tarde en que fue a pedirle las tijeras. Tenía una forma curiosa, medio ausente, de mirar todo lo que le rodeaba, de observar a Trixie —como si hubiese algo extraño en aquel espécimen de exuberante normalidad—, de mirar todo lo que había en el garaje, o en la cocina o en cualquiera que fuese el lugar de la casa en que se hallase. No era una mirada completamente ausente. Harold Carpenter no era un hombre ausente. Más bien estaba demasiado presente, teniendo en cuenta que la casa de ellos no pillaba de paso entre Kennington y su propia casa, la vieja casa de Charley. Eso era otro dato que apuntaba hacia la sospecha de que fuese un detective privado, o un psiquiatra contratado, por horas, para vigilarle.

Y un buen día, el 4 de octubre, cuando llegó el saldo del banco, había doscientos dólares, doscientos por lo menos, que Vic no sabía cómo justificar. Era curioso pensar que podían estar en los bolsillos de Carpenter, que el billete de diez dólares que Carpenter había usado el día del cumpleaños de Melinda para comprar una botella de champán podía provenir directamente de la cuenta de Van Allen. Vic se había encontrado con Carpenter en Commerce Street, la calle principal de Wesley, cuando salía de una joyería donde le había comprado a Melinda su regalo. Carpenter llevaba un par de librotes bajo el brazo. Siempre llevaba algún libro gordo debajo del brazo.

—¿Tiene algo que hacer esta noche? —le había preguntado Vic.

Carpenter no tenía nada que hacer, y Vic le había dicho si quería ir a su casa a cenar. Era el cumpleaños de Melinda, y Vic supuso que Carpenter lo sabría. Iban a dar una pequeña cena para celebrarlo a la que solo asistirían los Meller, y estaba seguro de que a Melinda le encantaría verle. Carpenter mostró cierto titubeo por educación y quiso llamar primero a Melinda, pero Vic le dijo que no, que era mejor sorprenderla. Así que Carpenter aceptó y compró el champán cuando Vic le dijo que era el cumpleaños de Melinda.

Vic y Melinda habrían invitado también a los Cowan, pero Phil pasaba toda la semana fuera dando clase en Vermont, y Evelyn dijo que tenía un fuerte resfriado. Era Vic quien había propuesto dar aquella cena y encontró cierta dificultad en convencer a Melinda. Ella decía que sus antiguos amigos la hacían de menos últimamente, lo cual era más o menos cierto, pero él le señaló que de todas formas la seguían invitando a sus casas y que si quería mejorar las relaciones tendría que invitarlos a ellos también. A Vic siempre le había costado mucho convencer a Melinda para hacer algo divertido. No es que él pensara que tenía que preocuparse por las invitaciones que les debía a sus amigos –no en una ciudad tan informal como Wesley–, sino que pensaba que una o dos veces al año debían dar una gran fiesta o una cena, al igual que lo hacían los Cowan y los Meller por lo menos tres veces al año. Pero la idea de que dos personas fuesen a cenar, o veinte a tomarse una copa, ponía nerviosísima a Melinda. Se preocupaba de que se pudiera acabar la bebida, o de que el helado se derritiera antes de servirlo, o se daba cuenta de repente de que la casa necesitaba una limpieza general, o de que a la cocina le hacían falta cortinas nuevas, y era tal la inquietud que la embargaba que Vic acababa por desechar la idea de dar una fiesta. Incluso con dos viejos amigos como los Meller, un enterrado sentimiento de inferioridad afloraba a la superficie, y se ponía tan nerviosa e insegura de sí misma como una joven recién casada que fuese a recibir por vez primera al jefe de su marido. Vic encontraba aquella peculiaridad muy atractiva en cierto modo, ya que Melinda le parecía encantadoramente joven e indefensa en aquellas situaciones, y hacía todo lo que podía para darle seguridad y confianza, aun cuando durante todo el mes anterior hubiese tenido que soportar la presencia de sus amigos solteros varones a quienes invitaba a cenar dos veces por semana, y que no la ponían nerviosa en absoluto.

Vic no había pensado que la presencia de Carpenter pudiese ponerla nerviosa –más bien creía que ayudaría, en todo caso– y le había invitado simplemente por camaradería y buena voluntad. Y el rostro de Melinda se iluminó cuando Vic apareció con él a las siete y media. Los Meller no llegaban hasta las ocho. Carpenter le entregó el champán, y Melinda le dio las gracias y lo guardó en el congelador para después de la cena. Melinda se estaba paseando de un lado a otro de la casa, con una copa en la mano, controlando el asado de pato cada cinco minutos, y controlando con la mirada la mesa del salón sobre la que los ceniceros limpios, las cocteleras, y una gran fuente con ensalada de gambas con crema agria se alineaban con un desacostumbrado orden. Iba vestida con un traje sin mangas de hilo verde oscuro, sandalias doradas con alas, y un collar de piezas de coral blanco que parecían dientes salvajes del tamaño de colmillos de tigre. Por encima del collar, el rostro de Melinda aparecía absolutamente aterrorizado.

Vic dejó solos a Melinda y a Carpenter durante unos minutos mientras se cambiaba de camisa y se ponía un traje oscuro, luego volvió, sacó el regalo para Melinda del bolsillo de la chaqueta y se lo entregó.

Melinda lo abrió después de una nerviosa mirada de disculpa hacia Carpenter. Luego su expresión se transfiguró.

–¡Pero Vic! ¡Qué reloj!

–Si no te gusta me han dicho que puedes devolverlo y cambiarlo por otra cosa –dijo Vic, sabiendo que le iba a gustar.

Carpenter los estaba mirando a los dos con expresión complacida.

Melinda se puso el reloj. Era un reloj de vestir de oro con incrustaciones de pequeños diamantes. Melinda había estropeado su viejo reloj al tirarse una noche con él puesto a la piscina de los Cowan, hacía unos dos o tres años, y desde entonces había deseado tener un reloj de vestir.

–¡Pero Vic! ¡Es simplemente divino! –dijo Melinda con una voz más suave de lo que Vic había oído desde hacía muchos meses.

–Y esto también –dijo Vic, sacando un paquete del otro bolsillo–. No es precisamente un regalo.

–¡Mis perlas!

–Las he llevado a arreglar –dijo Vic.

Melinda las había roto hacía un mes, al arrojárselas durante una discusión.

–Gracias, Vic. Es un detalle maravilloso –dijo Melinda en voz baja y mirando de reojo al señor Carpenter como si temiera que hubiera podido adivinar por qué las perlas habían tenido que ser reparadas.

Carpenter parecía estar adivinándolo, pensó Vic. Y todavía le habría divertido más saber que mientras Vic reptaba por el suelo recogiendo las perlas desparramadas Melinda le había dado un puntapié.

Los Meller le llevaron de regalo a Melinda un asador rotatorio de esos eléctricos para la cocina. Los Meller sabían que ya tenía un asador de carbón para poner al aire libre. Mary Meller le dio un beso en la mejilla a Melinda, y Horace hizo lo mismo. Vic había visto a Mary mostrarse más afectuosa con Melinda en otras ocasiones, pero a pesar de todo seguía siendo una buena actuación ante el señor Carpenter. Este parecía estar manteniendo los ojos especialmente abiertos para las relaciones sociales aquella noche, observando cómo los Meller se comportaban con él y cómo se comportaban con Melinda. No cabía duda alguna respecto al hecho de que los Meller se mostraban más amistosos con Vic que con Melinda.

Mientras se tomaban unas copas, Melinda siguió yendo a la cocina, y Mary le preguntó si quería que la ayudase, pero tanto ella como Vic declinaron el ofrecimiento.

—Ni pensarlo —dijo Vic—. Tú te quedas aquí a disfrutar de tu copa. Esta noche hago de mayordomo.

Entró en la cocina para hacerse cargo del problema crucial de trasladar el pato del horno a la fuente. Se le escapó la manzana del culo del pato, pero Vic atrapó la bola de fuego en el aire y la depositó sobre el hornillo con una sonrisa.

—¡Bendito sea Dios! —masculló Melinda, esgrimiendo ineficazmente el cuchillo de trinchar y el pincho—. ¿Qué más nos puede pasar ahora?

—Se nos puede quemar el arroz —dijo Vic, mirando dentro del horno.

No parecía que se hubiera quemado. Cogió la manzana con un cucharón e hizo ademán de volvérsela a poner al pato.

—Ni siquiera estoy segura —gruñó Melinda— de que le vaya a un pato la manzana.

—Yo no creo que le vaya mucho. Vamos a quitársela.

—Queda tan vacío... —dijo Melinda compungida.

—No te preocupes por eso. Le pondremos un poco de arroz alrededor.

Entre los dos dispusieron el pato, el arroz, los guisantes, los panecillos calientes, la ensalada de berros. Pero el aliño de la ensalada no lo habían hecho. A Melinda le gustaba que la ensalada la preparara Vic, y él siempre tenía a mano siete clases de hierbas de cosecha propia metidas en tarros para echárselas. Hacía con las hierbas las combinaciones más variadas.

—No te preocupes por nada —dijo Vic—. Lo volveré a meter todo en el horno, y el aliño para la ensalada lo preparo en un segundo.

Metió la fuente plateada con el pato dentro del horno, dejó que Melinda pusiera los otros platos en la parte alta del mismo, y empezó a hacer la ensalada: primero machacó los ajos con la sal en un tazón y les añadió vinagre, luego les agregó las hierbas –una, dos, tres clases de hierbas distintas– con la mano izquierda, mientras que con la derecha lo removía sin parar.

–Has sido muy amable en lavar los berros –dijo, mirándola por encima del hombro.

Melinda no contestó nada.

–Espero que Harold no esté haciéndose a la idea de que va a haber caracoles de primero –dijo Vic.

–¿Por qué iba a esperar tal cosa?

–Dijo que le gustaban. Para comerlos, se entiende –dijo Vic, riendo.

–¿Y no le dijiste que sería como si comiera tu propia carne y tu propia sangre?

–No, no se lo dije. Bueno, la ensalada está lista. ¿Quieres salir e ir avisando a la gente?

Horace y Carpenter estaban enfrascados en una conversación y fueron los últimos en acudir a sentarse a la mesa. Vic se dio cuenta de que Horace parecía alterado. Melinda se hallaba en un estado de petrificada ansiedad, pendiente de si las cosas estaban buenas o bastantes calientes, así que durante el primer cuarto de hora apenas si pronunció una palabra. Todo estaba exquisito y la cena estaba transcurriendo con normalidad. No acababa de ser como una cena entre amigos de toda la vida, pero eso podía deberse en parte a la presencia de Carpenter. Vic se dio cuenta de que Horace no hacía el menor intento de hablar con Carpenter en la mesa. De los rasgos escultóricos, impasibles y gratos de Carpenter, Vic no era capaz de sacar nada en limpio. La única cosa interesante era que Melinda y él hablasen tan poco uno con otro. Eso le hizo suponer que hubieran podido estar juntos aquel mismo día más temprano. Carpenter se pasó la mayor parte de la cena escuchando.

Tomaron café en el salón. Horace se acercó a uno de los ventanales y se quedó allí de pie mirando hacia fuera. Vic le estaba observando hasta que por fin Horace se volvió y le hizo una seña de que fuera. Vic fue. Horace abrió la puerta de la terraza y salieron al césped.

—No ha estudiado en la Universidad de Columbia el chico ese —empezó a decir enseguida Horace—. No conoce a nadie de Columbia. Solo parece conocer un nombre, el del jefe del Departamento de Psicología, pero nunca ha oído hablar de nadie más de allí.

Horace estaba con el ceño fruncido.

—Nunca creí tal cosa —dijo Vic tranquilamente.

—Con esto no quiero decir que no haya intentado hacer como que sabe todo lo que pasa en Columbia, pero yo conozco lo suficientemente bien el Departamento de Psicología de allí como para darme cuenta de que es un completo farsante. Dijiste que es uno de los externos de Kennington, ¿no?

Vic echó la cabeza hacia atrás y su risa resonó muy fuerte en el aire vacío de la noche.

—No, Horace. Dije que estaba haciendo una investigación para su tesis doctoral.

—¿Cómo?, ¿de verdad?

—Bueno, realmente no sé si será verdad, sobre todo teniendo en cuenta lo que me acabas de decir.

Horace encendió un pitillo con gesto impaciente, pero se contuvo de echar la cerilla en el césped.

—No me gusta. ¿Qué es lo que pretende?

—Vigilarme —dijo Vic, arrancando unas briznas de hierba y alzándolas hacia el círculo pálido de la luna.

Se le ocurrió que podía intentar hacer algún diseño de imprenta con hojas de hierba, por ejemplo con la sección cortada a cuchilla de un brote de trébol. Resultaría muy apropiado para el libro de poemas de Brian Ryder, pensó Vic. La mayoría de sus poemas hacían alusión a plantas y flores.

—Vic...

–¿Qué?

–¿Qué es lo que pretende? Y no me digas que no te has parado a pensarlo. ¿Está interesado por Melinda?

Vic vaciló.

–No lo creo –dijo con indiferencia.

También podía uno decir la verdad cuando se podía.

–Lo que es evidente es que está intentando algo con la historia esa de la escuela. Ni siquiera se ha disculpado, diciéndome por ejemplo que había estado en otra universidad y que por eso no conocía bien Columbia. Se ha seguido aferrando a Columbia a pesar de las vacilaciones. De todas formas eran unas vacilaciones muy hábiles, no sé si me entiendes.

–Me has cogido, Horace. No sé lo que pretende.

–Y encima está en la casa de De Lisle. ¿No será eso un arreglo de Melinda?

–Fue ella quien le recomendó la casa –admitió Vic.

Horace se quedó un momento pensativo.

–Sería interesante saber si conoce a Don Wilson.

–¿Por qué?

–Porque creo que es posible. Puede que sea amigo de Don.

–¿A qué te refieres? ¿A que lo haya traído aquí como una especie de espía?

–Exactamente.

Vic ya sabía hasta dónde había llegado Horace. Y quería comprobar si también pensaba que Carpenter podía ser un detective.

–No creo que conozca a Don. Por lo menos la última vez que se lo pregunté a Melinda me dijo que creía que no se conocían.

–Quizá se conocen y por eso evitan encontrarse.

Vic soltó una risita sofocada.

–Tienes casi tanta imaginación como Wilson.

–De acuerdo, puede que esté equivocado. Creo que sabe *algo* de psicología. Pero no es para nada lo que dice ser. Simplemente me gustaría conocer sus motivos. ¿Cuánto tiempo se va a quedar aquí?

–Supongo que como un mes más. Está haciendo un examen piloto sobre el tratamiento de la esquizofrenia en Kennington.

–Me encantaría saber qué clase de examen piloto –dijo Horace con sarcasmo–. Conozco allí a Fred Dreyfuss. Me puedo enterar fácilmente.

Vic emitió un sonido como indicando que no le daba demasiada importancia.

–¿Cómo está Melinda últimamente? –preguntó Horace.

–Supongo que bien –contestó Vic, sintiéndose tenso por culpa de aquel viejo automatismo de defender a Melinda frente al mundo, aunque sabía que lo que Horace quería saber era si le seguía acusando de haber matado a Charley. Porque si lo que quería saber era qué tal estaba Melinda, la había estado viendo toda la noche.

–Bueno, no ha vuelto a venir a visitar a Mary –dijo Horace con un gesto de desafío–. Sabes, no creo que Evelyn pueda perdonarle nunca eso a Melinda.

–Lo siento –dijo Vic.

Horace le dio una palmadita en el hombro.

–He tenido una discusión bastante agria con Mary. Ha sido por ti por quien ha acabado accediendo a venir esta noche.

–Me gustaría que todo el mundo tratara de olvidarlo. Supongo que será esperar demasiado. Quizá con el tiempo.

Horace no contestó.

Volvieron al salón. Melinda, con su tensión apenas disminuida por el alcohol, proponía nerviosamente abrir el champán que había traído Carpenter. Pero Mary se opuso diciéndole que era mejor que lo guardara, así que el champán no se abrió. Nadie quiso una copa después de la cena. Los Meller se levantaron para marcharse a las diez y cuarto, una hora antes de lo que lo habrían hecho, pensó Vic, si Mary se hubiera sentido completamente a gusto con Melinda, y si Carpenter no hubiese estado allí. Carpenter se fue con los Meller, dándoles expresivamente las gracias a Vic y Melinda. Se marchó en su propio coche, un Plymouth azul oscuro de dos puertas, que, según le había dicho a Vic con gran modestia, acababa de adquirir de segunda mano.

—¿No crees que está holgazaneando en su trabajo? —le preguntó Vic a Melinda cuando estaban de pie junto a la puerta de la calle.

—¿Qué trabajo? —preguntó ella inmediatamente.

Vic se sonrió levemente, se dio cuenta de que no debía ser la suya una sonrisa muy agradable.

—Quizá tú puedas decírmelo.

—¿A qué te refieres? —Y añadió perdiendo pie—: ¿Quién?

—El señor Carpenter.

—No sé, supongo que..., bueno, tengo idea de que se pasa casi todo el tiempo en Kennington.

—Ah, ya —dijo Vic en un tono de burla sutil—. Me parecía que se las estaba arreglando para pasarse una enormidad de tiempo cerca de nosotros.

Melinda se dirigió a la mesa y se puso a recoger la vajilla. Vic llevó la bandeja de la cocina para acelerar la tarea. Había miles de cosas por en medio en la cocina. Vic se puso un mandil, se quitó el reloj y se puso a lavar los platos. Aquella noche no volvió a decir nada que le pudiese sugerir a Melinda que él creía que Carpenter era un detective privado. Melinda era lo suficientemente lista como para saber que él habría sido capaz de descifrar la más leve clave que Carpenter hubiera podido darle, pero no era lo bastante lista como para saber que Carpenter le había dado ya unas cuantas.

—Feliz cumpleaños, querida —dijo Vic, sacando de la parte alta de la alacena un paquete envuelto en el papel de rayas rojas y blancas de la tienda de Bandana.

—¿Otro regalo? —dijo Melinda, mientras se le relajaba la cara y casi sonreía de sorpresa.

—Espero que te esté bien.

Melinda abrió el paquete, sacó el jersey blanco de angora y lo levantó en el aire.

–¡Oh, Vic, es precisamente lo que quería! ¿Cómo lo has adivinado?

–Vivo en la misma casa que tú, ¿no?

Entonces, sin saber por qué, se acercó a ella y le dio un beso en la mejilla. Ella no se apartó. Simplemente hizo como si no lo hubiera notado.

–Que cumplas muchos más.

–Gracias, Vic.

Le miró con extrañeza durante unos instantes, con una ceja temblándole, y la tensa línea de su boca oscilando entre la mueca y la sonrisa, tan insegura como su propia mente.

Vic la miró, consciente de que no tenía la menor idea de lo que iba a hacer o decir ella a continuación, y consciente también, sintiendo por ello una súbita sensación de desagrado, de que la expresión que él tenía –con la ceja levemente levantada, los ojos con la mirada fija e inasequibles a la sorpresa y el gesto de la boca que tan solo expresaba el hecho de que estaba cerrada– era falsa y despreciable. Su rostro era una máscara, y el de Melinda al menos no lo era, no en aquel momento. Vic intentó sonreír. Tampoco su sonrisa consiguió ser sincera.

Entonces Melinda desvió la mirada, se movió y desapareció.

Aquella noche en la cama Vic estuvo pensando en su conversación con Horace. Le parecía que había dicho exactamente lo que tenía que decir: si se descubría que Carpenter era detective, Vic podía decir que él ya se había dado cuenta y que no le molestaba; y sería además una actitud muy galante adoptada por consideración hacia Melinda, su mujer, que era quien había contratado a un detective en contra suya. Y si, por el contrario, Carpenter no era detective, no se habría comportado como un estúpido asegurando que sí lo era. Después del primer encuentro Vic no había vuelto a notarle aquel bulto de la chaqueta. Pero seguían sin explicación los doscientos o trescientos dólares que faltaban en su cuenta. Era evidente que Melinda le estaba pagando muy poco a poco.

A medida que Vic iba siendo presa del sueño, la hostilidad hacia Melinda empezó a crecer lentamente, casi involuntariamente, como un fantasma, como un luchador que buscase a tientas un asidero. Aquella hostilidad hacía su aparición de la misma forma en que un hábito aflora a la superficie –como por ejemplo el hábito de dormirse boca arriba, como estaba ahora–; y antes de que el sueño le invadiese por completo, se iba dando cuenta de todo esto y lo dejaba deslizarse suavemente por la superficie de su mente, como cualquier pensamiento vulgar y no especialmente vigoroso de los que uno tiene antes de quedarse dormido. Era como si Melinda llevase colgado un letrero que dijese «Mi enemiga» en la mente de Vic, y era efectivamente su enemigo, más allá del alcance de la razón o de la fantasía de un cambio. La hostilidad fantasmal de su mente encontró un asidero imaginario y se agarró. Se dio una vuelta en la cama y se quedó dormido.

15

A partir de la fiesta de cumpleaños pareció como si Harold Carpenter hubiese querido cambiar bruscamente de táctica. Empezó a ver con más frecuencia a Melinda sola, y menos a los dos juntos. Tal cambio tuvo lugar durante los tres o cuatro días siguientes a la fiesta. Melinda pasó con Harold dos de aquellas cuatro tardes, y se tomó la molestia de contárselo a Vic. Él no mostró el más mínimo interés. Sin embargo, dijo:

–No me importa nada que lo veas fuera de casa. Pero no quiero que vuelvas a invitarlo a venir aquí.

Melinda le miró asombrada.

–¿Qué es lo que pasa?

–No me gusta ese hombre –dijo Vic de modo terminante, volviendo a sumergirse en la lectura del periódico de la tarde.

–¿Desde cuándo no te gusta? Creí que lo encontrabas muy interesante.

–Y lo es, *mucho* –dijo Vic.

Se quedó durante unos instantes escuchando el silencio de Melinda. Estaba de pie junto al sofá, cambiando con inquietud el peso del cuerpo de una pierna a otra. Y llevaba además uno de sus pocos pares de zapatos de tacón alto, porque el señor Carpenter era alto.

–¿Y desde cuándo decides tú quién va a venir a casa y quién no? –preguntó Melinda con voz de calma impasible, creyéndole a él vencido.

–Desde ahora. Resulta que no me gusta ese hombre. Lo siento en el alma. Y no tengo ganas de discutirlo. ¿No puedes verlo en su casa o por ahí, en cualquier otro sitio? De todas formas no va a quedarse mucho tiempo, ¿no?

–No. Creo que no. Unas dos semanas, me parece.

Vic se sonrió mirando el periódico, luego le dirigió a ella la sonrisa. Dos semanas más en su nómina, pensó. Estuvo a punto de desvelarle en aquel momento a Melinda que sabía que el señor Carpenter estaba en su nómina, pero cierta perversidad le impidió hacerlo.

–Bueno, todos vamos a echarlo de menos, ¿no?

–Yo no diría que *vamos* a echarlo de menos –dijo Melinda.

–Puede que aparezca pronto otro –dijo, y notó cómo Melinda se erizaba.

Melinda encendió un cigarrillo y arrojó el mechero sobre uno de los almohadones del sofá.

–Tienes un humor adorable esta noche, ¿no? Acogedor, gracioso..., cortés. Todas las *cosas* de las que te enorgulleces de ser poseedor.

–Nunca me he enorgullecido de poseer tales cosas. –La miró de reojo y ella parecía asustada–. De acuerdo, Melinda, lo siento. No tengo nada en contra del señor Carpenter. Es muy agradable. Es un joven encantador.

–No pareces sentir lo que dices.

–¿No? Lo lamento de veras.

Estaba adoptando un tono que era una curiosa mezcla entre la preocupación sentimental y una abierta hostilidad. Se descubrió a sí mismo sonriendo.

–Vamos a olvidarlo, ¿de acuerdo? ¿Qué hay de cena?

–Quiero saber si puedo traerlo a casa, si me apetece, sin que tú te portes groseramente.

Vic tragó saliva. No era por Melinda, pensó, ni tampoco por el propio señor Carpenter. Era por principio. De nuevo volvió a sentir la incontrolable sonrisa de la costumbre.

–Claro que lo puedes traer a casa, cariño. Lo siento, he perdido los estribos. –Esperó–. ¿Cuándo quieres que vuelva? ¿Habías pensado en invitarlo a cenar dentro de poco?

–¡No hace falta que machaques!

Melinda estaba jugando nerviosamente con una cuerda, dejándola enrollarse y desenrollarse una y otra vez en un dedo.

Deja la cuerda en paz, pensó Vic, aunque le irritaba desmedidamente.

–¿Qué hay de cena, cariño? ¿Quieres que la prepare yo?

Melinda se dirigió de repente a la cocina.

–Ya la prepararé yo.

Había algo peculiar en la estructura de la mente de Vic que sugería la imagen de oscuras copas de árboles azotadas violentamente por el viento en todas direcciones. Cuando prefiguraba sus acciones futuras se imaginaba a sí mismo, con el control perdido, estrellando ceniceros contra las mesas en el momento de ir a cogerlos y machacando conchas de caracol cuando los iba a levantar con la mano, pero esas cosas no sucedían jamás.

Se miró las manos y seguían moviéndose con suavidad y precisión, como siempre lo habían hecho. Manos pequeñas y regordetas, manos inocuas, limpias como las de un médico, excepto cuando se le manchaban de tinta en la imprenta por tocar alguna cosa. A los caracoles todavía les gustaban sus manos y reptaban despacio pero sin vacilación por el dedo índice que él les alargaba, incluso cuando no los incitaba con la visión de una hojita de lechuga a su alcance.

Por fin se dio cuenta de qué quería decir la imagen de las copas de árbol sacudidas por el viento. Era un recuerdo muy precioso que guardaba de una tormenta cerniéndose sobre una montaña en Austria. Tendría él unos diez años. Su padre vivía aún y había ido con él y con su madre a hacer uno de sus viajes anuales a Europa. Su padre era ingeniero especializado en girostática. Y era un hombre que poseía una elevada renta personal, aunque había seguido adelante con el empeño de trabajar toda su vida y de ser una persona cuyos principales intereses de índole práctica eran los de ganarse un dinero que no necesitaba y proseguir una carrera cuyo éxito no habría sido de vital importancia para él. Vic se acordaba muy bien: su padre acababa de terminar un período de trabajo de dos o tres semanas en París, y su viaje a Múnich y Salzburgo formaba parte de las vacaciones que se tomaban antes de volver a casa. Se alojaron en un hotel completamente de cuento de hadas en el Saint Wolfgangsee, ¿o era en el Fuschlsee? Era invierno y todavía no había nevado, pero esperaban la llegada de la nieve de un momento a otro, y entonces había visto la tormenta por la ventana cerniéndose sobre las montañas. Vic recordaba las profundas ventanas del hotel, y recordaba también que, a pesar del enorme grosor de los muros, había tenido frío, y que no había nada que hacer para combatirlo porque, cualesquiera que hubiesen sido las instalaciones de calefacción del hotel, habrían resultado inadecuadas. Su padre, un hombre de educación exquisita, abrumado por la carga de su superioridad económica frente a casi cualquiera, habría soportado una temperatura aún más fría en la habitación antes de quejarse. Riqueza obliga. La tormenta había llegado avanzando por encima de las montañas que parecían estar amenazadoramente negras y cercanas, como un invencible gigante oscuro de dimensiones desconocidas. Y los árboles que se recortaban sobre la cresta de las montañas se doblaban a un lado y a otro como si estuviesen siendo torturados por el viento enloquecido y ululante, o como si quisieran ellos mismos arrancarse de raíz para escapar a su impacto. Su padre había dicho con una voz que delataba su propia excitación: «Hay nieve en esa nube», aunque la nube era casi negra, tan negra que su habitación del hotel se oscureció como si fuese de noche. Y cuando la nube negra se decidió a bajar rodando la montaña en dirección a ellos, haciendo rugir desenfrenadamente los árboles, Vic había huido de al lado de la ventana y se había ido a refugiar encogido de miedo al otro extremo de la habitación. Vic recordaba la expresión de asombro y decepción que había en el rostro de su padre cuando fue hacia él para ponerle de pie. Vic se había sentido capaz de quedarse en pie pero no podía obligarse a volver a la ventana, aunque su padre le dijo que fuera. Pero eran en realidad los latigazos de los árboles lo que le había asustado, no la tormenta en sí.

Y ahora el recuerdo de los árboles le volvía con frecuencia cuando Melinda le contaba que había estado toda la tarde con Carpenter. Aunque en realidad muchas de las veces que ella decía que había estado con Carpenter en Bear Lake, en su casa de visita, o tomándose una copa en el Chesterfield, él pensaba que habían estado haciendo otra cosa. Esto le irritaba sobremanera. Exteriormente, sin embargo, no reaccionaba ante ello en absoluto. No volvió a haber reproches velados, ni ceños fruncidos de disgusto. Volvió a decirle a Melinda, dos veces más, si quería invitar a Harold a casa, una vez que iban a volver los Meller, y otra que tenían una pieza de seis costillas para asar. Melinda no le invitó en ninguna de las dos ocasiones. ¿Sería acaso aquella la nueva técnica?, pensó entonces Vic. ¿Tratar de hacerle creer que su relación se había vuelto tan personal que no querían compartirla con nadie más? Vaya un pájaro aquel señor Carpenter. Puede que supiera controlarse, pero era el peor actor del mundo. ¿A quién se creía que estaba engañando? Ni siquiera había logrado que la ciudad siguiera hablando mal de Victor Van Allen. Y pensar que era *él* precisamente quien tenía que estar pagando por todo aquello que era tan molesto, por decirlo suavizándolo.

Vic conservó la calma hasta que un día vio a Ralph Gosden y a Don Wilson paseando juntos por la calle. Sería la una del mediodía y Vic había dado un rodeo para pasar por la ciudad al volver del trabajo a casa y así recoger un par de zapatos de Trixie que había llevado al zapatero. Cuando salió del zapatero, Wilson y Ralph venían hacia él por la misma acera y vio cómo los dos hacían un gesto de retroceso al verle a él, ante lo cual su ira se desató.

–¡Eh, vosotros! –dijo Vic con una sonrisita a medida que se les acercaba–. Quería preguntaros algo.

Ellos se detuvieron.

–¿El qué? –preguntó Ralph con una sonrisa fría, aunque su fina piel palideció.

–Creo que los dos conocéis al señor Carpenter –dijo Vic.

Ralph se quedó aturdido, pero Wilson consiguió al fin balbucir que sí le conocía.

–Ya me apostaba yo que era así –dijo Vic–. ¿Lo contrataste tú?

–¿Contratarlo? ¿Qué quieres decir?

Las negras cejas de Wilson se fruncieron.

–Sabes perfectamente lo que quiero decir. No es lo que dice ser. He sacado la conclusión de que es un detective, probablemente elegido por ti, Wilson. ¿No fuiste a Nueva York a contratarlo...?

Vic sofocó la última frase que debería haber dicho, «para mi mujer».

–No tengo ni idea de qué me estás hablando –dijo Wilson con el ceño fruncido.

Pero Vic pudo ver en los ojos de Ralph que acababa de hacer diana en la verdad, o en algún punto muy cercano a ella.

–Creo que sabes de qué estoy hablando. Es detective y tú lo sabes, ¿no es cierto? ¿No es cierto, Wilson?

Vic avanzó un poco y Wilson se echó hacia atrás. Vic podía perfectamente haberle pegado, con mucho gusto.

Wilson echó una mirada en derredor para comprobar si alguien les estaba mirando.

–Puede que lo sea, no conozco bien a ese hombre.

–¿Quién lo eligió? ¿No fuiste tú? ¿O es que fuiste tú, Ralph? –dijo, mirando a Ralph–. Aunque, pensándolo bien, no te habrías atrevido. Tú te limitas a nadar entre dos aguas y a quedarte mirando, ¿no es así, Ralph?

–¿Estás loco? –pudo al fin decir Ralph.

–¿De qué agencia lo sacaste, Wilson? –preguntó Vic, inclinándose todavía intencionadamente hacia delante.

–¿Qué es lo que pasa? ¿Está viendo demasiado a tu mujer? –interrumpió Ralph con voz chirriante–. ¿Por qué no lo matas, si no te gusta?

–Cállate –le dijo Wilson a Ralph.

Wilson parecía estar temblando.

–¿De qué agencia? –preguntó Vic–. De nada sirven las evasivas, *sé* que es un detective.

Y en caso de que Carpenter no lo fuese, pensó Vic, si estaba completamente equivocado, entonces creerían que estaba loco. Y eso estaba muy bien.

–¿Ninguno de los dos dice nada? Bueno, se lo sacaré a Melinda, no quería tener que preguntárselo a ella, pero me lo dirá enseguida. Todavía no sabe que yo lo sé. –Vic miró a Wilson despectivamente–. Lo haré saber por todas partes en cuanto lo confirme, Wilson. Tú sabrás si te resulta más cómodo mudarte.

–¡Deja de creerte Dios, Vic! –dijo Ralph, encontrando de repente un valor un tanto vacilante–. ¿Te crees el dueño de esta ciudad? ¿Y de la justicia también?

–Las personas como tú tienen diversos nombres, Ralph. ¿Quieres que te diga unos cuantos? –preguntó Vic con el cuello ardiéndole de ira.

Ralph se calló la boca.

–Creo que ya conoces mi opinión sobre ti –dijo Wilson–. Te la dije a la cara.

–Eres un hombre muy valiente, Wilson. ¿Por qué no tienes el valor de decirme de dónde has sacado a Carpenter? Me gustaría cesarle en sus servicios, puesto que los estoy pagando.

Vic esperó, mirando cómo las emociones se agitaban en el fruncido rostro de Wilson.

–¿No hay agallas, Wilson?

–Sí, sí las hay. Es el Servicio Confidencial de Detectives de Manhattan –dijo Wilson.

–¡Confidencial! –Vic echó la cabeza hacia atrás y soltó una carcajada–. ¡Ja, ja, ja! ¡Confidencial!

Wilson y Ralph intercambiaron una mirada nerviosa.

–Gracias –dijo Vic–. Esta tarde los llamaré. Dime, Wilson, ¿lo elegiste tú?

Wilson no dijo nada. Se dio la vuelta para marcharse, como si ya hubiese tenido bastante.

–¿No lo elegiste tú, Wilson? –le dijo Vic a sus espaldas.

Wilson miró hacia atrás, pero no dijo nada. No tenía por qué.

Vic comió solo –Melinda no estaba en casa–, leyó algo del libro sobre vidrieras, y luego se fue a mirar la guía de teléfonos de Manhattan para buscar el Servicio Confidencial de Detectives bajo el epígrafe «Detectives Privados». Confidencial, volvió a pensar sonriéndose.

La voz de un hombre con un acento de Nueva York bastante áspero contestó al teléfono.

–Buenas tardes –dijo Vic–. Les llamo para un asunto referente a su empleado Harold Carpenter, o al hombre que usa ese nombre para su trabajo actual.

–¡Ah, sí! Ya sé de quién me habla.

El hombre parecía bastante amable a pesar de su acento.

–Queremos prescindir definitivamente de sus servicios –dijo Vic.

–Muy bien. ¿Cuál es el problema?

–¿Problema?

–Quiero decir que si ha habido algún problema o alguna queja.

–No, no. Salvo que la persona acerca de quien se supone que debe obtener información sabe que es detective y no está dejándole enterarse de nada.

–Ya entiendo. ¿Es usted el señor... el señor Donald Wilson de Little Wesley, Massachusetts?

204

—No, no lo soy.

—¿Y quién es usted?

—Soy el hombre a quien se supone que se debe vigilar.

Hubo un momento de silencio.

—¿Es usted Victor Van Allen?

—Exacto —dijo Vic—. Así que o envían a una persona nueva o abandonan. Les sugiero que abandonen porque soy yo quien está pagando la factura, y si esta estupidez prosigue me voy a negar a pagarle. Y no creo que el dinero pueda salir de ninguna otra fuente. —Hubo otro silencio—. ¿Entiende?

—Sí, señor Van Allen.

—Muy bien. Si queda algo por pagar, puede enviarme la cuenta a mí directamente, si no le importa. Supongo que tienen mi dirección.

—Sí, señor Van Allen.

—Estupendo. Eso es todo. Muchas gracias. ¡Ah, espere un segundo!

—¿Dígame?

—Envíenle al señor Carpenter un telegrama comunicándole el cese de este servicio. ¿Podría hacerlo inmediatamente? Se lo pagaré encantado.

—De acuerdo, señor Van Allen.

Colgaron.

Melinda volvió a las siete y cuarto aquella tarde, después de tomarse unas copas con Harold, según dijo.

—¿Ha recibido Harold el telegrama? —preguntó Vic.

—¿Qué telegrama?

—El telegrama del Servicio Confidencial de Detectives comunicándole el cese de su trabajo.

Melinda se quedó con la boca abierta, pero su rostro mostraba más ira que sorpresa.

—¿Qué sabes de eso? —le preguntó agresiva.

—Wilson lo ha soltado —dijo Vic—. Y, aparte de todo, ¿qué es lo que le pasa a ese Wilson? ¿Por qué no se queda pegado a su má-quina de escribir?

Trixie estaba escuchando, con los ojos como platos, sentada en el suelo del salón.

—¿Cuándo te lo ha dicho? —preguntó Melinda.

—Esta mañana. Me los encontré a él y a Ralph en la calle. La pareja más aterrorizada y de aspecto más estúpido que he visto en toda mi vida.

—¿Qué es lo que te contó? —preguntó Melinda con la conster-nación pintada en su rostro.

—Me limité a preguntarle —empezó a decir Vic pacientemen-te— si el señor Carpenter era detective. ¿Acaso no lo era? Se lo pre-gunté a los dos. Y cuando Wilson dijo que sí, lo que fue muy difícil de lograr porque tenía más miedo que vergüenza, le pre-gunté de qué agencia era. Y también me lo dijo; así que los he lla-mado y les he pedido que cesen a Carpenter de sus servicios. Es-toy harto de pagar las facturas.

Melinda arrojó al sofá su libro de bolsillo y se quitó el abrigo.

—Ya entiendo —dijo—. Han sido las facturas lo que...

Se calló.

Vic sintió casi pena de ella por su derrota.

—No, querida. Horace me dijo hace varios días que Carpenter no sabe nada de la Universidad de Columbia. Horace sí sabe mu-cho, ya ves, y precisamente del Departamento de Psicología. No sé si habrá hecho alguna clase de pacto con Kennington para in-vestigar aquí. No es algo que me interese.

Melinda se dirigió airadamente a la cocina. Vic sabía que esa noche se iba a emborrachar. Y fuese lo que fuese lo que había bebido con Carpenter, habría dejado para ello una sólida base. Y para la resaca monumental del día siguiente. Vic suspiró y si-guió leyendo el periódico.

—¿Quieres una copa? —le dijo Melinda desde la cocina.

—No, gracias.

—Estás muy saludable últimamente —dijo cuando volvía con su copa—. Eres la viva imagen de la salud y la buena forma física. Bueno, quizá te interese saber que el señor Carpenter es psiquiatra. Puede que no se haya graduado en ninguna parte —dijo en tono defensivo—, pero sabe unas cuantas cosas.

Vic dijo con disgusto, lento y mesurado:

—Espero no volver a verle.

Después de unos minutos, en que Melinda no había dicho nada, Vic preguntó:

—¿Por qué has dicho eso? ¿Te ha estado psicoanalizando a ti?

—No.

—Eso no está bien. Me podría haber iluminado la mente respecto a ti. Debo admitir que no te entiendo.

—Yo sí te entiendo a ti —dijo ella secamente.

—¿Y entonces para qué traer aquí a un psiquiatra para contemplarme? Pero ¿qué es por fin, psicólogo o detective?

—Las dos cosas —dijo ella enfadada.

Andaba de un lado para otro, bebiendo de una bebida color beige oscuro.

—Ya, ya. ¿Y qué tiene que decir de mí?

—Dice que eres un caso límite de esquizofrenia.

—Vaya —dijo Vic—. Dile que yo he dicho que él es un límite a secas. Nada más. Algo ni fu ni fa, algo con lo que te tropiezas y de lo que te olvidas.

Melinda dio un bufido.

—Parece que ha sido capaz de exaltarte...

—Papá, ¿qué quiere decir esquizofrenia? —preguntó Trixie, absorta todavía, abrazándose las rodillas.

—Es una conversación muy edificante para la niña —dijo Melinda con afectación.

—Ha oído cosas peores —dijo Vic, y se aclaró la garganta—. Esquizofrenia, cariño, quiere decir una personalidad dividida. Es una enfermedad mental que se caracteriza por una pérdida de contacto con lo que nos rodea y una disolución de la personalidad. Eso es. ¿Entiendes? Y parece que tu viejo papá la tiene.

–Aaaah –dijo Trixie, echándose a reír como si se estuviese burlando de ella–. ¿Y cómo lo sabes?

–Porque el señor Carpenter dice que la tengo.

–¿Y cómo lo sabe el señor Carpenter? –preguntó Trixie, haciendo una mueca y encantada con la conversación.

Era como las historias fantásticas que Vic le contaba sobre animales imaginarios, y de los que ella le preguntaba si sabían volar, si sabían leer, si sabían cocinar y bordar, si sabían vestirse solos y que unas veces sabían y otras no.

–Porque el señor Carpenter es psicólogo –contestó Vic.

–¿Qué es un psicólogo? –preguntó Trixie.

–¡Por Dios santo, Vic! ¡Déjalo ya! –dijo Melinda, dando un revuelo desde el otro lado de la habitación para darle la cara.

–Ya seguiremos esta conversación otro día –dijo Vic, sonriéndole a su hija.

Melinda se emborrachó mucho aquella noche. Hizo dos llamadas de teléfono que Vic evitó escuchar metiéndose en la cocina, donde era imposible oír nada de la habitación de Melinda. Vic hizo la cena, de la que Melinda comió bien poco, y a las nueve de la noche, hora en que Trixie se iba a la cama, estaba ya tambaleándose de borracha. A aquellas horas Vic había definido ya unos cuantos términos psicológicos más. Era difícil explicarle a Trixie qué era la conciencia, pero le dijo que cuando la gente había bebido mucho y se caía dormida en el sofá era porque había sufrido una pérdida de ella.

16

Al día siguiente Melinda estaba todavía durmiendo cuando Vic volvió a casa a comer. Sabía que la noche anterior había estado despierta hasta muy tarde, porque había visto el reflejo de la luz en su dormitorio en el patio de atrás cuando él había apagado su propia luz a las dos y media. Cuando volvió a casa por la tarde a las siete, todavía no se había deshecho del todo de la resaca, aunque le dijo que había estado durmiendo hasta las tres. Vic tenía dos cosas que decirle, una agradable y otra no tan agradable quizá. Así que le dijo la primera antes de cenar, cuando la resaca parecía estar en el peor momento, esperando que la ayudase a sentirse mejor.

–Puedes estar segura –dijo– de que no voy a mencionar este asunto del detective ni a Horace ni a Phil ni a ninguna otra persona. Así que si Wilson y Ralph saben mantener la boca cerrada, y tienen razones para hacerlo, nadie va a saber nada. ¿Sabe alguien algo ya? –preguntó preocupado, como si estuviese de parte de ella.

–No –gruñó Melinda, completamente vulnerable en su hora de sufrimiento.

–Pensé que te sentirías mejor al saberlo –dijo Vic.

–Gracias –dijo ella con indiferencia.

Los hombros de Vic se encogieron involuntariamente. Pero Melinda no estaba mirándole.

–Por cierto, he recibido hoy una carta de Brian Ryder. Va a venir la tercera semana de noviembre. Le he dicho que puede quedarse con nosotros. Serán solo dos noches, tres a lo sumo. Tenemos muchas cosas que hacer en la oficina, así que no estaremos mucho aquí.

Después de un momento, cuando ella no había dado señas de haber oído, como si las palabras le hubiesen penetrado tan poco como habrían penetrado en los oídos de una persona dormida, añadió, sintiéndose bastante raro y como hablando para sí mismo:

–Por sus cartas estoy seguro de que es un joven muy civilizado. Solo tiene veinticuatro años.

–Supongo que no querrás ponerme otra copa –dijo ella, alargándole el vaso vacío, aunque con los ojos fijos en el suelo.

Aquella noche Melinda cenó espléndidamente. Siempre podía comer cuando tenía resaca, y además tenía la teoría de que cuanto más comías cuando tenías resaca, mejor te sentías luego.

«Empújalo hacia abajo» era su remedio. Después de cenar se sintió lo bastante bien como para echarle un vistazo al periódico de la tarde. Vic se llevó a Trixie a la cama, y luego volvió y se sentó en la butaca.

–Melinda, tengo una pregunta que hacerte –empezó a decir.

–¿Cuál?

Le miró por encima del periódico.

–¿Querrías divorciarte de mí? ¿Si te diera una buena pensión para vivir?

Le miró fijamente durante unos cinco segundos.

–No –dijo con firmeza, bastante enfadada.

–Pero ¿y adónde va a ir a parar todo esto? –preguntó, abriendo las manos y sintiéndose de repente el alma de la lógica–. Me odias. Me tratas como a un enemigo. Alquilas a un detective para que me siga...

–Porque mataste a Charley. Lo sabes tan bien como que estás sentado ahí.

—Querida, yo no lo hice. Y ahora recobra la razón.

—¡Todo el mundo sabe que lo hiciste!

—¿Quién?

—Don Wilson lo sabe. Harold lo cree. Ralph lo sabe.

—¿Y por qué no lo prueban? –preguntó con suavidad.

—Dales tiempo. Lo probarán. O seré *yo* quien lo haga.

Se echó hacia delante en el sofá, cogiendo bruscamente el paquete de cigarrillos que estaba en la mesita.

—Me gustaría saber cómo. Se puede incriminar a un hombre, por supuesto. –Y añadió pensativamente–: Supongo que es un poco tarde. Dime, ¿por qué no me someten Don Wilson o Carpenter a un detector de mentiras? No es que tengan ningún derecho legal, pero...

—Harold dijo que ni siquiera reaccionarías ante él –dijo Melinda–. Cree que estás chiflado.

—Y la chifladura te liberará.

—No te hagas el gracioso, Vic.

—Lo siento. No quería hacerme el gracioso. Para volver a lo que te estaba preguntando antes, te daré lo que quieras, excepto a Trixie, si quieres divorciarte de mí. Piensa en lo que eso significaría. Tendrías dinero para hacer lo que te diera la gana, dinero para ver a la gente que quisieras ver. Estarías completamente libre de responsabilidades, libre de la responsabilidad que suponen una hija y un marido. Piensa en lo mucho que podrías divertirte.

Se estaba mordiendo el labio inferior como si las palabras de Vic la torturasen..., tal vez porque la tentaban.

—Todavía no he acabado contigo. Quiero destruirte. Quiero aplastarte.

Vic volvió a extender las manos, suavemente.

—Ya se ha hecho otras veces. Siempre se puede echar arsénico en la sopa. Pero tengo muy buenas papilas gustativas. También está...

–No me refería a matarte. Estás tan... loco, que no creo que te importase demasiado. ¡Quiero aplastar tu repugnante ego!

–¿No lo has hecho ya? Querida, ¿qué más puedes hacer después de lo que has estado haciendo? ¿De qué crees que estoy viviendo?

–Del ego.

Una risa le brotó súbita, y volvió a ponerse serio.

–No, no es del ego, sino de las piezas de mí mismo que soy capaz de reconstruir y de mantener unidas... por pura voluntad. Fuerza de voluntad, si quieres, de eso es de lo que vivo, pero no del ego. ¿Cómo podría tenerlo todavía?

Acabó de hablar con un tono de desesperación, disfrutando inmensamente de la discusión y disfrutando también del sonido de su propia voz, que parecía objetiva, como si fuese el sonido de una grabadora que hubiese registrado su voz y se la devolviese. También era consciente del tono tespíaco[1] que había adoptado, haciendo que sus palabras sonasen con una destilada pasión de actor de tercera fila. Prosiguió en un tono empalagoso y recargado ayudándose con el sincero gesto de una de las manos.

–Sabes que te quiero, sabes que te daría todo lo que desearas o todo lo que yo pudiera darte.

Se calló un momento, pensando que también le había cedido la otra mitad de la cama, su mitad, pero no se atrevió a decirlo por miedo a que le entrase la risa, a él, o incluso a Melinda.

–Esta es mi última oferta. No sé qué más puedo hacer.

–Ya te lo he dicho –dijo ella despacio–, todavía no he terminado contigo. ¿Por qué no pides tú el divorcio? Sería mucho más seguro para ti. Debes de considerar que tienes cosas en que basar-

---

1. Tespíaco, derivado de Tespis, poeta griego del siglo VI antes de Cristo, considerado «inventor de la tragedia». Tespis introdujo por primera vez al «actor» en el drama griego. *(N. de la T.)*

te, ¿no? —dijo sarcásticamente, como si las cosas en que basarse fuesen ilusorias, o como si el usarlas fuese de canalla.

—Nunca he dicho que me quisiera divorciar de ti, ¿no? Me daría la impresión si lo hiciese de estarme escabullendo de mis responsabilidades. Además no es conveniente para un hombre pedirle el divorcio a su mujer. Es ella quien tiene que pedirlo. Pero todo lo que he conseguido es esta discusión...

—Todavía no has oído el final.

—A eso me refiero precisamente, ¿tienes que contestarme siempre en tono agresivo?

El tono de Vic era dulce todavía.

—Tienes razón. Debería guardarlo para el ataque final —dijo ella con la misma agresividad.

Vic suspiró.

—Bueno, supongo que el *statu quo* sigue siendo el *statu quo ante*. ¿Cuándo vas a traer a Ralph y a Wilson a casa? Tráelos. Los puedo soportar.

Ella le miró fijamente, con sus ojos marrón verdoso tan fríos e inmóviles como los de un sapo.

—¿No tienes nada más que decir? —preguntó Vic.

—Ya lo he dicho.

—Entonces me parece que me voy a retirar.

Se puso de pie y le sonrió.

—Buenas noches y que duermas bien —dijo, cogiendo la pipa de la mesita que tenía junto a la butaca.

Luego se dirigió hacia el otro mundo del garaje y su habitación.

17

Don Wilson y su mujer se mudaron a Wesley menos de dos semanas después del encuentro que Vic tuvo con él en la calle. Una vez más Melinda prestó sus servicios como halladora de casa, aunque en este caso se trataba de un apartamento en Wesley. Vic lo consideró una retirada escandalosa. Wilson había sido vencido en el primer encuentro. Se había retirado en busca de un lugar mejor donde cubrirse, pero ahora le iba a resultar difícil mantener la ceñuda mirada en su enemigo.

–¿Qué ha pasado? ¿Le han hecho la vida tan imposible que ha tenido que marcharse de Little Wesley? –le preguntó Vic a Melinda, sabiendo perfectamente qué era lo que había sucedido.

De alguna forma, supuso Vic, la historia del detective debía de haberse difundido a través de Ralph. Lo más probable era que Ralph, haciendo un disparo con muy mala puntería, hubiese empezado a decir por ahí que a Victor Van Allen lo había estado siguiendo un detective durante cinco semanas de puro sospechoso que era, con la intención de poner así a la opinión pública en contra suya. Pero la reputación de Vic había aguantado el golpe. La repercusión fue curiosa. Parecía como si una bala de cañón de cristal se hubiese estrellado contra una pared de cemento haciéndose añicos contra ella y algunos fragmentos hubieran sido recogidos por la gente; fragmentos de una historia que no podían recomponer entera. Por ejemplo, ¿quién contrató al detective? Algunos dijeron que había sido el propio Wilson, salvo que no parecía tener el dinero necesario para pagarlo. Otros se limitaron a suponer que el detective –en caso de haber existido realmente y de no ser todo un puro cuento– formaba parte de la policía y que alguna investigación rutinaria se estaba llevando a cabo con toda tranquilidad unas cuantas semanas después del incidente de De Lisle. Horace conocía la verdad mejor que nadie, pero no se aventuraba a decir en aquel momento, ni a preguntárselo a Vic, si era Melinda quien había contratado al detective. Vic sabía que lo sospechaba, pero era como si aquel hecho, si es que se trataba de un hecho, fuese demasiado vergonzoso para hablar de él. Habría sido muy penoso para Vic tener que pensar en ello y contestarle «sí» en el caso de que Horace se lo hubiese preguntado. Horace se limitó, pues, a mostrar aquellos días una expresión afligida.

Vic se sentía más amable y benigno que nunca. Y Melinda se sumergía cada día más en una hosca borrachera. En una de sus muchas incursiones a Wesley para visitar a Don Wilson fue detenida por exceso de velocidad y acusada de conducir borracha. Llamó a Vic a la oficina desde la comisaría de Wesley, y Vic se apresuró a ir. No estaba muy borracha, según pudo ver, no demasiado, hablando comparativamente; pero el comisario debía de habérselo olido, o haberlo deducido del temerario contraataque con que ella había respondido a la detención. En la comisaría Melinda pidió con gran audacia que se hiciese una prueba alcohólica de su aliento. Pero no tenían allí aparato para semejante prueba.

–Bueno, puede ver usted que no está borracha –le dijo Vic al comisario–. Sin embargo es muy posible que se haya excedido en la velocidad. No es la primera vez que pasa. Melinda, será mejor que le expliques tú lo del exceso de velocidad, yo no sé lo que ha pasado.

Trató de decir aquello con el mayor tacto posible, porque sabía que si a Melinda le retiraban el permiso de conducir durante seis meses, la casa se convertiría en un infierno. Y Melinda encarcelada sería todavía más desagradable. El comisario echó un sermón sobre la gravedad de conducir bajo los efectos del alcohol, que Vic escuchó con el mayor respeto, sabiendo que se aproximaba un final feliz. Pero Melinda interrumpió con un «¡Insisto en que nunca he sido acusada de conducir borracha, e insisto en que tampoco estoy borracha ahora!». Su convicción tuvo cierto efecto sobre el comisario, como también lo tuvo el hecho de que él era Victor Van Allen, un apreciado residente de Little Wesley y fundador de la Greenspur Press. O al menos Vic pensó que el maduro comisario parecía lo bastante inteligente como para haber oído hablar de la Greenspur Press y vincular a ella su nombre. Melinda fue puesta en libertad bajo una fianza de quince dólares, que Vic pagó de su bolsillo. Luego ella prosiguió su carrera hacia casa de los Wilson.

–Dime, ¿en qué anda ahora Don Wilson? –le preguntó Vic aquella noche.

–¿Qué quieres decir con en qué anda ahora?

–Quiero decir que en qué andáis los dos metidos. No hacéis más que entrevistaros.

–Me gusta. Tenemos muchas cosas de que hablar. Tiene unas teorías muy interesantes.

–No sabía que nunca te hubieses interesado por las teorías.

–Son más que teorías –dijo Melinda.

–¿Qué, por ejemplo?

Melinda ignoró la pregunta. Estaba de rodillas, arreglando la parte de abajo del armario, sacando zapatos y medias olvidadas, hormas, y una polvorienta muñeca de trapo de Trixie.

–Creo que deberíamos comprarnos un perro –dijo Vic de repente–. A Trix le encantaría. Lo llevamos aplazando demasiado tiempo.

—Precisamente lo que necesita nuestra casa –dijo Melinda.

—Lo hablaré con Trixie y le preguntaré qué clase de perro le gustaría más.

Vic sabía que Melinda no quería un perro. Habían tenido largas discusiones acerca de ello, Vic a favor y ella en contra, y él siempre había acabado cediendo. Ahora le daba igual que ella se pusiera a discutirlo.

—Por cierto, ¿qué tal está June Wilson? –preguntó Vic.

—Muy bien. ¿Por qué?

—Me gusta. Es una chica tan directa... ¿Cómo se pudo casar con él?

—Es una chiquilla aburrida. Puede que él no se diese cuenta de con quién se casaba.

—Vino a verme hace unos dos meses, ¿sabes?, expresamente para decirme que creía que su marido se estaba equivocando. Recuerdo que me lo dijo con gran delicadeza. Dijo simplemente que no pensaba lo mismo que su marido, y que quería que yo lo supiese. No está bien que Wilson la quisiera relegar al ostracismo, ¿no crees? ¿Qué hace ella cuando os ponéis los dos a hablar?

Melinda aquella noche no tenía ganas de morder.

Vic se quedó unos minutos mirando su espalda agachada, contemplando cómo sus manos limpiaban y ordenaban enfebrecidamente los zapatos, una espita de salida mucho más constructiva de lo habitual para su energía frustrada. Vic se imaginaba perfectamente cuál debía de ser el ambiente en casa de los Wilson. Era el único lugar al que Melinda podía seguir yendo sin que se la tratase con cierta frialdad. Y Wilson debía de estar empezando a cansarse un poco de ella porque la tenía que considerar la causa indirecta de su retirada de Little Wesley y de la actual desaprobación de la comunidad, pero debía de sentirse obligado a ser cordial con ella. June seguramente los dejaría solos después de saludar fríamente a Melinda, pero como Melinda despreciaba por lo general a las mujeres, no debía de molestarse en absoluto. Vic suponía que a veces estaría allí Ralph. Y era posible que Melinda fuese a verle a su casa algunas de las veces que decía que iba a casa de los Wilson. Eso si es que Ralph tenía el valor de dejarla entrar en su casa. Vic se sonrió para sus adentros mientras contemplaba la larga y fuerte espalda de Melinda y sus atareadas manos, preguntándose cuál sería el ambiente en casa de Ralph cuando estuviesen solos. Se imaginó a Ralph demasiado asustado para tocarla y a Melinda despectiva por ello. Pero se sentiría empujada una y otra vez a volver a verle porque Ralph formaba parte de la pequeña liga anti-Vic. Seguramente charlarían sobre él, repitiéndose a sí mismos, quejumbrosos como un par de viejas.

Vic llamó con los nudillos a la puerta de Trixie.

—¿*Mademoiselle?* —dijo.

—¿Sí?

Abrió la puerta. Trixie estaba sentada sobre la cama, coloreando un cuaderno de dibujos con lápices de colores. Vic le sonrió. Parecía tan autosuficiente, tan satisfecha consigo misma. Estaba orgulloso de ella. Era hija de su padre.

—Bueno, Trix, ¿qué te parecería tener un perro? —preguntó.

—¿Un perro? ¿Un perro de verdad?

—Sí, no me refiero a uno de trapo.

—¡Qué maravilla!

Trixie serpenteó hasta salirse del borde de la cama, luego se puso a dar saltos y a gritar:

—¡Un perro! ¡Un perro! ¡Yupiii!

Empezó a darle a Vic puñetazos en el estómago. Él la cogió por debajo de los brazos y la levantó en el aire.

—¿Qué clase de perro te gustaría?

—Un perro grande.

—Sí, pero ¿de qué clase?

—Un pastor.

—¿Y no se te ocurre algo más interesante?

—¡Un policía alemán!

La bajó y la puso en el suelo.

–Son demasiado utilitarios. ¿Qué te parece un bóxer? Me parece que el otro día pasé por un sitio en el East Lyme donde tenían un cartel anunciando cachorros de bóxer. Porque querrás un cachorro, ¿no?

–Sí –dijo Trixie, saltando todavía, el ánimo presto a conformarse con lo que fuera.

–Bueno, pues iremos a verlo mañana por la tarde. Te iré a buscar al colegio a las tres. ¿De acuerdo?

–¡De acuerdo! –dijo, sin aliento a causa de los saltos–. ¿Cómo es un bóxer?

–¡No me digas que no sabes cómo es un bóxer! Son marrones con el hocico negro, como así de altos..., creo que te gustará.

–¡Estupendo!

–Espero que tantos saltos acaben cansándote, porque tienes que irte a la cama. Desnúdate.

Se dirigió hacia la puerta.

–¡Ábreme el agua del baño!

–¿No te has bañado ya antes de cenar?

–Me quiero bañar otra vez.

Vic empezó a protestar y luego dijo «De acuerdo», cruzó el vestíbulo que conducía al baño y abrió los grifos. Su manía de bañarse en los dos últimos días se debía al buceador de juguete que él le había regalado y que ahora yacía en un extremo del baño. Lo metió en la bañera y estrujó la perita que lo mantenía a flote. Era un hombrecillo de unos veinticinco centímetros de alto con un traje de bucear de goma y un casco con un tubo que le salía de la espalda. Vic contempló a la figurita agitándose por la superficie un par de minutos, y cuando el agua tenía suficiente profundidad dejó que la perita se dilatara y el hombre se sumergió obedientemente, enviando burbujas por encima de la cabeza, hasta que sus pies cargados de peso se posaron sobre el fondo. Vic se sonrió divertido. Volvió a apretar la perita y lo puso de nuevo a flote, luego volvió a sumergirlo. Era un juguete precioso. Vic muchas veces había pensado que si no le hubiese atraído tanto la imprenta se habría dedicado a inventar juguetes. Era la ocupación más placentera que se le podía ocurrir.

Trixie entró, se quitó el vestido de rayas blancas y rojas, y se metió confiadamente en la bañera sin siquiera probar la temperatura del agua.

—*Mademoiselle,* el baño es suyo —dijo, dirigiéndose a la puerta.

—Papá, cuando Charley se ahogó en la piscina, ¿también se quedó de pie en el fondo?

—No lo sé, cariño, yo no estaba allí.

—¡Claro que estabas allí! —dijo, frunciendo súbitamente las cejas.

—Bueno, pero no puedo ver debajo del agua —contestó Vic.

—¿No le tiraste primero de los pies?

—Bueno..., ¡pero si ni siquiera toqué a ese hombre! —dijo Vic, medio en serio medio en broma.

—¡Claro que sí! Janey dice que lo hiciste y también Eddie y Duncan y... y Gracie y Petey y ¡todo el mundo que conozco!

—Dios mío, ¿de verdad? ¡Pero eso es terrible!

Trixie soltó una risita.

—¡Me estás tomando el pelo!

—No, no te estoy tomando el pelo —dijo Vic con seriedad, dándose cuenta de que a veces le había tomado el pelo así—. Dime, ¿cómo saben eso tus amigos?

—Lo han oído.

—¿A quién?

—A sus padres.

—¿Quiénes? ¿Todos?

—Sí —dijo Trixie, mirándole de aquella forma especial que utilizaba en las raras ocasiones en que mentía, porque no se creía lo que ella misma estaba diciendo ni estaba muy segura de que se lo creyera él.

–No me lo creo –dijo Vic–. Serán *algunos* de ellos. Y luego vosotros los niños lo difundís todo.

Quería decirle a Trixie que no debería hacer eso, pero sabía que no le obedecería, y no quería darle la impresión, ni tampoco dársela a sí mismo, de que estaba lo bastante asustado como para advertirla acerca de aquella historia.

–Me han pedido que les cuente cómo lo hiciste –dijo Trixie.

Vic se inclinó y cerró los grifos de agua que le estaba llegando ya por los hombros a Trixie.

–Pero si yo no lo hice, cariño. Si lo hubiera hecho estaría en la cárcel, ¿no lo sabes? ¿No sabes que matar a alguien se castiga con la muerte?

Hablaba en un susurro, en parte para impresionarla y en parte porque Melinda podría haberles oído desde el vestíbulo, ahora que el agua ya no corría.

Trixie le miró un momento con ojos serios, y luego desvió la mirada, como hacía Melinda, en dirección a su buceador. No se quería creer que él no lo había hecho. En aquella cabecita rubia no había ningún tipo de código moral, al menos no en lo que respecta a un asunto tan grave como el asesinato. Vic sabía que tendría reparo en robar una tiza del colegio, pero el asesinato era otra cosa. Lo había visto o había oído hablar de él en los tebeos o en la televisión de casa de Janey, y era algo excitante e incluso heroico cuando eran los vaqueros buenos quienes lo hacían en las películas del Oeste. Y quería que él fuese un héroe, un hombre bueno, alguien que no tenía miedo. Y se dio cuenta de que se acababa de rebajar a sí mismo en varios centímetros.

Trixie levantó la cabeza.

–Sigo creyendo que lo ahogaste tú. Solo que quieres decirme que no.

La tarde siguiente Vic y Trixie trajeron un cachorro macho de bóxer, que les costó setenta y cinco dólares, de la perrera de la carretera que iba a East Lyme. Al cachorro acababan de cortarle las orejas y las tenía sujetas juntas con un vendaje y un trozo de esparadrapo que sobresalía por encima de su cabeza. Su nombre de pedigrí era Roger de los Bosques. A Vic le gustó mucho que Trixie eligiese a Roger entre todos los otros cachorros especialmente por la lúgubre expresión de su pequeña cara de mono y por su vendaje. En la perrera se había tropezado dos veces con las orejas contra algo, había emitido un quejido, y su cara había aparecido más triste que nunca. Trixie había vuelto a casa con el cachorro en su regazo rodeándole el cuello con su brazo, más feliz de lo que Vic la había visto jamás en ninguna Navidad.

Melinda miró fijamente al perrito y podría haber hecho un comentario desagradable si Trixie no se hubiera mostrado tan contenta. Vic encontró en la cocina una gran caja de cartón que le podía servir de cama, la redujo a una profundidad de veinticinco centímetros y le recortó una puerta en un lado para que entrara el cachorrito. Luego colocó en el fondo dos de las colchas de cuando Trixie era pequeña y puso la caja en su habitación.

Vic había comprado unas cajas de galletas para perro, cereales para niños pequeños y latas de una clase de comida para perros que le había recomendado el señor de la perrera. El cachorro tenía buen apetito, y aquella noche después de comer meneó el rabo y su expresión parecía más alegre. También jugó con una pelota de goma que Trixie hizo rodar por el suelo para él.

—La casa está empezando a tener un poco de vida —le dijo Vic a Melinda, pero no recibió ninguna respuesta.

18

Vic y Melinda fueron a otro baile del club en noviembre, el baile de la «Noche de la Hoja» que celebraba anualmente en Little Wesley la llegada del otoño. Vic no había querido ir cuando llegaron las invitaciones del club, pero su actitud duró apenas quince segundos. Lo correcto era asistir, y Vic solía tratar de hacer lo correcto en la comunidad. Su primera reacción negativa ante la invitación había sido causada, según creía, por dos o tres factores: uno era que la relación con Melinda había sido tan sumamente más feliz cuando el baile del 4 de Julio que no quería contrastar el presente con aquel período más dichoso de hacía cuatro meses. En segundo lugar, estaba profundamente embebido en la lectura de un manuscrito en italiano –o más bien en un dialecto siciliano– al que le dedicaba las noches enteras, y no quería que le distrajesen. En tercer lugar, estaba el problema de persuadir a Melinda para que fuese. Ella no quería ir, aunque quería que fuese él. Quería ser la esposa aplastada y abatida que se quedaba sentada en casa, llorando tal vez. Pero fundamentalmente quería mostrarse –sin mostrarse– como enemiga de su marido y no como su compañera. Pero solo con dos observaciones que le hizo Vic consiguió convencerla. Un cuarto inconveniente, pero del que realmente no podía quejarse, era que tenían que meterle el esmoquin en la cintura tanto de la chaqueta como de los pantalones. La gran sala de baile redonda del club estaba decorada con hojas otoñales de todas clases y colores, con los candelabros ricamente adornados con piñas, y con pequeñas calabazas colgando aquí y allí de las hojas rojizas y amarillas. Una vez que estuvo en el baile, comenzando un solitario patrullar por las líneas laterales, Vic empezó a divertirse. Supongo que en casa había dudado momentáneamente de su propio aplomo. Realmente no había sabido hasta qué punto dar crédito a lo que le había contado Trixie. Ahora le parecía muy interesante pasar o quedarse junto a los mismos grupos de gente que había visto en julio. Allí estaba la señora Podnansky, más cálida y amistosa que nunca. Los MacPherson; no cabía duda de que en ellos no se había operado ningún cambio: Mac parecía tener los ojos rojos de pura borrachera sobre las diez de la noche, aunque probablemente iba a seguir aguantando bien toda la velada; y en lo que respecta a su mujer, si la mirada larga y curiosa que le dirigió a Vic cuando lo saludó delataba alguna sospecha pareció quedar cancelada por el comentario que le hizo de cuánto había adelgazado.

–¿Has seguido alguna dieta? –preguntó con admiración–. Me gustaría que me la dijeras.

Y solo para divertirse Vic se quedó un rato de pie con ellos, contándoles una dieta que se iba inventando a medida que hablaba. Hamburguesas y pomelos, nada más. La hamburguesa podía tomarse con o sin cebolla. Pero nada más.

–La idea está en acabar tan aburrido de la hamburguesa y el pomelo que ya ni siquiera comes eso –dijo Vic, sonriendo–. Es lo que acaba pasando.

La señora MacPherson estaba realmente interesada, aunque Vic sabía tan seguro como que estaba allí de pie que nunca perdería un solo centímetro de su robusta cintura. Y si se le ocurría mencionarle la dieta a Melinda, y ella la desconocía por completo, sería lo que siempre pasaba con Melinda, de la que todos sabían que no se preocupaba lo más mínimo de lo que hacía o comía su marido.

Todo el mundo se mostró cordial, y Vic sintió que su propio comportamiento era después de todo tan alegre como el que había tenido en julio. Le pidió a Mary Meller que bailara con él, no una sino dos veces. Luego bailó con Evelyn Cowan. A Melinda no la sacó a bailar porque no quería bailar con ella. Sin embargo, se preocupaba de si se divertía o no. No quería que se sintiese desdichada. Se dio cuenta de que los Meller se mostraron lo bastante amables como para hablar un momento con ella, y luego se puso a bailar con un hombre al que Vic no había visto nunca. Vic supuso que se las sabría componer, aunque la mayoría de sus amigos –incluyendo los MacPherson– aquella noche no estaban precisamente sonrientes con ella. Vic se tomó una copa con Horace en la larga barra curva que había en un lado de la sala, y le habló a Horace del manuscrito italiano que había recibido. Era el diario de una abuela casi analfabeta que había llegado a América desde Sicilia con su marido a los veintiséis años. Vic había pensado en arreglar el manuscrito lo imprescindible para hacerlo inteligible, acortarlo de alguna forma, e imprimirlo luego. Hablaba de la administración Coolidge[1] de la manera más fantasiosa, y todo el texto, que se refería sobre todo a la educación de sus tres hijos y sus dos hijas, estaba salpicado de comentarios francamente divertidos sobre política y héroes deportivos de la época tales como Primo Carnera. Uno de sus hijos se metió en la policía, otro se volvió a Italia, y el tercero se hizo contable de loterías ilegales. Una de las hijas fue a la universidad y se casó, y la otra se casó y se fue con su marido ingeniero a vivir a Sudamérica. Las impresiones de la mujer sobre Sudamérica, desde su casa de Carmine Street, en Manhattan, eran a la vez divertidas y espeluznantes. Vic logró que Horace se riese a carcajadas.

1. Presidente de los Estados Unidos de 1923 a 1929. *(N. de la T.)*

–¿No supone eso un terreno nuevo para ti? –le preguntó Horace.

Entonces Vic miró y vio a Melinda de pie con Ralph Gosden y el hombre con quien había bailado un par de veces.

–Sí –dijo Vic–. Pero ya era hora de que apareciese uno. La hija casada de Sudamérica me envió el manuscrito. Ha sido por pura chiripa, ¿sabes? Me decía que había leído en una publicación sudamericana una cosa sobre la Greenspur Press y se había enterado de que publicábamos cosas en otros idiomas además del inglés, así que me enviaba el diario de su madre por si me interesaba. Era una carta encantadora. Modesta y esperanzada al mismo tiempo. Estoy pensando en publicar el libro en inglés y en italiano, como hice con el Jenofonte. Porque muy poca gente podría entender ese dialecto.

–¿Y tú cómo te las arreglas para entenderlo? ¿Tan bien conoces el italiano? –preguntó Horace.

–No, pero con diccionario lo puedo leer relativamente bien, y además tengo en casa un diccionario de dialectos italianos. Lo compré de segunda mano en Nueva York hace años, sabe Dios por qué, pero ahora se ha vuelto muy útil. Lo entiendo casi todo. Afortunadamente la letra de la mujer es muy clara.

–El hombre de mil recursos –dijo Horace, sacudiendo la cabeza.

Mirando hacia Melinda, Vic divisó al hombre de complexión robusta con quien ella había estado bailando, y que en aquel momento le estaba mirando fijamente. Incluso desde la distancia que los separaba Vic pudo darse cuenta de que la mirada del hombre era de ingenua curiosidad. A lo mejor Melinda le había dicho al hombre quién era él. Ralph estaba de pie hablando con Melinda, con las manos cruzadas por delante y el flexible cuerpo formando un ligero arco. Era la insustancialidad personificada. El señor Gosden no le estaba mirando. Vic pensó que seguramente la mayoría de la gente que había en la sala sabía que Ralph había sido amante de Melinda. Ahora Ralph se estaba riendo. Se estaba portando muy valientemente aquella noche. Entonces Vic vio al hombre robusto alargar los brazos hacia Melinda en un gesto de invitación a bailar, y luego los vio deslizarse graciosamente hacia la pista. Y Ralph Gosden los estaba mirando, o quizá mirando solo a Melinda, con su vieja sonrisa fatua. Vic se dio cuenta de que Horace le había estado siguiendo la mirada, y bajó de nuevo los ojos hacia la copa.

–¿Es ese Ralph Gosden? –preguntó Horace.

–Sí. El viejo y querido Ralph –dijo Vic.

Horace empezó a hablar del cerebro lobotomizado de un epiléptico que había ido a su laboratorio para hacerse un análisis acerca de la irregularidad de sus lesiones, ya que durante la operación, que se había realizado con anestesia local, el paciente se había movido. A Horace le interesaban especialmente las lesiones cerebrales, la cirugía cerebral y las enfermedades del cerebro, y a Vic también. Siempre había sido su tema de conversación favorito. Estaban todavía hablando del informe sobre el comportamiento del caso de lobotomía frontal, cuando apareció Melinda con el hombre que la había sacado a bailar.

–Vic –dijo–, te quiero presentar al señor Anthony Cameron. Señor Cameron, le presento a mi marido.

El señor Cameron alargó una manaza.

–Encantado –dijo Vic, dándole la mano.

–Y este es el señor Meller.

Horace y el señor Cameron intercambiaron también un «Encantado».

–El señor Cameron es contratista. Está aquí para buscar un terreno donde construir una casa. Pensé que os gustaría hablar con él –dijo Melinda con un leve sonsonete que le informó a Vic de que aquella no era la razón principal de por qué les había presentado al señor Cameron.

El señor Cameron tenía unos ojos de mirada fija color azul pálido, cuya pequeñez contrastaba con la humanidad del resto de su persona. No era muy alto y la cabeza parecía cuadrada y enorme, como si estuviese hecha de un material diferente de los habituales carne y hueso. Cuando estaba escuchando a alguien, la boca se le quedaba levemente abierta. Horace le estaba hablando del terreno con una colina que había entre el norte de Little Wesley y la protuberancia que formaba la parte media de la ciudad. Horace le dijo que desde la colina se divisaba Bear Lake.

–Ya lo he visto y no es lo suficientemente alto –dijo el señor Cameron, sonriéndole después a Melinda como si acabase de decir alguna agudeza.

–No hay muchos terrenos elevados por aquí, a menos que te vayas a las mismas montañas –dijo Vic.

–¡Bueno, podemos hacer eso!

El señor Cameron se frotó las pesadas manos una con otra. Su pelo ondulado de color castaño oscuro tenía un aspecto grasiento y parecía despedir un olor desagradablemente dulce.

Luego se pusieron a hablar de las posibilidades pesqueras de la zona. El señor Cameron dijo que él era un gran pescador y se jactó de volver siempre a casa con una cesta llena. Vic descubrió que no había oído hablar siquiera de una mosca que era un cebo bastante común para la pesca en arroyo. Sin embargo, intentó demostrar su técnica con un par de giros completos de los dos brazos. Horace estaba empezando a mirarle con desagrado.

–¿Quiere una copa? –preguntó Vic.

–No, no, muchas gracias. ¡Ni lo pruebo! –dijo el señor Cameron, con vozarrón de hombre saludable y una sonrisa resplandeciente.

Tenía unos dientes muy regulares, todos iguales.

–Es una gran fiesta, ¿no cree? –miró a Melinda–. ¿Quiere que bailemos otra vez?

–Encantada –dijo Melinda, levantando los brazos.

–Hasta luego, señor Van Allen y señor Meller –dijo Cameron mientras se alejaba bailando–. Encantado de haberles conocido.

–Hasta luego –dijo Vic.

Luego intercambió una mirada con Horace, pero los dos eran demasiado educados para sonreír o hacer ningún comentario.

Vic y Horace se pusieron a hablar de otra cosa.

Ralph Gosden no bailó con Melinda en toda la noche, y el señor Cameron le ocupó a Melinda casi todos sus bailes. Melinda estaba ya bastante chispa sobre las dos de la madrugada y empezó a bailar más o menos sola, agitando el larguísimo pañuelo verde brillante que durante la primera parte de la noche había llevado a modo de chal sobre los hombros. El vestido era de satén rosa –era un vestido francamente viejo, y Vic pensó que lo había elegido para aquella noche con cierta actitud de martirio– y junto con el pañuelo verde recordaba los colores de un primoroso y virginal brote de manzana, aunque el rostro que asomaba por encima del vestido no fuese ni primoroso ni virginal. Vic pensaba que su pelo, entreverado con mechones de rubio más claro por el sol del verano y agitándose libremente cuando se movía, tenía un atractivo salvaje. A un hombre como Cameron debía de resultarle muy atrayente no solo aquel cabello sino también su cuerpo fuerte y flexible y su rostro, que ya había perdido la mayor parte del maquillaje y tenía ahora un aire levemente ebrio, realista y feliz. Al menos al señor Cameron le parecería feliz. Vic percibía el desafío que desplegaba al bailar, el desafío del ondulante pañuelo que por dos veces se había enrollado alrededor del cuello de otra pareja. Desafiaba a toda la gente que se encontraba en la sala. Al principio se había querido presentar como un mártir ante la comunidad, y sin mediación alguna había pasado a adoptar una actitud de temeraria rebeldía, destinada también a demostrarle a todo el mundo que se estaba divirtiendo más que nadie. Vic suspiró, reflexionando sobre las oscilaciones de la mente de Melinda.

A la tarde siguiente, cuando Vic estaba en el garaje limpiando el acuario de los caracoles, apareció el señor Cameron en mangas de camisa.

–¿Hay alguien en casa? –preguntó alegremente.

Vic se quedó un poco sorprendido porque no había oído llegar ningún coche.

–Bueno, estoy yo –dijo Vic–. Mi mujer creo que está todavía durmiendo.

–Ah, ya –dijo el señor Cameron–. Bueno, es que pasaba por aquí, y como su mujer me dijo que siempre que estuviese cerca me pasase por su casa, pues ¡aquí estoy!

Vic por un momento no supo qué decir.

–¿Qué es eso que tiene ahí?

–Caracoles –dijo Vic, preguntándose si Melinda estaría despierta para quitarle a aquel hombre de encima–. Espere un segundo, voy a ver si se ha despertado mi mujer.

Vic entró en la casa.

La puerta de Melinda estaba cerrada todavía.

–¿Melinda? –llamó.

Luego tocó vigorosamente con los nudillos. Al ver que seguía sin recibir respuesta, abrió la puerta.

–Melinda.

Estaba echada de costado dándole la espalda. Se estiró despacio y se dio la vuelta de un solo movimiento, como un animal.

–Ha venido a visitarte un caballero –dijo Vic.

Ella levantó bruscamente la cabeza de la almohada.

–¿Quién?

–Creo que es el señor Cameron. Me gustaría que salieras y te encargaras de él. O que le digas que entre. Está fuera.

Melinda frunció el ceño y cogió las zapatillas.

–¿Por qué no le dices tú que entre?

–Yo no quiero decirle que entre –dijo Vic, y Melinda le echó una mirada de sorpresa pero indiferente a un tiempo.

Salió a encontrarse con el señor Cameron, que estaba balanceándose sobre los talones y silbando en medio del camino que llevaba a la casa. Le dijo:

–Mi mujer vendrá en un minuto. ¿Quiere pasar al salón?

–No, gracias. Me quedaré tomando el aire. ¿Es ahí donde vive usted? –preguntó, señalando hacia el ala que sobresalía al otro lado del garaje.

–Sí –dijo Vic, estirando las comisuras de los labios para formar una sonrisa.

Volvió a la limpieza de sus caracoles. Era un aspecto poco atractivo de la cría de caracoles el limpiarles la porquería de las paredes del tanque de cristal con una cuchilla de afeitar, y le horrorizó cuando vio que el señor Cameron entraba tras él para mirarle, silbando todavía. Para sorpresa de Vic estaba silbando parte de un concierto de Mozart.

–¿Dónde los ha conseguido? –preguntó.

–Pues la mayoría han nacido aquí. Por incubación.

–¿Cómo se reproducen? ¿En el agua?

–No, ponen huevos. En la tierra.

Vic estaba lavando el interior del tanque con un paño y agua y jabón. Desprendió con delicadeza un caracol que había trepado a la parte del cristal que estaba limpiando, y lo colocó sobre la tierra del fondo.

–Tienen aspecto de ser buenos para comer –comentó el señor Cameron.

–Lo son. Son deliciosos.

–Me recuerdan a Nueva Orleans. ¿Ha estado alguna vez en Nueva Orleans?

–Sí –dijo Vic terminantemente.

Empezó con otro tanque, desprendiendo primero con la cuchilla los caracoles de todos los tamaños que estaban durmiendo sobre las paredes de cristal. Miró al señor Cameron y le dijo:

–Será mejor que no levante la tapa, si no le importa. Se escapan con mucha facilidad.

El señor Cameron se estremeció y soltó la tapa con un descuido que le hizo a Vic dar un respingo, porque estaba seguro de que podía haber aplastado a una o dos crías. Era muy posible que el señor Cameron no hubiese visto las diminutas crías de caracol. Sus ojos no enfocaban con tanta precisión. En el momento en que se dirigía hacia Vic sin propósito fijo y con su amable sonrisa, Melinda abrió la puerta del vestíbulo y él se volvió hacia ella.

–¡Hola, Tony! ¡Buenos días! Cuánto me alegro de que hayas venido.

–Espero que no les importe a ninguno de los dos –dijo, caminando despacio hacia ella–. Estaba dando una vuelta en bicicleta y se me ocurrió entrar.

–Entra y tómate una copa –dijo Melinda alegremente, abriendo más la puerta.

–Tomaría una cerveza, si hay.

El señor Cameron se quedó hasta que comieron a las cuatro, y luego hasta la cena, a las nueve, comidas ambas que preparó Vic prácticamente sin ayuda. Se bebió nueve latas de cerveza. A las seis, cuando Vic volvió de su habitación al salón para coger parte del periódico dominical, Cameron estaba sentado con Melinda en el sofá, vociferando una historia sobre cómo había adquirido su apellido.

–¿Cuál es tu verdadero apellido? –preguntó Melinda.

–Es polaco. ¡No sabrías siquiera pronunciarlo! –le dijo el señor Cameron con un rugido de risa.

Era como un tocadiscos con el volumen excesivamente alto. Vic había estado un rato sentado con ellos en el salón. Se había puesto una camisa limpia y pantalones recién planchados, con la esperanza de que Cameron pensase que tenían un compromiso por la noche, pero evidentemente consideró el cambio de atuendo como realizado en su honor y que por tanto la visita acababa de empezar. Lo más extraño es que a Melinda parecía estarle divirtiendo, aunque se había emborrachado un poco en el curso de una cura para la resaca a base de Bloody Marys todo el día. El señor Cameron pasó de describir, con gestos violentos, un proceso de dinamitación a enumerar las peticiones que le hacían algunos clientes de que les suministrase un lugar con buena vista, protegido contra el viento, con sitio para piscina, pista de tenis y césped, todo ello en una hectárea de terreno.

—¡Me piden de todo excepto una tumba para el día de su muerte! —terminó diciendo el señor Cameron con una risotada.

Era un fin típico de sus historias. El señor Cameron se estaba creciendo. Parecía un niño pequeño intentando impresionar a una niña blandiendo una navaja o prendiéndole fuego a un gato empapado en queroseno.

Vic estaba sentado con la mano en la mejilla, esperando.

Los Peterson trajeron a Trixie y al cachorro de su casa, donde Trixie se había pasado toda la tarde, pero rehusaron entrar cuando vieron que tenían visita.

—Por favor, pasad —rogó Vic, pero fue en vano.

Los Peterson era gente muy tímida. Cuando se hubieron marchado Vic dio un portazo a la puerta principal llevado de la ira, y luego, movido por la insensata esperanza de que Cameron se marchase, dijo:

—Bueno, creo que ya va siendo hora de cenar.

El señor Cameron no dijo «¡Magnífico!», pero sí algo muy semejante.

Durante lo que podía llamarse la hora del cóctel, mientras las patatas de Idaho se estaban asando y la chuleta más grande que Vic había encontrado en el congelador se descongelaba sobre el escurreplatos, el señor Cameron se puso en pie de repente y anunció que tenía una sorpresa para ellos.

—Enseguida vuelvo. Quiero traer una cosa de la bicicleta.

—¿Qué ha ido a buscar? —preguntó Vic, que acababa de volver de la cocina.

—No lo sé.

—Me gustaría que no le rieras tanto sus malditas gracias. Aunque imagino que ya es un poco tarde para decirlo.

—Y además, a lo mejor me divierten sus gracias –replicó Melinda en un tono de amenazadora calma–. Creo que es muy interesante, y un chico auténtico de verdad.

Vic no pudo contestar nada, porque el señor Cameron estaba ya de vuelta con un clarinete en la mano.

—Aquí está –dijo, arrojando al suelo la bolsa de plástico opaca que lo había contenido–. Siempre lo llevo conmigo cuando salgo en bici. Me gusta pararme en los bosques y tocar un rato. ¿Dijisteis que teníais el concierto para clarinete en la mayor de Mozart?

—Sí, sí. Vic, búscalo, ¿haces el favor?

Vic se acercó a la discoteca y se puso a buscarlo. Lo tenían desde hacía años. Era de setenta y ocho revoluciones.

—¡Vamos a poner el segundo movimiento! –dijo el señor Cameron, acercándose a los labios el instrumento y empezando a probarlo.

Sus dedos parecían racimos de plátanos desparramados sobre las teclas cromadas.

Vic buscó el segundo movimiento, lo encontró, y lo puso en el tocadiscos. El señor Cameron empezó al mismo tiempo, tocando el tema simultáneamente con la orquesta, marcando las notas con dureza pero con precisión. En una pausa sonrió triunfante y miró a Melinda.

—No debería haber entrado tan pronto, pero me encanta esta música –dijo–. A ver qué os parece esto.

Benny Goodman estaba empezando a tocar ahora, y también lo hizo el señor Cameron. El señor Cameron era más ruidoso. Cerró sus pequeños ojos y se puso a balancearse como un Pan[1] elefantino. Hacía bastante bien las fermatas de las variaciones. No cometía ni un solo error. Sencillamente no tenía calidad.

—¡Me parece que eres maravilloso! –exclamó Melinda.

1. Especie de deidad de los campos y los bosques. *(N. de la T.)*

El señor Cameron se detuvo un segundo para dedicarle una sonrisita.

–No me han dado más que tres clases en toda mi vida –dijo rápidamente, y volvió a taparse la boca con el instrumento.

A continuación tocó el movimiento lento del tercer concierto de Brandeburgo, el segundo movimiento del concierto número 23 para piano de Mozart, y el segundo movimiento de la quinta sinfonía de Beethoven. Después del Brandeburgo, Vic dejó a Melinda que buscase ella los discos, porque él tenía que hacer las chuletas y la ensalada. Durante la cena el señor Cameron habló de los placeres de montar en bicicleta y de cómo él combinaba el trabajo y el placer dedicándose a montar en bici durante todos sus trabajos. Se mostró amigable y abierto con Vic, mirándole constantemente para incluirlo en su audiencia, con una condescendencia que demostraba que le consideraba un simple compañero de casa de Melinda, un simple tío o hermano soltero. Seguía actuando para ella.

Trixie estaba sentada a la mesa mirándole con cierta perplejidad que Vic entendía perfectamente. Ya le había estado mirando fijamente mientras tocaba el clarinete, sin hacer ningún comentario ni ningún intento de dirigirse a él, lo que era prácticamente imposible ya que Cameron apenas si había callado un minuto. Decibelios de cuerdas vocales, carcajadas, o el sonido del clarinete surgían constantemente de él. Emanaba ruido.

–Ya he tenido bastante por hoy –le susurró Vic a Melinda después de cenar, cuando llevaban los platos a la cocina–. ¿Puedes ocuparte tú de los platos que quedan? Yo me voy a mi habitación, que está silenciosa.

–Sí, por favor –dijo Melinda no con mucha claridad.

Vic fue al salón a darle las buenas noches al señor Cameron, quien se estaba paseando sin parar de un lado a otro, con las manos en los bolsillos, hablándole en un tono rugiente y alegre al cachorro de bóxer, ya que no había nadie más con quien hablar.

—Buenas noches, señor Cameron —dijo Vic con una breve sonrisa—. Si es tan amable de disculparme, tengo trabajo que hacer.

—Por supuesto —dijo amablemente—. Lo entiendo perfectamente. La cena ha sido magnífica. ¡Me ha encantado!

—Me alegro.

Vic volvió a enfrascarse en la lectura del diario de la abuela siciliana, consultando el diccionario de dialectos casi constantemente. Consiguió evadirse con éxito, mientras leía, del dueto que ejecutaban Melinda al piano y Cameron con el clarinete, pero cuando dejó de leer volvió a imponerse la música. Melinda cometía errores que pretendía subsanar machacando las teclas a continuación. Las alegres risotadas del señor Cameron le llegaban claramente a Vic a través de la ventana medio abierta.

19

A Melinda se le desarrolló de repente un gusto por la profesión de contratista. Empezó a pasar los días con el señor Cameron, llevándole en coche a donde tuviera que ir, y visitando con él a sus amigos para que le aconsejaran. Ahora, por las noches a la hora de cenar, tenía la costumbre de hablar sin parar. Hablaba de la elevación del terreno, del drenaje, de la vista y del subsuelo acuífero de cierto terreno al este de Little Wesley que el señor Cameron había elegido para su cliente. El cliente iba a venir el sábado para verlo, y Tony tenía que tenerle preparada una descripción completa de la naturaleza física de la propiedad para que la leyese al llegar.

—¿No crees que los subsuelos acuíferos son fascinantes? —preguntó Melinda—. Tony me ha explicado cómo se puede distinguir un subsuelo acuífero falso de uno verdadero. A distinguir un tipo de colina de otro, quiero decir. Algunas personas creen que en cuanto hay una ligera elevación del terreno es porque hay debajo un subsuelo acuífero.

Vic frunció levemente el ceño.

—¿Te refieres a agua simplemente o a aprovisionamiento de agua? Subsuelo acuífero lo hay en todas partes.

Melinda le miró ceñuda desde el otro lado de la mesa.

–¿Qué quieres decir con que en todas partes hay un subsuelo acuífero? ¡Hay un subsuelo acuífero donde hay agua!

–Entonces hay agua en todas partes –dijo Vic–. La definición de subsuelo acuífero es el límite superior de la tierra que está saturada con agua. Todos los tipos de suelo tienen un subsuelo acuífero. Hay uno en el desierto del Sáhara, lo único que pasa es que está muy profundo. No sé qué es lo que te habrá estado contando Tony, pero es así.

Melinda estuvo un buen rato sin decir nada, un rato bastante largo. Cuando volvió a hablar fue sobre la piedra blanca que Tony estaba tratando de localizar.

–Dile que pruebe por los alrededores de Vermount –dijo Vic.

–¡Es una buena idea! ¡Allí tienen una piedra preciosa! Recuerdo que...

–No es mármol de Carrara, pero puede servir –dijo Vic con aspereza, untando un rábano de mantequilla.

Luego estaba también el sistema de desagüe. Tony tenía al respecto una idea maravillosa que era construir un arroyo artificial atravesando la propiedad. Vic nunca llegó a entender de dónde vendría el agua, pero la idea de Tony no le impresionó, aunque Melinda la consideraba muy original, evidentemente porque Tony le había dicho que lo era.

–Hace dos mil años los romanos ya hacían eso –dijo Vic–. Lo hicieron en Aviñón.

–¿Papá, dónde está Aviñón? –preguntó Trixie.

Vic se dio cuenta de repente de que Trixie había perdido las clases dominicales por culpa del señor Cameron.

–Aviñón está en el sur de Francia. Solía ser la residencia de los papas, hará unos quinientos años más o menos. Algún día irás allí. Y tienen también una canción. *«Sur le pont d'Avignon / l'on y danse, l'on y danse / sur le pont d'Avignon / l'on y danse tout en rond.»*

La incitó a que la cantase con él. Siguieron haciéndolo una y otra vez mientras comían el postre, una y otra vez mientras Melinda fruncía el ceño como queriendo indicar que la canción le daba dolor de cabeza. Trixie no se cansaba jamás de ese tipo de cosas, y siguieron cantando y cantando mientras lavaban los platos, y Vic le enseñó la segunda estrofa, y la siguieron cantando hasta que Melinda estalló.

–¡Por el amor de Dios, Vic, *basta ya!*

Cuando Vic volvió a ver a Horace el sábado por la mañana en la ferretería de Little Wesley, Horace sacó a relucir al señor Cameron. Salían juntos de la tienda hacia sus coches, que estaban en el aparcamiento cercano al supermercado, cuando dijo Horace:

–Tengo entendido que Ferris va a comprar el terreno que está detrás de casa de los Cowan.

Ferris era el nombre del rico neoyorquino cliente de Cameron.

–Sí. ¿Cómo lo sabes?

–Me lo ha dicho Phil. Me contó que Melinda se pasó por su casa un día con el contratista. Deduzco que le está ayudando.

–Así tiene algo con que entretenerse –dijo rápidamente Vic con tono desinteresado.

Horace asintió, y si estaba a punto de decir algo más acerca de Cameron y Melinda, se lo calló. Cuando llegaron a los coches, dijo Horace:

–Mary y yo vamos a probar suerte mañana por la noche con una barbacoa de chuletas. Iban a venir los MacPherson, pero no pueden. ¿Por qué no venís Melinda y tú sobre las cinco?

A Vic le habría apetecido mucho en circunstancias normales el sentarse en el jardín de los Meller, viendo ponerse el sol y aspirando el aroma a carbón de las costillas asadas. Pero en aquel momento lo primero que le vino a la cabeza es que Melinda podía no estar libre. Era la primera vez que se había permitido a sí mismo darse cuenta de que Melinda estaba pasando con el señor Cameron casi todas las tardes, se había pasado con él la mitad de aquella mañana y estaba todavía en algún sitio con Tony Cameron.

–Gracias, Horace. ¿Puedo confirmártelo luego? Según creo, sí podemos.

–De acuerdo –dijo Horace, sonriendo–. Espero que así sea. Va a llegar el invierno enseguida. Y ya no habrá más barbacoas al aire libre.

Vic volvió a casa, con la parte trasera del coche llena de alimentos para el fin de semana –Melinda no iba mucho a la compra últimamente– y con una barrena nueva. La había roto un día cuando estaba enfadado, o más bien cuando se había dejado llevar por pensamientos exasperantes. Aquellos pensamientos habían estado centrados en Tony y en Melinda: ¿qué iban a decir sus amigos de aquello? ¿Cuándo iban a empezar los comentarios? ¿Habían tenido ya algún amorío Cameron y Melinda? Habían tenido tiempo y oportunidades de sobra, y la actitud inmutable de Cameron hacia él cuadraba mucho con su carácter. Cameron el paquidermo. Por momentos Vic era capaz de reírse de la situación. Cameron era muy simple. Había incluso algo atractivamente ingenuo e inocente en su gran cara cuadrada, y algo muy juvenil y abierto en la forma en que asumía que era perfectamente lícito salir con la mujer de otro hombre y pasarse con ella ocho horas seguidas. Vic sabía, por supuesto, que Melinda le estaría alentando en ese sentido con su estilo habitual: «Sí, quiero a Vic, pero...» No es que Melinda quisiera a Cameron necesariamente como amante –Vic lo encontraba imposible de creer–, pero quería que les rodease una atmósfera romántica cuando estaban juntos, quería tener el camino libre.

Melinda no estaba cuando llegó a casa. Trixie había ido al cine. Roger le dio la bienvenida en la puerta, agitando la achaparrada cola, y Vic le dejó salir al jardín y se quedó mirando ausente cómo se sentaba y formaba un charquito. Bueno, pensó Vic, el señor Cameron iba a quedarse allí solo dos semanas más. Su trabajo en la casa de Ferris estaría acabado a finales de noviembre. El propio Cameron lo había dicho.

Melinda llegó a las seis y media, con Cameron. Este había adquirido un bronceado rosa resplandeciente. Cuando se sonreía su rostro parecía arder de alegría y autosatisfacción.

—¡Esta vez he traído mi propia cerveza! —dijo Cameron, agitando en el aire una caja de latas de medio cuarto.

—¡Muy bien! ¡Estupendo! —dijo Vic con el mismo tono que habría usado para dirigirse a un niño.

Luego le dijo a Melinda:

—¿Puedo hablar un minuto contigo?

Melinda entró con él en la cocina.

—Los Meller nos han invitado mañana a las cinco a una barbacoa en su casa. ¿Querrías venir?

Su cara, arrebolada y excitada ya por su salida con Cameron, brilló más aún.

—¡Por supuesto! ¡Me encantaría!

—Muy bien, se lo diré a Horace —dijo Vic, aliviado.

Y se sonrió.

—Supongo que puedo llevar a Tony si me apetece, ¿no?

Vic se volvió hacia ella cuando se dirigía hacia el teléfono.

—No, no creo que puedas llevar a Tony.

—¿Por qué no?

—Porque no creo que sea un plato del gusto de los Meller.

—Vaya, vaya, vaya —dijo Melinda, sacudiendo la cabeza—. ¿Desde cuándo eres tú quien decide cuál es el plato del gusto de los Meller?

—Da la casualidad de que lo sé.

—Entonces se lo preguntaré yo misma —dijo Melinda, dirigiéndose al teléfono.

Vic la cogió por un brazo y la obligó a retroceder. Cerró la puerta de vaivén de la cocina a sus espaldas.

—No, no harás tal cosa. A los Meller les importa un bledo Cameron, y eso es todo. Nos han invitado a nosotros.

—¡Lo llevaré les guste o no les guste!

—No creo que lo hagas, Melinda —dijo con calma, aunque notó cómo la voz le temblaba de ira.

—¿Cómo me lo vas a impedir?

Vic apretó los labios, avergonzado de su propia ira y aplastado por la abrupta furia de Melinda.

Melinda le miró un momento, y luego, pareciendo tomarse las palabras de Vic como una concesión de victoria para ella, levantó una comisura de la boca y salió de la cocina pasando junto a Vic.

—Tony, ¿no necesitas un abridor? —preguntó.

Y Vic recordó que había cogido uno mientras hablaba con él, que lo había tenido todo el tiempo en la mano.

Vic no fue a la barbacoa de los Meller al día siguiente. Había dejado en manos de Melinda el aceptar la invitación y no sabía qué les habría dicho ella, pero en el último minuto le dijo que no iba a ir. Cameron llegó no en bicicleta sino en su Plymouth descapotable color café con leche, en el que debía de transportar la bici cuando viajaba, según supuso Vic. Tanto Cameron como Melinda pusieron cara larga cuando les dijo que no iba.

—¿Qué es lo que pasa? —dijo Cameron.

Llevaba un traje de verano recién planchado y zapatos blancos para causarles buena impresión a los Meller.

—Nada. Simplemente que tengo algunas cosas que hacer. Id vosotros dos.

—¿Qué van a pensar los Meller? —preguntó Melinda un poco estupefacta.

—No lo sé. Espera y lo verás —dijo Vic con un chasquido conciliador.

La expresión del señor Cameron no cambió.

—Me encantaría que cambiase de opinión —dijo.

Vic se alejó de ellos por el jardín.

—Id vosotros dos. Divertíos y dadles a los Meller recuerdos de mi parte.

Las manos de Melinda estaban jugueteando con las llaves del coche. Vic se fue a su habitación.

Un momento después los dos coches arrancaron.

Vic se recordó a sí mismo que Cameron probablemente no tenía nada con Melinda, físicamente hablando. Lo creía realmente. Pero eso no ayudaba en nada. Y mientras estaba sentado en su habitación después de que se hubieran marchado, tratando de recomponerse para ponerse a leer, casi lamentó haber sido tan infantil como para no haber ido a casa de los Meller. Pensó que todavía estaba a tiempo de ir, pero ahora sería todavía más infantil. No, no iría. Sin embargo, sabía que aquello supondría otra conversación penosa o violenta con Horace.

Melinda no volvió hasta la una de la madrugada. Vic estaba en su habitación, leyendo en la cama, y no fue a la casa para verla. De todas maneras no tenía ganas de verla. Probablemente estaría borracha. Su hora de llegar, la una y diez, le hizo pensar a Vic que habría estado con Cameron sentada en algún bar la última parte de la noche, porque todos los bares cerraban puntualmente a la una.

Horace, a las siete menos veinte de la tarde del día siguiente, fue a visitar a Vic cuando estaba en la imprenta. Vic había previsto que aquel día recibiría una visita de Horace, y había previsto también la expresión de su cara.

—¿Qué te pasó ayer? —le preguntó—. Te llamamos a casa y no contestabas.

Vic se sintió ruborizar de vergüenza como si le hubiesen pillado en una mentira seria. Había oído sonar el teléfono la noche anterior y no se había puesto.

—Me di un paseo cuando se marchó Melinda. No estaba en casa.

—Pues te echamos mucho de menos.

—Bueno, es que quería echarle una ojeada a unas cuantas cosas. Pensé que el señor Cameron se encargaría de mi parte de la barbacoa.

—¡Y lo hizo!

—¿Estaba buena?

—Sí, muy buena. El señor Cameron nos entretuvo con su clarinete.

—Sí, yo también lo he oído —dijo Vic.

—Supongo que no te hace ninguna gracia. A mí tampoco.

Vic sintió otra oleada de vergüenza, pero mantuvo la expresión tranquila y placentera.

—¿Qué quieres decir?

—¿Quieres que te lo diga claro, Vic? No me gusta Cameron y no me gusta la forma que tiene de portarse con Melinda. Y no me gusta tampoco la manera en que te estás volviendo a quedar en un segundo lugar, esperando que las cosas se pasen solas.

—¿No suele ser así como sucede? —preguntó Vic, sonriendo, aunque se sentía atrapado y a disgusto.

—Tú no estabas allí anoche. Melinda se emborrachó bastante y dijo varias cosas, tales como que creía que Cameron era la respuesta a su plegaria. Cameron se porta como si...

Llamaron suavemente a la puerta.

—Adelante —dijo Vic.

Stephen Hines abrió la puerta.

—Ah, buenas tardes, señor Meller. ¿Cómo está usted?

—Muy bien, gracias, ¿y usted?

—Bien también. Carlyle ha cogido la camioneta —continuó Stephen diciéndole a Vic—. Va a llamar a correos mañana por la mañana a ver si ha llegado el nuevo rodillo.

—Muy bien. No hay prisa —dijo Vic, calculando mecánicamente que todavía faltaban tres semanas para usar el nuevo rodillo en los poemas de Ryder.

Vic había dejado oxidarse deliberadamente uno de los rodillos de tinta con el fin de obtener un efecto distinto en la textura cuando imprimía directamente sobre el papel.

—¿Hay algo más? —preguntó Stephen.

—Creo que no, Stephen.

—Entonces, buenas noches. Hasta mañana.

—Buenas noches —dijo Vic.

Luego se volvió hacia Horace.

—Por cierto, ¡el Jenofonte ya ha salido de encuadernación! ¿Quieres ver un ejemplar?

—Me gustaría, Vic, pero creo que es más importante lo que estamos hablando, ¿tú no?

—Adelante, Horace.

—Bueno, tengo la impresión de que Cameron está pensando en llevarse a Melinda y ella se comporta como si estuviese deseosa de ir.

—¿Llevársela? —preguntó Vic con sorpresa, parte de la cual era auténtica.

—Su próximo trabajo es en México, y tiene dos billetes de avión para México capital, o al menos eso dijo, y no estaba borracho excepto de su propia energía. Pero Melinda hablaba de ir con él al fin del mundo. ¿Por qué no le dices adónde se tiene que ir, Vic?

—No sabía nada de eso. Es completamente nuevo para mí.

—Pues deberías saberlo. Tienes parte de culpa, Vic. ¿Qué esfuerzo de verdad has hecho para volver con Melinda después del *affaire* De Lisle?

La mente de Vic osciló entre los dos significados de la palabra «*affaire*»[1] antes de lograr darle forma a su respuesta.

—Lo he intentado —dijo simplemente.

—Por lo que yo sé sigues viviendo en tu propio sector de la casa —dijo Horace, escondiendo su azoramiento con un tono agresivo—. Eres joven, Vic. Tienes treinta y seis años, ¿no? Y Melinda es todavía más joven. ¿Qué clase de matrimonio es el que

---

1. *Affaire*, palabra francesa que quiere decir tanto «amorío» como «asunto en el que por una u otra razón interviene la ley». (*N. de la T.*)

piensas mantener con ella? ¡Una mañana te despertarás y se habrá ido!

–No quiero manejarla –dijo Vic–. Nunca lo he hecho. Es un ser humano libre.

Horace le miró, vacilante.

–¿Te rindes? Porque creo que puedes perder frente a Cameron.

Vic se quedó en silencio durante varios segundos. No estaba pensando en qué contestar. Estaba en parte sintiendo la violencia de la conversación, sintiéndola en la lengua, y por otra parte sentía terror de que Horace pudiese cambiar de alguna forma su opinión sobre él, disminuir su estima.

–De acuerdo, Horace. Tendré con ella una conversación sobre el señor Cameron.

–Creo que habrá que hacer algo más que hablar. O cambias por completo de actitud, o de lo contrario...

Vic sonrió.

–¿No estás exagerando?

–No lo creo, Vic. –Horace encendió un cigarrillo–. Vic, ¿por qué eres tan terriblemente reservado? ¿Qué pretendes?

–No soy reservado. ¿Te apetece una copa en el local?

Empezó a recoger las cosas que se quería llevar a casa.

–Toda tu actitud es equivocada, Vic. Si en algún momento tuvo la oportunidad de ser acertada, y puede que alguna vez lo fuese, ahora es equivocada.

–Esas son las palabras más duras que te he oído jamás, Horace.

–Así las siento.

Vic miró a Horace, sintiendo que perdía un poco el equilibrio.

–¿Nos tomamos esa copa?

Horace negó con la cabeza.

–Me marcho. No tenía intención de llegar al límite, pero me alegro de haberlo hecho. Quizá a este te lo tomes en serio, me refiero a Cameron. Buenas noches, Vic.

Horace salió y cerró la puerta.

Una sensación extraña parecida al miedo invadió a Vic en cuanto se quedó solo. Terminó de recoger sus papeles, salió y cerró la puerta tras él. El coche de Horace estaba en ese momento desapareciendo por la calzada. Vic se metió en su coche. Un estremecimiento frío le subió por la columna vertebral hasta la nuca. Luego respiró hondo y relajó las manos sobre el volante. Sabía cuál era el problema. No se había permitido a sí mismo pensar en Cameron de verdad, salvo para decirse que dentro de dos semanas se habría marchado. No se había permitido a sí mismo centrar la mente en el problema que Cameron creaba. Y Horace lo había señalado. Era como si Horace hubiese puesto el dedo en un fuego que ardiese justo a sus pies, en un fuego que había elegido ignorar. (Por otra parte, consideraba que tenía derecho a ignorarlo si quería. Si había un fuego a sus pies, la única persona que saldría dañada sería él mismo. Lo que más le había deprimido, pensó, era que Horace le forzara a adoptar durante un momento una actitud conformista, una visión conformista de las cosas). Pero tal vez Horace tuviese razón al decirle que no se había percatado de algunos hechos importantes. No había admitido por ejemplo el que a Melinda pudiese gustarle realmente Cameron, el que Cameron pudiese ser precisamente el tipo de Melinda. Aquella franqueza, aquel primitivismo, ¡realmente la sobrepasaban! ¡Y aquella ingenuidad de paquidermo! Cameron era el tipo que podría «llevársela», esperar a un divorcio, y luego casarse con ella como Dios manda. Y era, efectivamente, el tipo de Melinda precisamente. Fue para Vic una revelación abrumadora.

Trixie estaba sola en casa cuando llegó Vic. El cachorro vino correteando a saludarle, dando brincos y serpenteando al tiempo con un movimiento que a Vic siempre le recordaba el de una trucha brincando.

–¿Estaba tu madre en casa cuando has vuelto? –preguntó.

–No. Supongo que estará por ahí con Tony –dijo Trixie, y siguió leyendo las tiras cómicas del periódico.

Vic se preparó una copa. Cuando se sentó con ella en la butaca, vio la nueva caja azul y blanca de tabaco de pipa Nelson Thirty-three en la mesita de al lado. Debía de haber llegado ese día, y Melinda la había desempaquetado y puesto allí. Vic pensó que debía haberla encargado hacía unas dos semanas, uno de los días que había pasado con Tony.

20

Brian Ryder llegó a Wesley en tren el sábado siguiente. Era un joven agradable y nervioso con la energía y el físico de un Tarzán de pocos años. Lo primero que quiso hacer fue darse un paseo por la ciudad, antes incluso de que Vic y él tuviesen ocasión de discutir sobre sus poemas. El paseo duró casi dos horas, después de comer, y regresó con el pelo mojado y la cara brillante. Había llegado hasta Bear Lake y se había dado un chapuzón. La temperatura era de unos cinco grados centígrados y Bear Lake estaba casi a doce kilómetros de distancia. Vic le preguntó cómo había tardado tan poco.

—Me he dado una buena carrera por el camino —contestó—. Me encanta correr. Y al volver me ha traído un tipo que dijo que le conocía.

—¿Ah, sí? ¿Quién era? —preguntó Vic.

—Se llamaba Peterson.

—Ah, ya.

—Parece tener muy buena opinión de usted.

Vic no contestó. Melinda estaba sentada en el sofá del salón pegando fotografías en su álbum. No le había dirigido la palabra a Brian desde que Vic los había presentado, pero le estaba mirando fijamente con una descarada curiosidad que a Vic le recordó la forma que tenía de mirar Trixie a los hombres nuevos que Melinda traía a la casa. Brian, por su parte, la miraba a su manera ingenua y directa, como si esperase que ella contribuyese en algo a la conversación, o simplemente para demostrarle cierta amistad antes de irse con Vic a trabajar. Pero ella no dijo nada ni se sonrió, ni siquiera cuando sus ojos se encontraban con los de Brian.

–¿Vamos a mi habitación a charlar un rato? –preguntó Vic–. Tengo allí su manuscrito.

Aquella noche Melinda llevó a Cameron a cenar. Dijo Cameron con una risotada:

–Quería haber llevado a su esposa a cenar por ahí, Vic, pero insistió en volver a casa con usted.

El increíble descaro de aquella frase dejó a Vic sin habla. Brian lo había oído. A partir de aquel momento Vic se fijó en que Brian pasó gran parte de la noche limitándose a observar a Cameron y Melinda con una expresión seria y especulativa. Y ellos le suministraron un buen espectáculo. Cameron no hacía más que entrar y salir de la cocina, ayudando a Melinda a poner la mesa como si viviese allí. La conversación que sostenían entre ellos versaba sobre lo que habían hecho aquella tarde y sobre materiales de construcción y el precio del cemento. Vic intentó hablar con Brian de poetas y de poesía, pero sus voces no podían competir con la de Cameron. Vic mantuvo en su rostro una leve sonrisa con el fin de esconder su irritación a los ojos de Brian. No estaba muy seguro de haberlo logrado. Brian era un joven muy observador.

Después de cenar, Cameron dijo:

–Bueno, Vic, Melinda me dice que ustedes dos tienen cosas de que hablar, así que se me ha ocurrido que puedo llevarla a bailar un rato al Barmaid.

–Me parece magnífico –dijo Vic complaciente–. Creo que tienen cerveza de barril allí, ¿no es así?

–¡En efecto! –replicó Cameron, golpeándose su sólida y bien alimentada panza.

Para todo lo que comía y bebía no estaba demasiado gordo. Tenía el volumen recio y sin caderas del gorila.

Brian miró a Melinda de arriba abajo apreciativamente cuando salió de su habitación con unas sandalias escotadas de tacón alto y una chaqueta corta de color rojo vivo sobre el vestido. Se había preocupado más de lo habitual en maquillarse, y llevaba el pelo rubio cuidadosamente cepillado.

–Podéis esperarme sentados –dijo alegremente mientras salía por la puerta.

El gorila la siguió, sonriendo expansivo.

Vic se lanzó de inmediato a conversar con Brian sin darle tiempo a que pudiese hacerle ninguna pregunta, pero en la cara del joven se adivinaba que se estaba aferrando tenazmente a aquellas preguntas que no había hecho. No se iba a olvidar de hacerlas más tarde. Vic se reprochó a sí mismo el no haber tenido una conversación con Melinda días antes. Horace tenía razón. Debería haberle dicho *algo*. Pero ¿habría tenido algún efecto positivo? ¿Había servido de algo cuando le habló sobre De Lisle?

–Su esposa es una mujer muy atractiva –dijo Brian despacio en una pausa de su conversación.

–¿Eso cree? –preguntó Vic, sonriendo.

Y luego recordó de repente la pregunta sorprendida que le había hecho Brian, «¿Duerme usted aquí?», al ver su habitación de detrás del garaje, como la pregunta brusca e irreflexiva que hubiese podido hacer un niño. A Vic le había dolido exageradamente. No se la podía quitar de la cabeza.

Se quedaron sentados hablando de poetas y de literatura hasta pasada la medianoche, hora en que Brian sugirió educadamente que a lo mejor Vic se quería ir a la cama. Vic sabía que lo que quería Brian era ponerse con la antología de poetas metafísicos alemanes que él le había escogido de la librería, así que Vic se excusó y se fue a la cama. Pero al llegar a su habitación se quedó levantado despierto hasta que oyó llegar a Melinda a las dos de la madrugada. La luz de Brian seguía encendida. Vic tuvo la esperanza de que no la viese borracha. No tenía ni idea de si estaría o no borracha. Apagó su propia luz sobre las dos y media. Poco después, muy débilmente, escuchó la risa lenta, feliz y ebria de Melinda a través de su ventana medio abierta. Se preguntó qué sería lo que le estaba contando Brian.

A la mañana siguiente dijo Melinda:

—Tu amiguito me parece adorable.

—Es un poeta fuera de serie —dijo Vic.

Brian había salido a dar un paseo matinal. Probablemente volvería con plumas de pájaros como el día anterior. Aquella mañana, al entrar en su habitación, Vic se había encontrado la cama hecha y una pluma azul, un guijarro, una seta, y una hoja seca cuidadosamente alineados sobre el escritorio, como si Brian hubiese estado allí sentado reflexionando sobre ellos.

—También él ha dicho que eres muy atractiva —dijo Vic, aunque no sabía por qué se molestaba en repetírselo.

La opinión que Melinda tenía de sí misma era ya lo suficientemente elevada.

—Ya que estamos intercambiándonos mensajes, puedes decirle que pienso que es el joven más atractivo que he visto desde que terminé el bachillerato.

Vic suprimió un comentario que le vino a la cabeza.

—¿Vas a ver esta tarde a Tony? —dijo en cambio.

—No, creo que veré a Brian.

—Brian tiene qué hacer.

—No toda la tarde. Me ha dicho si quería ir a dar un paseo en barca a Bear Lake.

—Ah, ya.

—Pero Tony va a venir por la noche. Vamos a poner algunos discos. Ayer compré cinco discos nuevos en Wesley.

–No quiero que venga aquí esta noche –dijo Vic tranquilamente.

–¡Vaya! –dijo Melinda, levantando las cejas–. ¿Y por qué no?

–Porque quiero hablar con Brian y no quiero oír la música por la ventana, aunque me vaya con él a mi habitación.

–Ya entiendo. ¿Y adónde quieres que vayamos?

–Me da exactamente igual adónde vayáis.

Encendió un cigarrillo y se puso a mirar hacia el *Times* que yacía plegado sobre la mesita.

–Y si de todas formas lo traigo aquí, ¿qué es lo que vas a hacer?

–Le diré que se marche.

–¿No es esta casa tan mía como tuya?

Había tantas contestaciones posibles a aquella pregunta que no contestó nada. Le dio una chupada al cigarrillo.

–¿Y bien? –dijo ella, mirándole fugazmente.

Era inútil señalar que a causa de la presencia de Brian ella debería portarse mejor. Inútil. Todo era inútil.

–Ya te lo he dicho, le diré que se marche si lo traes. Y se marchará.

Vic se sonrió levemente.

–Si lo haces, pediré el divorcio –dijo Melinda–. No me crees capaz de hacerlo, ¿verdad? –prosiguió Melinda–. Creo que estoy dispuesta a aceptar la pensión que me ofreciste, ¿te acuerdas?

–Me acuerdo.

–Pues cuando quieras.

Melinda estaba ahora de pie, con las manos en jarras, el largo cuerpo relajado y la cabeza levemente inclinada hacia abajo como siempre que peleaba, como la cabeza de un animal en combate.

–¿Y a qué ha venido todo esto? –preguntó Vic, sabiendo perfectamente la respuesta.

Volvió a sentir un frío terror recorriéndole la columna vertebral. Melinda no le contestó.

—¿Por el señor Cameron?

—Creo que es mucho más agradable que tú. Nos llevamos muy bien.

—Hay otras cosas en la vida además de llevarse bien —dijo rápidamente Vic.

—¡Ayuda mucho!

Se miraron de soslayo.

—Me crees, ¿verdad? —dijo Melinda—. Muy bien, Vic, quiero el divorcio. Hace dos meses me preguntaste si lo quería, ¿te acuerdas?

—Me acuerdo.

—Bueno, ¿y sigue en pie la oferta?

—Nunca me retracto de mi palabra.

—¿Debo empezar yo las diligencias?

—Es lo acostumbrado. Puedes acusarme de adulterio —dijo Vic.

Melinda cogió un cigarrillo de la mesita y lo encendió con aplomo. Luego se dio la vuelta y se fue a su habitación. A los pocos minutos volvió.

—¿Cuál será la pensión?

—Dije que sería generosa. Y será generosa.

—¿Cuánto?

Se obligó a pensar.

—¿Quince mil al año? No tendrás que mantener a Trixie.

La vio calcular. Quince mil al año significarían que no podría imprimir tantos libros al año, que tendría que dejar marcharse a Stephen o recortar su salario, a lo cual Stephen probablemente accedería. Por un capricho de ella Stephen y su familia tendrían que reducir su nivel de vida.

—Me parece bien —dijo por fin.

—Y además Cameron no es precisamente pobre que digamos.

—Es un hombre maravilloso y auténtico —replicó como si le hubiese llamado algo despectivo—. Bueno, pues creo que estamos de acuerdo. El lunes empezaré a hacer lo que haya que hacer.

Con un gesto de haber concluido se marchó a su habitación.

Brian llegó unos minutos después, y él y Vic se fueron al cuarto de Vic a proseguir la selección de sesenta poemas de los ciento veinte del manuscrito de Brian. Brian los había catalogado en tres grupos, los favoritos, los siguientes en orden de preferencia, y el resto. La mayoría eran sobre la naturaleza, con sugerencias o temas físicos y éticos que les daban un sabor parecido al de las odas y epodas de Horacio, aunque Brian había dicho, como disculpándose, que nunca le había interesado Horacio y que no recordaba ni un solo poema suyo. Brian prefería a Catulo. Había algunos poemas de amor apasionados, poemas de amor más bien extático que físico pero tan exquisitos como los de Donne. Sus poemas sobre la ciudad, Nueva York, no eran tan contundentes como los otros, pero Vic le convenció de que incluyera uno o dos para darle variedad al libro. Brian estaba muy persuasivo aquella mañana, como si él mismo se encontrase bajo una especie de éxtasis, y Vic tuvo más de una vez la impresión de que no le estaba escuchando. Pero cuando Vic le sugirió una cubierta de color marrón rojizo, Brian salió de su ensueño y no estuvo de acuerdo. Quería un azul pálido, un azul pálido muy concreto. Tenía un trocito de cáscara de huevo de pájaro que había encontrado aquella mañana exactamente del color que quería. Dijo que los colores eran muy importantes para él. Vic guardó cuidadosamente el trocito de cáscara en el cajón del escritorio. Luego Vic le describió los colofones ornamentales que había pensado poner como remate de algunos poemas, una pluma, briznas de hierba, una tela de araña, un capullo de gusano de seda, y Brian aprobó la idea con entusiasmo. Vic había hecho ya experimentos de imprimir tales objetos y había obtenido excelentes resultados.

Brian se puso de pie con inquietud y dijo:

—¿Está Melinda en casa?

—Creo que está en su habitación —contestó Vic.

—Le dije ayer que si íbamos a remar un rato esta tarde.

Todavía no habían terminado de hacer la selección, pero Vic se dio cuenta de que la mente de Brian estaba ya en otra cosa. Habría tiempo después del paseo en barca y antes de cenar, pensó.

—Vete si quieres —dijo Vic, sintiéndose súbitamente débil.

Brian se fue.

Cameron llegó a las siete aquella tarde y se instaló en el salón con la sonriente jovialidad del hombre que espera una cena suculenta. Brian estaba en la cocina ayudando a Melinda a preparar un cochinillo, del que Vic recordaba vagamente que Melinda le había dicho que Brian había insistido en comprarlo cuando pasaban aquella tarde por una tienda de Wesley. La tarde entera le resultaba muy vaga a Vic. No sabía cómo habían pasado las horas, ni podía recordar lo que había hecho, excepto que en cierto momento había usado el martillo para algo y se había machacado el pulgar izquierdo, que ahora le latía al apretarlo contra el índice. Se encontró a sí mismo hablando con Cameron, que no callaba nunca, sin oír nada de lo que le decía. Se esforzó por un momento en escuchar las palabras de Cameron y oyó: «... nunca entraba mucho en la cocina. O se tiene gracia para eso o no se tiene». Vic volvió a desconectar como si fuese un programa de radio que no le interesase. Había algo en el hecho de que Brian estuviese en la cocina que le inquietaba. ¿Por qué no estaba con él en el salón hablando de las cosas que les interesaban a los dos? Cameron se habría tenido que callar. Luego se acordó de que aquella mañana le había dado a Melinda un ultimátum respecto a que Cameron apareciese aquella noche, y que ella le había prometido empezar las diligencias para el divorcio el lunes por la mañana, es decir mañana, y que Cameron estaba allí a pesar de todo, con un aire especialmente complaciente. ¿Le habría hablado ya Melinda de lo del divorcio?

Cameron levantó su peso del sofá y anunció que iba a la cocina a echar un vistazo.

Al cabo de pocos minutos volvió con una sonrisa.

–Oye, Vic, ¿qué te parece que coja dos o tres docenas de tus caracoles? Sé hacer una salsa muy simple de mantequilla y ajo que no tiene parangón. ¡Un niño la podría hacer y sabe tan buena como en Nueva Orleans! –Se frotó las palmas de las manos–. ¿Los quieres coger tú o voy yo por ellos? Melinda me ha dicho que te lo preguntara primero.

–Los caracoles no son para comer –dijo Vic.

La cara de Cameron se ensombreció un poco.

–Ah, ya... ¿Y entonces para qué diablos son? –preguntó, riéndose–. Melinda ha dicho...

–No tienen ningún uso. Son inútiles –dijo Vic, soltando las palabras con especial acritud.

Melinda salió de la cocina.

–¿Qué problema hay en coger unos pocos caracoles? A Brian le apetecen y Tony dice que los sabe preparar. ¡Vamos a hacer una cena de gala!

Hizo un gesto con el cucharón, se dio la vuelta para ir a caer casi en los brazos de Cameron y le dio una palmadita en la mejilla.

Vic miró a Brian, que había seguido a Melinda desde la cocina.

–Acabo de decirle a Tony que los caracoles no son para comer –dijo Vic.

–Vete a buscar unos cuantos, Tony –dijo Melinda.

Estaba empezando a emborracharse.

Tony hizo un ademán y se detuvo mirando a Vic fijamente.

–Los caracoles no son para comer –dijo Vic.

–Oye..., yo no he dicho que quería caracoles –empezó a decir Brian, sintiéndose violento, sin dirigirse ni a Melinda ni a Vic–. Quiero decir que no lo he dicho yo.

–Tienen que saber riquísimos con lo bien alimentados que están. Carne y zanahorias y lechuga de Boston. ¡Vete por unos cuantos, Tony!

Y Melinda estuvo a punto de caerse contra la puerta de vaivén al empujarla para volver a la cocina.

Tony estaba mirando a Vic como un animal estúpido, como un perro que no estuviese seguro de la indicación recibida, con su pesado cuerpo en equilibrio a punto de moverse.

–¿Qué dices, Vic? Tres docenas no las notarás siquiera.

Vic tenía las manos convertidas en puños y sabía que Brian se había dado cuenta de ello, y sin embargo las mantuvo así.

–No se pueden comer los caracoles así de repente, ¿sabes? –dijo con un tono repentinamente ligero y casi sonriente–. Hay que tenerlos dos días a dieta para que estén limpios. Los míos han comido todos hoy. Supongo que sabes eso.

–Ah, ya –dijo Cameron, balanceando el peso de su cuerpo sobre sus enormes pies–. ¡Qué mala suerte!

–Sí, muy mala –dijo Vic.

Miró a Brian de reojo.

Brian le estaba mirando en tensión, con las manos en la espalda apoyadas sobre la vitrina de cristales, y la camisa azul tirante sobre su pecho fuerte y redondeado. Tenía una mirada sorprendida y cautelosa que Vic nunca le había visto hasta entonces.

Vic miró, sonriendo, hacia Cameron.

–Lo siento. Quizá la próxima vez me acuerde de sacar unos cuantos caracoles y dejarlos un par de días sin comer.

–Muy bien –dijo Cameron inseguro.

Volvió a frotarse las manos, sonrió y se encogió de hombros. Luego huyó a la cocina.

Brian se sonrió.

–Yo no tenía la menor intención de hacer nada con los caracoles. Fue idea de Melinda. Le dije que estaba de acuerdo si tuviera usted la costumbre de comerlos. Pero me había parecido que más bien los tenía de mascota.

Vic le agradeció el detalle no contestando nada, cogiéndole

del brazo y llevándoselo al salón. Pero no habían tenido tiempo de sentarse cuando Melinda gritó «¡Brian!» desde la cocina.

Nunca habían cenado como aquel día, ni siquiera alguna Navidad. Melinda parecía haber querido cocinar todo lo que había en la cocina: tres clases de verduras, patatas cocidas y en puré, tres postres distintos sobre el aparador, dos docenas de panecillos, y en medio de la mesa el cochinillo, precisamente colocado sobre una fuente alargada con dos finos rectángulos de aluminio de los que se usan para hacer pastas caseras, para que no se manchase el mantel; sin embargo, goteó por los dos extremos porque los rectángulos de aluminio se doblaron con el peso de la fuente. A Vic le resultó muy inquietante el sonriente cochinillo y encontró bastante desagradable tal abundancia de comida, aunque los dos invitados y Trixie, que había vuelto a casa a las siete y media, parecieron considerar aquella cena como un gran pícnic de interior y se divirtieron ruidosamente. En la mesa Vic se dio cuenta de que era Brian quien le hacía sentirse incómodo: Brian estaba empezando a desplegar hacia Melinda parte del descaro característico de Cameron. Vic sabía que Brian la encontraba atractiva, pero la forma en que le sonreía, el modo en que la ayudó a quitarse el delantal, le sugirieron que, consciente o inconscientemente, había deducido de la actitud de Cameron que Melinda era presa fácil para cualquiera y por tanto pretendía disfrutar él también de su parte en aquel juego. Vic se dio cuenta de que Brian también podía haber sacado aquella conclusión de su propia tolerancia respecto a Cameron, y sintió con toda claridad que había perdido pie frente a Brian Ryder. Le pareció notar a partir del altercado de los caracoles de aquel domingo por la noche que Brian le trataba con menos respeto.

La noche agonizó tristemente. Melinda se emborrachó demasiado para querer salir con Cameron, que la invitó a hacerlo, y se quedó sentada en el sofá balbuciendo chistes, balbuciendo las nimiedades de los borrachos, a las que Brian prestaba atención –Vic no sabía si por educación o por curiosidad– forzando de vez en cuando una carcajada. Cameron se quedó sentado despatarrado en la butaca de Vic, inclinado hacia delante con una lata de cerveza en la mano, sumergido en una nebulosa de simplona beatitud que evidentemente le volvía inmune al aburrimiento o a la sensación de mera fatiga que podrían haberle inducido a dar las buenas noches y marcharse. Hubo largos silencios. Por primera vez en muchos meses, Vic se tomó cinco copas bien cargadas. La sordidez de la escena le afectó más que ninguno de los sufrimientos mentales que había soportado hasta entonces. Sin embargo no podía permitirse el decirle a Brian que se fuera con él a su cuarto porque habría supuesto una derrota absoluta. Hizo un esfuerzo sobrehumano para intentar hablar con Cameron de materiales de construcción, de subsuelos acuíferos, de su próximo trabajo en México, pero los ojos azul pálido de Cameron, ligeramente inyectados en sangre, se habían vuelto una y otra vez hacia Melinda en el sofá, y por una vez su voz se había mantenido silenciosa. Cameron se quedó hasta las dos y veinte de la madrugada. Brian, que había estado medio recostado en el otro extremo del sofá frente a Melinda, soñando despierto o reflexionando o paladeando o lo que hagan los poetas, se irguió inmediatamente después de que Cameron se pusiera de pie y le obsequió con un «buenas noches» sorprendentemente cordial.

Después de mirar el reloj, Brian dijo que no se había dado cuenta de que fuese tan tarde y que debería haberse retirado antes.

–Tenemos que hablar de algunas cosas todavía antes de que yo coja el tren de las once, ¿no, señor Van Allen?

–Creo que sí; de unas cuantas.

–Entonces dejaré mañana mi paseo matinal y así tendremos tiempo. –Hizo una reverencia un poco tímidamente–. Buenas noches, Melinda. Ha sido un banquete inolvidable. Ha sido muy amable por tomarse tantas molestias. Muchas gracias.

—Fue idea suya —dijo Melinda—. Y su lechoncillo peludo.

Brian se echó a reír.

—Buenas noches, señor —le dijo a Vic, y se fue a su habitación.

El «señor» y el «señor Van Allen» y el «Melinda» le dieron vueltas en la cabeza a Vic estúpidamente durante unos segundos. Luego dijo:

—Una velada encantadora.

—¿No te lo ha parecido? Te tendría que haber gustado. Ha sido muy tranquila.

—Sí. ¿Qué ha pasado con tus discos nuevos?

Un vislumbre de recuerdo cruzó su mirada turbia.

—Me había olvidado de ellos. Maldita sea.

Empezó a ponerse en pie.

Vic la dejó cruzar media habitación antes de intentar detenerla cogiéndola suavemente por un brazo más arriba del codo.

—Espera a mañana. Si no, Brian no podrá dormirse.

—¡Déjame en paz! —dijo irritada.

La soltó. Se quedó tambaleándose en medio de la habitación, mirándole con desafío.

—Me ha sorprendido no oír esta noche ni una palabra de labios de Cameron —dijo Vic—. ¿No crees que debería darme alguna noticia acerca de sus intenciones?

—Le dije que no lo hiciera.

—Ah, ya.

Encendió un cigarrillo.

—Todo está arreglado, todo está bien. Y yo estoy bien.

—Tú estás borracha.

—A Tony no le importa que esté borracha. Tony entiende por qué me emborracho. Él *me* entiende.

—Tony es un hombre maravillosamente comprensivo.

—Sí —dijo ella contundentemente—. Y vamos a ser muy felices juntos.

—Enhorabuena.

–Y además Tony tiene ya dos billetes para... –Se detuvo a pensar–. ¡México! Su próximo trabajo es allí.

–Ya. Y tú te vas a ir con él.

–Eso es todo lo que se te ocurre decir, «ya».

Giró sobre uno de sus tacones como solía hacer cuando estaba borracha, y perdió el equilibrio, pero Vic la cogió. Inmediatamente la dejó ir.

–No sabría expresarte lo placentera que ha sido también para mí esta velada –dijo Vic, haciendo una pequeña reverencia como la que había hecho Brian–. Buenas noches.

–Buenas noches –dijo Melinda imitándole.

21

Sobre las diez y media de la mañana siguiente Vic, Brian, Trixie y el cachorrito iban en el coche de Vic camino de Wesley para que Brian cogiese el tren de las once. El colegio de Trixie iba a competir en un concurso de orfeón convocado por las escuelas de enseñanza primaria de Massachusetts, y Trixie no tenía que estar en el colegio hasta las once menos cuarto para coger un autobús que iba a llevar al orfeón de la Highland School hasta Ballinger. Trixie formaba parte de un orfeón de cincuenta niños que iban a interpretar «El cisne» en el concurso. Vic había tenido tiempo aquella mañana de oírla ensayar una vez más, aunque Trixie se había impacientado a la mitad y lo había dejado. Tenía una voz aguda y preciosa, aunque flaqueaba un poco en las notas más altas. Vic la dejó en la puerta del colegio y le prometió estar en Ballinger a las doce en punto para oír cantar a su coro.

–¿Melinda no va a ir? –preguntó Brian.

–No. No creo –dijo Vic.

Melinda no tenía el menor interés por el orfeón de Trixie. Aquella mañana cuando salieron de casa estaba todavía durmiendo, así que Brian no había tenido ocasión de despedirse de ella.

—Es una mujer *realmente extraordinaria* –dijo Brian pronunciando las palabras con firmeza y lentitud–, pero creo que no conoce su propia mente.

—¿No?

—No. Y es una pena. Tiene tanta vitalidad.

Vic no tenía nada que contestar. No sabía con precisión qué era lo que Brian pensaba de Melinda, y en realidad le daba igual. Se sentía especialmente nervioso e irritable aquella mañana, con ese nerviosismo que es producto del temor de llegar tarde a algún sitio, y no dejaba de mirar el reloj continuamente como si fuesen a tardar muchísimo en llegar a Wesley.

—Me lo he pasado francamente bien aquí –dijo Brian–. Y quiero darle las gracias por haberse tomado tantas molestias con mi libro. No hay en el mundo ningún otro editor que se hubiese preocupado tanto.

—Me divierte –dijo Vic.

Al llegar a la estación les quedaban todavía unos cinco minutos antes de que saliera el tren. Brian sacó un papel del bolsillo.

—Anoche escribí un poema –dijo–. Lo escribí en cinco minutos, de un tirón, así que probablemente no es de los mejores, pero quiero enseñárselo.

Se lo entregó precipitadamente a Vic.

Vic leyó:

Lo que hecho está no puede deshacerse.
Se hizo el postrer esfuerzo antes del ultimátum,
antes de que el gesto definitivo rebosara
y se perdiese el amor como una flor flotando
corriente abajo, demasiado lejos, demasiado aprisa
para ser recuperado con la mano.
No puedo hacer volver atrás a la corriente,
porque yo también estoy aquí, flotando,
pisando los talones a la flor escapada.

Vic sonrió.

–Para cinco minutos, no creo que sea malo en absoluto.

Se lo devolvió a Brian.

–Puede quedárselo. Tengo otra copia. Pensé que se lo podía enseñar a Melinda.

Vic asintió.

–De acuerdo –dijo.

Ya sabía que Brian iba a decir eso. Desde la primera línea del poema sabía que estaba inspirado en Melinda, y que la objetividad del poeta respecto a su propia obra le habían permitido a Brian no solo enseñarle a él el poema sino también pedirle que lo transmitiese.

Durante los minutos restantes se pasearon de un lado a otro del andén. Vic vigilaba la pequeña maleta de Brian porque este descuidaba por completo semejante atención. Brian caminaba muy erguido con las manos en los bolsillos, escrutando la lejanía con el optimismo vehemente, descuidado y confiado de la juventud, con la misma mirada que Vic recordaba haber visto en sus ojos el día que llegó a Little Wesley. Vic se preguntó si Brian se habría parado a considerar lo que Cameron podía significar en su vida y en la de Melinda, o si su encuentro con Melinda habría sido suficiente por sí solo, como uno de esos breves encaprichamientos que Goethe había sentido tantas veces por las camareras, criadas o cocineras de la gente, y que a Vic siempre le habían chocado como *infra dignitatem* y un poco ridículos, aun cuando le hubiesen inspirado a Goethe un poema o incluso dos. La biología era realmente el milagro supremo de la existencia: aquel joven trabajador con un corazón limpio como un cristal había sido atrapado de todas formas, en unas pocas horas, por el hechizo de Melinda. ¡Qué contento estaba de que Brian no se quedase allí! Tan contento que se puso a sonreír.

El tren estaba entrando en la estación.

Brian sacó la mano repentinamente del bolsillo.

–Querría que aceptara esto.

–¿El qué? –dijo Vic, no viendo nada en el huesudo puño del joven.

–Es algo que perteneció a mi padre. Tengo tres pares. Los tengo en mucha estima, pero tenía la intención, si es que usted me agradaba, de regalarle un par. Espero que los acepte. Me agrada usted, y es además la primera persona que publica... que publica mi primer libro.

Se calló como si se hubiese atascado. Seguía con el puño tendido.

Vic alargó la mano y Brian dejó caer en ella algo envuelto en un arrugado papel de seda. Vic lo abrió y vio un par de gemelos de hematites engastadas en oro.

–Mi padre siempre me animó a escribir poesía –dijo Brian–. No le he hablado mucho sobre él. Murió de tuberculosis de la garganta. Por eso se preocupó tanto de que me hiciese independiente. –Brian le echó una mirada de reojo al tren que se estaba deteniendo–. Los acepta, ¿verdad?

Vic empezó a protestar, pero sabía que Brian se sentiría ofendido.

–Sí, los acepto. Muchas gracias, Brian. Me siento muy honrado.

Brian se sonrió e hizo una inclinación de cabeza, no sabiendo qué añadir. Subió las escalerillas del tren con la maleta, y se detuvo para saludar a Vic con la mano, sin decir una palabra, como si les separasen muchos kilómetros.

–¡Le enviaré las galeradas cuando estén listas! –le gritó Vic.

Se metió los gemelos en el bolsillo de la chaqueta y volvió andando al coche, empezando a preguntarse si Melinda estaría ya levantada, si tendría una cita con Cameron en Ballinger o dondequiera que fuese a empezar las diligencias del divorcio. Melinda no llevaría a Cameron a la oficina del abogado, pero probablemente le haría esperarla fuera. Vic la conocía bien. Se levantaría con resaca, invadida por una energía nerviosa, destructiva y llena de remordimientos, y empezaría con ímpetu aquel asunto. Vic se imaginaba la cara del abogado a quien se dirigiría, en Ballinger o donde fuese. Iría a algún lugar cercano —podía incluso ir al propio Wesley después de una visita a los Wilson para darse ánimos— y el abogado conocería sin duda a Victor Van Allen. El cornudo número uno de Little Wesley. Vic levantó la cabeza y empezó a canturrear. Por alguna razón se puso a canturrear «My Old Kentucky Home.»

Mientras conducía por el centro de Wesley, iba mirando a ver si veía a Don o a June Wilson. Vio a Cameron. Salía de un estanco sonriendo y gritándole algo a alguien, al tiempo que se metía algo en el bolsillo del pantalón. Vic lo vio cuando estaba a media manzana de distancia frente a él, en la acera derecha; y, no sabiendo lo que iba a hacer, Vic paró el coche a mitad de la manzana justo en el lugar por el que Cameron se disponía a cruzar la calzada.

—¡Qué hay! —gritó Vic amablemente—. ¿Quieres que te lleve a algún sitio?

—¡Hombre, hola! —sonrió Cameron—. No, gracias, tengo el coche al otro lado de la calle.

Vic miró en aquella dirección. Melinda no estaba en el coche.

—Si tienes unos minutos, sube y charlaremos un rato —dijo Vic.

La sonrisa de Cameron se heló súbitamente, y luego como si hubiera pensado que tenía que sobreponerse y portarse como un hombre, le dio un tirón a su cinturón, sonrió y dijo:

—Por supuesto.

Abrió la puerta del coche y entró.

—Qué día tan bueno, ¿verdad? —dijo Vic afablemente, y arrancó el coche.

—Muy bueno, muy bueno.

—¿Qué tal el trabajo?

—De maravilla. El señor Ferris querría que las cosas fuesen más rápidas, pero...

Cameron se echó a reír y se colocó las manazas sobre las rodillas.

—Supongo que estarás acostumbrado a eso por parte de los clientes.

La conversación prosiguió por esos derroteros durante un rato. Era el tipo de conversación que divertía a Cameron; el único, suponía Vic. Vic había decidido no mencionar a Melinda, ni siquiera de un modo casual. Había decidido llevar al señor Cameron a la cantera. Se le había pasado por la cabeza de repente, justo después de decir «Si tienes unos minutos...». Quedaba mucho tiempo, mucho tiempo todavía para llegar a Ballinger a la hora de la actuación de Trixie con el coro. Vic se sintió de repente tranquilo y sosegado.

Hablaron del crecimiento de Wesley en los últimos años. El aspecto aburrido de aquella conversación era que Wesley no había crecido particularmente en los últimos años.

—¿Adónde vamos? —preguntó Cameron.

—Se me había ocurrido que podíamos ir hasta la cantera de la que te estuve hablando la otra noche. La vieja cantera de East Lyme... Solo tardaremos unos dos minutos desde aquí.

—Ah, sí. ¿La que dijiste que estaba abandonada?

—Sí. El dueño murió, y nadie volvió nunca por allí hasta que se oxidó toda la maquinaria. Es un sitio realmente curioso de ver. Un hombre emprendedor podría hacer todavía algo con ella si tuviera dinero para comprarla. La piedra no tiene nada que objetar.

Vic no se había oído nunca una voz más templada.

Vic giró abandonando la carretera de East Lyme para meterse por un camino de tierra, y al llegar a cierto punto, casi invisible hasta que estaba uno encima, torció por un sendero lleno de baches en el que apenas cabía un solo coche, bordeado de arbolillos y matorrales que casi lo invadían, hasta el punto de que según se avanzaba se iba oyendo el ruido que hacían al rozar contra los costados del automóvil.

—En este sitio no me gustaría encontrarme con nadie de frente –dijo Vic.

Cameron se echó a reír como si hubiera dicho algo divertidísimo.

Vic siguió hablando:

—Fue una noche estupenda la de ayer. Tienes que volver pronto.

—Sois la gente más increíblemente hospitalaria que he conocido en mi vida –dijo Cameron, sacudiendo la cabeza y riéndose con tosca timidez.

—Ya hemos llegado –dijo Vic–. Es mejor que salgamos para verlo bien.

Vic paró el coche en una estrecha franja que quedaba entre el lindero del bosque y el abismo de la cantera. Salieron y Roger saltó tras ellos dando brincos. La cantera que se abría ante ellos, a sus pies, era una impresionante excavación de una longitud como de cuatrocientos metros y aproximadamente la mitad de profunda. En el fondo había un lago, poco hondo a su izquierda, por donde habían caído al agua fragmentos del acantilado de roca casi blanca; y bastante profundo a su derecha, donde las hábiles excavaciones de los ingenieros habían extraído la caliza en bloques cuadrangulares, como pisadas de gigante, y en donde el agua se elevaba solo unos pocos metros por encima de algunos bloques de piedra y se volvía negra un poco más allá de puro profunda. Dispersas aquí y allí a lo largo del perímetro de la cantera se veían varias grúas, rígidas y oxidadas, colocadas en distintos ángulos como si los obreros hubiesen dejado de trabajar un buen día a la hora de siempre y no hubiesen regresado ya nunca.

—¡Caramba! –exclamó Cameron, poniéndose las manos en las caderas y contemplando el espectáculo–. ¡Es realmente grandioso! No tenía ni idea de que fuese tan grande.

–Sí –dijo Vic, moviéndose un poco hacia la derecha y acercándose más al borde.

El perrito le siguió.

–Queda todavía mucha piedra aquí, ¿no crees?

–¡Eso parece, desde luego! –dijo Cameron.

Ahora era él quien se estaba acercando al borde.

El sitio donde ahora se encontraban era el mismo donde se solían instalar en tiempos Vic, Trixie y Melinda cuando iban de excursión, y así se lo dijo Vic a Cameron, pero no añadió que habían dejado de ir porque era demasiado enervante estar vigilando constantemente a Trixie para que no se acercara demasiado al borde.

–También es un sitio estupendo para nadar –dijo Vic–. Se puede bajar hasta el agua por un pequeño sendero.

Se alejó del borde unos cuantos pasos.

–Seguro que a Ferris le hubiera encantado este color de piedra –dijo Cameron–. Se ha quejado de que la piedra que hemos elegido es demasiado blanca.

Vic cogió una piedra mellada color blanco grisáceo del tamaño de una cabeza, como para examinarla. Luego estiró hacia atrás el brazo y la lanzó, apuntando a la cabeza de Cameron, en el preciso instante en que este se volvía hacia él.

Cameron tuvo tiempo de agacharse levemente, y la roca le rebotó en la coronilla, pero le hizo tambalearse un poco hacia atrás, más cerca del borde. Cameron le miró con el ceño fruncido como un toro asombrado, y Vic, en un tiempo que le pareció un minuto entero, cogió otra roca dos veces mayor que la anterior y, avanzando velozmente uno o dos pasos, se la tiró a Cameron. Le alcanzó en los muslos. Cameron braceó en el aire apenas un segundo, y lanzó un grito entre chillido y rugido que fue cambiando de tono a medida que caía en el abismo. Vic se acercó al borde justo a tiempo de ver a Cameron rebotar contra el empinado reborde que había casi al fondo del acantilado y rodar silenciosamente sobre la piedra lisa. Ya solo se oía el decreciente goteo de piedrecitas que seguían a Cameron en su camino de descenso. Entonces el cachorro dio un ladrido de excitación y cuando Vic se volvió vio a Roger con las patas delanteras bajadas y el trasero levantado en actitud de querer jugar con él.

Vic echó una ojeada en derredor hacia los bordes de la cantera y a todo el lindero del bosque, luego miró hacia abajo a la parte poco profunda de la charca, donde algunas veces había visto a un par de chavales jugando o a algún vagabundo. En aquel momento no había nadie. Fue al coche a buscar una cuerda. Creía tener una en el portamaletas.

No había cuerda, y se acordó de que había estado allí meses y por fin la había usado para algo que le había pedido Trixie. Dudó entre si coger un carrete de fuerte bramante o una cadena para la nieve; se decidió por la cadena.

Luego se dirigió a toda prisa por el borde de la cantera hacia el sendero de bajada que conocía. El sendero era empinado y en algunos momentos resbaló casi un metro hacia abajo, agarrándose a un fuerte matorral para detenerse. Pero se dio cuenta de que en realidad no tenía prisa y se volvió para mirar si Roger se las sabía apañar solo. Roger dudó en una ocasión y se puso a gimotear al llegar a un lugar muy empinado, entonces Vic volvió atrás, le puso la mano bajo el pecho, lo levantó y lo bajó en brazos con él.

Cameron yacía boca arriba con un brazo sobre la cabeza, en una posición que podría haber adoptado para dormir. Su gran cara cuadrada estaba oscurecida por la sangre, y tenía también extensas manchas de sangre sobre la camisa, bajo la desabrochada chaqueta de mezclilla. Vic miró en derredor buscando una roca apropiada. Las había para dar y vender. Eligió una que parecía una cabeza de caballo aplastada, y la transportó hasta el borde de la plataforma de caliza sobre la que yacía Cameron. Le harían falta varias piedras, pensó Vic, así que eligió otras cuatro más con forma de losa. Luego arrastró el cuerpo de Cameron, teniendo mucho cuidado de no mancharse con su sangre, hasta el borde de la roca adónde el agua llegaba y lo lamía. Roger daba cabriolas alrededor de Cameron, olisqueando las manchas de sangre y ladrando como a la espera de que Cameron se levantase y se pusiese a jugar con él. Vic chasqueó automáticamente los dedos para alejarlo.

Vic extendió la cadena sobre la piedra y enrolló en ella el cuerpo de Cameron. Después, súbitamente inspirado, desabrochó el cinturón de cocodrilo que llevaba Cameron, le desabrochó los pantalones y le metió una piedra alargada dentro, se los volvió a abrochar y a apretarle el cinturón y le abotonó la chaqueta. Depositó dos de las pesadas piedras sobre las costillas de Cameron y las rodeó con los dos extremos de la cadena. La cadena era como una escalera flexible, de unos veinticinco centímetros de anchura, y podía enganchar el cierre a la altura que quisiera. Era un cierre tipo cadena de perro y se podía colocar donde se prefiriese. Ajustó la cadena sobre las piedras lo más apretada que pudo y colocó el cierre oblicuamente en uno de los eslabones. Luego le echó una ojeada al agua, encontró el punto más oscuro justo al terminar el borde de la plataforma donde se hallaba, y echó el cuerpo de Cameron a rodar. Percibió penosamente cómo se clavaba el borde afilado y sobresaliente de la roca contra la columna vertebral de Cameron a medida que rodaba, y le pareció que Cameron arqueaba la espalda contra el hueco de la piedra.

Cameron cayó en el agua verdinegra con un sonido sordo de burbujas. Mientras miraba hacia el lugar donde se había hundido Cameron –aunque al cabo de dos segundos ya solo podía verse un remolino de burbujas–, Vic pudo distinguir con el rabillo del ojo izquierdo un pálido escalón de caliza a un metro de profundidad bajo el agua, adherido a una de las paredes de la roca sobre la que él se encontraba. Tenía la línea larga y sobria de una tumba. Solo Dios sabía cómo serían los escalones gigantes que habían sido excavados bajo el agua. El lugar adónde había arrojado a Cameron tendría unos doce metros de profundidad. Vic recordaba habérselo oído decir a alguien una de las veces que había estado allí con Melinda y con Trixie. Pero tan pronto como el agua se quedó inmóvil, pudo distinguir justo a sus pies otro escalón, una lápida mortuoria todavía más siniestra, a unos cinco o seis metros de profundidad. No vio nada sobre ella y tuvo la esperanza de que Cameron se hubiese resbalado hasta el fondo.

Roger estaba ladrando alegremente. Avanzó las patas delanteras hasta el borde de la plataforma de roca, metió el hocico en el agua, y luego retrocedió sacudiendo la cabeza y moviendo el rabo. Miró a Vic, sonriendo todo lo que puede sonreír un bóxer, y meneando su muñón de cola como diciendo «¡Bien hecho!».

Vic se agachó y se lavó las manos en el agua. Luego volvió al lugar donde había estado tendido Cameron, vio sangre sobre la piedra, y empezó a frotarla con el zapato, cubriendo las manchas con pequeños guijarros y polvo de caliza hasta que al menos no pudiesen distinguirse desde lo alto del acantilado. Pero le pareció que era más importante seguir adelante que preocuparse de borrar sus huellas en aquel momento, así que silbó a Roger y volvieron a subir por el sendero.

Al volver al coche, Vic se limpió los zapatos de polvo cuidadosamente, los inspeccionó para ver si tenían manchas de sangre, y luego examinó los lados del coche. De todas formas, su coche había pasado, durante los meses de verano en que el follaje estaba en su esplendor, por muchos otros senderos llenos de ramaje, así que los costados y los parachoques del automóvil estaban llenos de arañazos, si es que alguien se preocupaba de examinar el coche en busca de arañazos. No había ningún arañazo profundo de nuevo, producido durante esta última expedición.

–¡Adentro, Roger! –dijo Vic.

Y Roger, que adoraba los coches, saltó obedientemente al asiento delantero y se quedó levantado mirando por la ventanilla abierta. Vic condujo despacio por el estrecho camino, tocando previsoramente la bocina al tomar la curva más cerrada por si se aproximaba algún otro coche, pero no apareció coche alguno, y además pensó que no se habría alarmado lo más mínimo en caso de que hubiese aparecido. Probablemente habría sido alguien conocido, al menos de vista, y los dos se habrían ofrecido cortésmente a retroceder, y Vic habría acabado por recular, y luego habría sonreído, se habría detenido a charlar un rato y se habría marchado.

Vic condujo hasta Ballinger, hasta el edificio del instituto, cuadrado y cubierto de parras, a cuyas puertas, a un lado del camino de grava, había aparcados una media docena de autobuses de colegio. Todavía seguían llegando padres, en coche o a pie, apresurándose como si llegaran tarde. Eran las doce menos cinco. Vic aparcó detrás de uno de los autobuses y se dirigió a la puerta lateral del edificio, por donde entraban los otros padres, y entregó la tarjeta blanca que Trixie le había dado hacía una semana. La tarjeta decía: «Invitación para dos».

–¡Hola, Vic!

Vic se volvió y vio a Charles Peterson con su mujer.

–¡Hola! ¿Va a cantar Janey?

–No, ha cogido la tosferina –dijo Charles–. Estamos aquí para ver a dos de sus amigas que van a participar, y hacerle un relato de cómo ha sido.

–Janey está desolada por no poder cantar hoy –dijo Katherine Peterson–. Espero que Trixie no coja la tosferina. Se ha pasado dos tardes con Janey en los últimos cinco días.

–Trixie la ha tenido ya –dijo Vic–. ¿Han probado el elixir de Adamson? Sabe a frambuesa y a Janey le encantará.

–No, no lo hemos probado –dijo Charles Peterson.

–Viene en una botella muy anticuada. Lo venden en la pequeña farmacia de Church Street. En la principal no creo que lo tengan. A Trixie se lo tuvimos que racionar para que no se bebiese la botella de un trago. Y es realmente bueno para la tosferina.

–Elixir de Adamson. Nos tenemos que acordar –dijo Charles.

Vic les saludó con la mano y se alejó un poco para poder sentarse solo en algún lugar del auditorio. Saludó a otras dos o tres madres de amigas de Trixie a quienes apenas conocía, pero se las arregló para sentarse al lado de personas desconocidas. Prefería estar solo mientras escuchaba al coro en que cantaba Trixie, pero no por lo que acababa de hacer en la cantera, pensó. En cualquier circunstancia habría preferido estar solo en un acto como aquel. El auditorio tenía a ambos lados alargados ventanales con paneles, una balconada en el primer piso, y un inmenso escenario en el que se veían pequeñas las figuras apelotonadas de los niños, ninguno de los cuales tendría más de diez años. Escuchó con atención a un coro que cantaba la canción de cuna de «Hansel y Gretel», y luego una alegre canción de campamento cuya letra hablaba de malvaviscos, bosques y árboles, de puestas de sol y de baños a medianoche. Luego vino una dulce y melódica canción de cuna de Schubert, y por fin la Highland School cantando «El cisne» de Saint-Saëns.

Sobre las a-guas el-cisne blan-co como la nieve...

Había niños y niñas, y aunque los niños tenían la voz más aguda, las niñas cantaban más alto y con más entusiasmo. Sus voces se deslizaban con suavidad repitiendo el coro que Vic había estado oyendo canturrear a Trixie por la casa durante semanas. Y luego, cuando las voces se iban apagando en las últimas líneas, simbolizando la desaparición del cisne, a Vic le pareció que solo se escuchaba la voz de Trixie entre la multitud que llenaba el escenario. Trixie estaba en la primera fila, poniéndose de puntillas una y otra vez, con la cara levantada y la boca bien abierta.

El cisne-como la bruma se ha ido-con la luz-con la luz.

A Vic le parecía que estaba cantando para celebrar con júbilo la desaparición de Cameron, en vez de la del cisne. Y pensó que podría perfectamente haberlo hecho.

22

Cuando Vic volvió de la oficina a casa aquella tarde, Melinda estaba hablando por teléfono en su habitación. Colgó casi inmediatamente después de que él cerrase la puerta, y entró en el salón con una expresión irritada y ceñuda.

–Hola –le dijo Vic–. ¿Qué tal te encuentras hoy?

–Bien –dijo Melinda.

Llevaba un cigarrillo en una mano y una copa en la otra.

Trixie salió de su habitación.

–¡Hola, papá! ¿Has ido a verme?

–¡Por supuesto! Has estado muy bien. ¡Se podía oír tu voz destacándose entre todas las demás!

La levantó en el aire.

–¡Pero no hemos ganado el primer premio! –gritó, pataleando entre risitas.

Vic esquivó sus enérgicos zapatitos marrones y la puso en el suelo.

–Habéis ganado el segundo. ¿De qué te quejas?

–¡De que no es el primero!

–Pero es un premio. Además, creo que has estado muy bien. Sonaba maravillosamente.

–Me alegro mucho de que se haya acabado –dijo Trixie, cerrando los ojos y secándose lánguidamente la frente, con un gesto que había aprendido de su madre.

—¿Por qué?

—Estoy harta de esa canción.

—No me extraña nada.

Melinda suspiró ruidosamente, impaciente como siempre con la conversación de Vic y Trixie.

—Trixie, ¿por qué no te vas a tu cuarto?

Trixie la miró, simulando sentirse más ofendida, pensó Vic, de lo que realmente estaba. Luego cruzó el vestíbulo dando saltitos hacia su habitación. A Vic siempre le sorprendía que Trixie obedeciese a Melinda, y siempre le reconfortaba comprobar que la extrovertida psique de Trixie era prácticamente indestructible.

—He ido a despedir a Brian a las once —dijo Vic.

Se metió la mano en el bolsillo interior de la chaqueta y sacó el poema de Brian.

—Me dijo que te diera esto. Es un poema que escribió anoche.

Melinda lo cogió con una expresión desabrida y ausente, lo miró unos instantes con el ceño fruncido, y luego lo dejó en la mesita. Se dirigió a grandes pasos hacia una de las ventanas con la copa en la mano. Llevaba zapatos de tacón alto, una falda estrecha negra y una blusa nueva de algodón blanco, y parecía como si se hubiera vestido para salir con alguien, aunque se había arremangado las mangas de la blusa, descuidadamente, en algún momento de impaciencia.

—¿Has llevado ya a engrasar el coche? —preguntó Vic.

—No.

—¿Quieres que te lo lleve yo mañana? Lo deberías haber llevado hace ya diez días.

—No, no quiero que lo lleves tú.

—Bueno..., ¿has empezado hoy las gestiones del divorcio? —preguntó Vic.

Melinda esperó un rato largo, y luego dijo:

–No, no las he empezado.

–¿Va a venir Cameron esta noche?

–Creo que sí.

Vic sacudió la cabeza aunque no podía verle nadie porque Melinda estaba de espaldas.

–¿A qué hora? ¿A cenar?

–¡No tengo ni idea!

Sonó el teléfono y Melinda fue corriendo a cogerlo a su habitación.

–¿Diga? ¿Quién es?... ¡Ah!... No, no está, pero estoy esperando tener noticias suyas. ¿Quiere que le diga que lo llame?... Ya... Sí... Bueno, a mí también me gustaría saberlo. Tenía que haberme llamado esta tarde... ¡Mire! Si tiene usted noticias suyas, dígale por favor que me llame. ¿Tendrá usted la bondad?... Muchas gracias. Adiós, señor Ferris.

Melinda volvió al salón, cogió su vaso del alféizar de la ventana y se lo llevó a la cocina para llenarlo otra vez. Vic se sentó a leer el periódico de la tarde. Podría haberse servido una copa, pero consideró como un gesto de disciplina el privarse de beber aquella noche. Melinda volvió con su copa llena y se sentó en el sofá. Transcurrieron en silencio unos diez minutos. Vic había decidido no volver a mencionar a Cameron ni decir nada sobre la llamada de Ferris ni sobre ninguna otra llamada que pudiese producirse.

Y el teléfono volvió a sonar, y Melinda corrió a su habitación.

–¿Diga? –dijo esperanzada–. Ah, hola... No, ¿has sabido algo tú?... ¿Sí?... *¡Caramba!* –explotó Melinda con tal sorpresa que Vic se puso completamente en tensión–. Es muy extraño... No le pega en absoluto hacer eso... Ya lo sé, Don, y lo siento de veras, pero le he estado esperando. He llamado antes a June, sabes, sobre las seis... No, nada, no he podido hacer nada en todo el día, excepto estar esperando... Sí –dijo con un suspiro.

Vic se podía imaginar la conversación. Don probablemente había invitado a Melinda y a Cameron a tomar una copa, una copa para celebrar el comienzo de las diligencias del divorcio. El último «Sí» debía de ser la respuesta a la pregunta de si Vic estaba allí. Vic había oído aquel mismo «Sí» en muchas otras ocasiones.

–Lo siento, Don... Dale a Ralph recuerdos de mi parte...

Una pequeña nube se cernía aquella noche sobre el campamento enemigo.

Cuando volvió Melinda, Vic rompió su decisión, y preguntó:

–¿Se ha escapado Cameron?

–Probablemente haya tenido que trabajar en algún sitio hasta tarde.

–Probablemente se ha escapado –dijo Vic.

–¿Escaparse de qué?

–De ti.

–¡Qué tontería!

–Es un gran esfuerzo para un hombre. No pareces darte cuenta de eso. No creo que Cameron pueda soportarlo.

–¿El qué es un gran esfuerzo?

–Lo que pretendía hacer Cameron. Lo más probable es que haya usado uno de los billetes que tenía para México –dijo Vic.

Y vio cómo Melinda dejaba de pasearse y le miraba, y pudo leer en su cara, como si lo llevara escrito en ella, que estaba pensando que era remotamente posible que Cameron hubiera hecho semejante cosa. Luego dijo:

–Puesto que parece interesarte, te diré que ha dejado el coche en Wesley, abierto y con la ventanilla bajada y lleno de papeles y cosas sobre el asiento. Así que dudo mucho que se haya ido a México.

–Bueno, en realidad no me interesa mucho. Simplemente creo que se ha largado y dudo mucho que vuelvas a tener noticias suyas.

Roger apareció y se sentó a los pies de Vic, sonriéndole como si compartiesen una broma muy íntima. Vic se inclinó y le rascó la cabeza.

–¿Ha comido Roger?

–No tengo la menor idea.

–Roger, ¿has comido? –preguntó Vic, y luego se levantó y bajó al vestíbulo a llamar a la puerta de Trixie.

–Adelante.

Trixie estaba cómodamente instalada entre sus almohadones, leyendo un libro.

–¿Le has dado de comer a Roger?

–Sí, a las cinco.

–Gracias. ¿No habrás vuelto a darle demasiado?

–No estaba enfermo –dijo fríamente Trixie, arqueando las cejas.

–Bueno, me alegro. ¿Y tú? ¿No tienes ya un poco de hambre?

–¡Quiero cenar contigo y con mamá! –dijo, empezando a ponerse ceñuda, protestando de antemano por la posibilidad de tener que cenar sola y más temprano.

–Bueno, no estoy seguro de que mamá se quede a cenar en casa. Quizá se vaya a cenar por ahí con Tony.

–Estupendo. Entonces cenaremos juntos.

Vic sonrió.

–Muy bien. ¿Quieres venir a ayudarme a hacer la cena?

Vic y Trixie prepararon cena para tres, y pusieron la mesa para tres, aunque Melinda no se quiso sentar con ellos. Melinda no había ido a la compra, así que Vic abrió una de las latas de pollo entero que llevaban en la alacena un tiempo incalculable. Abrió también una botella de Niersteiner Domthal que estaba en la parte de atrás del armario-bodega y lo sirvió en unas copas para él y para Trixie sobre un par de cubitos de hielo. Había hecho además puré de patata natural con merengues tostados encima porque le encantaban a Trixie. Vic y Trixie tuvieron una larga discusión sobre vinos, sobre cómo se hacían y por qué tenían colores diferentes, y Trixie se puso lo bastante chispa como para insistir en clasificar como un vino la cerveza de raíces,[1] que según dijo era su favorita, así que Vic la dejó llamarla vino sin corregirla.

—¿Qué estás haciendo?, ¿emborrachando a la niña? —preguntó Melinda, acercándose a ellos con su cuarta o quinta copa.

—Bueno, es solo vaso y medio —dijo Vic—. Así dormirá mejor. Tú deberías considerarlo como una bendición.

Melinda desapareció en el salón, pero Vic podía sentir su frustración impregnando la atmósfera de la casa. No le habría sorprendido oír el estruendo de una lámpara arrojada al suelo, o el sonido de una revista estrellándose contra la pared, o simplemente el ruido de la puerta delantera dejada violentamente abierta seguido de la fresca corriente que invadiría la casa si a Melinda se le ocurría salir al jardín a pasear o tal vez a coger su coche para ir sabe Dios dónde. Luego a Trixie le entró la risa floja y casi se atragantó al intentar contarle a Vic que un niño de su clase llevaba los libros en los fondillos de los pantalones.

Vic oyó a Melinda hacer una llamada telefónica, y en aquel preciso momento se le antojó a Vic un cigarrillo, así que fue a buscarlo al salón y oyó lo suficiente de la conversación de Melinda como para enterarse de que estaba llamando al hotel de Cameron en Wesley para preguntar si habían recibido algún mensaje suyo. No lo habían recibido. Vic volvió para servirle a Trixie su postre favorito, nata montada con azúcar, que Vic había montado y colocado en un pequeño cuenco coronado por una cereza embebida en marrasquino.

Vic bebió un poco más de vino con el cigarrillo y siguió charlando agradablemente con Trixie, aunque esta se estaba quedando prácticamente dormida en la silla.

---

1. Cerveza de raíces, en inglés *root beer,* es una bebida americana sin alcohol hecha con las raíces de diferentes plantas. *(N. de la T.)*

–¿Qué estáis celebrando vosotros dos? –preguntó Melinda, apoyada en el quicio de la puerta que separaba el salón del comedor.

–La vida –dijo Vic–. El vino.

Y levantó la copa.

Melinda se estiró lentamente. Se había mordido los labios hasta hacer desaparecer de ellos todo el carmín, y tenía los rasgos borrosos no tanto porque se le hubiese corrido el maquillaje como porque su mente estaba empezando a embotarse por el alcohol. Vic la miró fijamente para ver si tenía los ojos vidriosos, primer síntoma que le indicaba cuánto había bebido. Pero en aquel momento los ojos de Melinda le miraban fijamente.

–¿Qué le has dicho a Tony? –preguntó Melinda.

–Hoy no he visto a Tony –dijo Vic.

–¿No?

–No.

–*¡Tony pony!* –gritó Trixie con una risita ahogada.

Melinda levantó el vaso y se echó un largo trago, haciendo una mueca a continuación.

–¿Qué le has dicho? –preguntó exigente.

–Nada, Melinda.

–¿No lo has visto en Wesley?

Vic se preguntó si los habría visto Don.

–No –dijo.

–¿Por qué estáis tan contentos esta noche?

–¡Porque Tony no está aquí! –chilló Trixie.

–¡Cállate, Trixie! ¿Qué le has hecho? –preguntó Melinda, avanzando hacia Vic.

–¿Hacerle? Ni siquiera lo he visto.

–¿Dónde has estado toda la tarde?

–En la oficina –dijo Vic.

Melinda fue a la cocina por otra copa.

Trixie se dormía en su silla. Vic acercó más la suya a la de Trixie para sujetarla si se caía.

Melinda volvió con un horror entre borracho y helado pintado en el rostro como si acabase de ver algo espantoso en la cocina, y Vic estaba a punto de preguntarle qué le había pasado, cuando ella dijo:

—¿Lo has matado? ¿También a él lo has matado?

—Melinda, no seas absurda.

—A Tony no le daría miedo llamarme. A Tony no se le olvidaría. ¡Tony no le tiene miedo a nada, ni siquiera a ti!

—Nunca pensé que me tuviese miedo —dijo Vic—. Eso es evidente.

—¡Por eso sé que no se le ha olvidado! —dijo Melinda, que empezaba a quedarse sin aliento—. ¡Por eso sé que le ha tenido que pasar algo! ¡Y voy a contárselo *a todo el mundo,* ahora mismo!

Dejó el vaso con fuerza sobre la mesa, y en aquel mismo instante se oyó un trueno profundo y adormecido, y Vic pensó de inmediato que la lluvia —desde las cuatro de la tarde se había dado cuenta de que iba a llover— borraría aquella noche las huellas de sus neumáticos del camino de tierra, si es que había alguna, y un buen chaparrón ayudaría a borrar las manchas de sangre de la piedra blanca.

Vic supuso que Melinda debía de estar en su habitación poniéndose el impermeable. No sentía el más mínimo temor de lo que pudiese contarle a nadie, pero tenía miedo de lo que pudiera pasarle si conducía en aquel estado. Vic se estaba levantando para ir a verla a su cuarto cuando vio que Trixie se inclinaba hacia un lado, y con un movimiento del brazo izquierdo la agarró y suavizó la sacudida de su pesada cabeza. La apoyó contra su hombro y se dirigió a la habitación de Melinda.

—Creo que no debes conducir en esas condiciones, Melinda —dijo.

—He conducido en peores condiciones. ¿Sabes si los Meller están en casa?

Vic soltó una risa involuntaria. Los Meller vivían bastante más alejados que los Cowan o los MacPherson, quienes vivían de camino hacia Wesley y Ralph y los Wilson, así que le había hecho aquella pregunta para ahorrarse un viaje en balde. Se quedó mirándola mientras se inclinaba sobre el tocador recogiendo la barra de labios y las llaves, enfundándose en su impermeable color crema, y de repente se dio cuenta de que le daba igual lo que le ocurriese aquella noche, porque iba a ir a denunciarle y le estaría bien empleado si se estrellaba contra un árbol o se caía por un terraplén en un giro brusco. Luego se acordó de la curva en forma de horquilla que había sobre la colina a mitad de camino entre su casa y la de los Meller. Allí había un acantilado y la carretera estaría muy resbaladiza aquella noche. Pensó en el cuerpo de Cameron al final de su caída, rebotando silenciosamente contra el último declive de la roca y sumergiéndose en una inmovilidad mortal.

—¿Adónde quieres ir? —preguntó—. Yo te llevaré.

—¡Muchas gracias! —dijo Melinda.

Se giró en redondo y sus ojos lucharon por encontrarle. Frunció el ceño y parpadeó.

—¡Muchísimas gracias! —gritó, y sus palabras resonaron incongruentemente cortantes y claras.

Vic estaba deslizando nerviosamente la mano sobre el suave muslo de Trixie, cubierto por el pantalón. De repente se dio la vuelta y llevó a Trixie a su habitación, la depositó con suavidad sobre la cama, y volvió al cuarto de Melinda justo a tiempo de chocar con ella cuando salía de allí a toda prisa. El choque les hizo a los dos tambalearse hacia atrás, y entonces Vic perdió la cabeza, o quizá los nervios, y la siguiente cosa de que se dio cuenta era de que estaba sobre la cama encima de Melinda, tratando de sujetarle los brazos, y con uno de ellos ya sujeto pero sin lograr atrapar el otro.

—¡No estás en condiciones de conducir! —le gritó.

Melinda tenía una rodilla contra el pecho de Vic, y de repente le empujó con una fuerza asombrosa y lo catapultó hacia atrás. Vic dio casi una vuelta de campana y oyó un explosivo golpe en sus oídos. Luego hubo una especie de intervalo, durante el cual fue consciente de estar sonriendo estúpidamente, y luego vio claramente el tejido de la alfombra gris junto a su zapato, y se dio cuenta de que estaba tratando de apoyarse en una rodilla para ponerse de pie. Se tambaleó un poco y distinguió sobre la alfombra casi una docena de manchas rojas, luego oyó el creciente quejido del coche de Melinda poniéndose en marcha, que era particularmente nauseabundo, y sintió su sangre caliente resbalándole por la parte de atrás del cuello.

Se puso de pie y se dirigió mecánicamente hacia el cuarto de baño. La palidez de su rostro le asustó tanto que dejó de mirarse. Se tocó la nuca húmeda, buscando la herida. Era como una amplia sonrisa entre su pelo, y comprendió que necesitaría puntos. Vaciló ante la duda de si ir a buscar un whisky antes de llamar al médico, con el peligro que tenía de desmayarse antes de llegar hasta el whisky y hacer la llamada, y perdió estúpidamente un minuto debatiéndose en esa duda. Luego se dirigió directamente al teléfono de Melinda.

Llamó a la operadora, y le pidió que marcase el número del doctor Franklin, luego lo pensó mejor y le pidió el doctor Sewell, otro médico de Little Wesley, porque no quería que el doctor Franklin fuese testigo de otra crisis doméstica de los Van Allen. Vic nunca había hablado con el doctor Sewell, así que primero se presentó.

–Buenas noches, doctor Sewell. Soy Victor Van Allen de Pendleton Road... Sí. Bien, gracias. ¿Y usted?

La pared de color melocotón claro que Vic tenía delante estaba empezando a desintegrarse, pero mantuvo la voz serena.

–Quería preguntarle si podría usted venir esta noche a mi casa y traerse los instrumentos necesarios para dar unos cuantos puntos.

23

Vic se había preguntado muchas veces qué ocurriría si él u Horace Meller, personas con costumbres más o menos regulares, desapareciesen súbita e inexplicablemente. Se había preguntado cuánto tardaría la gente en alarmarse y hasta qué punto sería llevada con lógica la investigación. Iba a tener una oportunidad de saber la respuesta con el caso de Cameron.

A la mañana siguiente de haberse herido en la cabeza, mientras estaba desayunando con Trixie, sonó el teléfono y se puso él, pero al oír por el otro aparato el murmullo de la voz de Melinda y luego una voz que decía: «Buenos días, señora Van Allen. Soy Bernard Ferris», colgó el auricular. Unos minutos después, Melinda cruzó el comedor como una exhalación camino de la cocina para ir a buscar su zumo de naranja.

–Era el cliente de Tony –le dijo a Vic–. Dice que la compañía de Tony va a hacer una investigación *exhaustiva*.

Vic no dijo nada. Se sentía un poco débil tal vez, por la pérdida de sangre, o quizá porque la pastilla para dormir que le había dado el médico la noche anterior le había embotado un poco la cabeza. Había dormido tan profundamente que ni siquiera había oído volver a Melinda.

–¿Qué es lo que pasa? –le preguntó Trixie a Vic.

Seguía con los ojos como platos por la sorpresa que le había causado el verle la cabeza vendada, aunque Vic se lo había aclarado diciéndole que se había tropezado en la cocina.

—Parece que Tony ha desaparecido —dijo Vic.

—¿No saben dónde está?

—No. Parece que no.

Trixie empezó a sonreír.

—¿Quieres decir que se ha escondido en algún sitio?

—Es probable —dijo Vic.

—¿Por qué? —preguntó Trixie.

—No lo sé. No tengo la menor idea.

A juzgar por la prisa con que Melinda se movía por la casa aquella mañana, Vic supuso que debía de tener una cita con alguien, quizá con el señor Ferris. Supuso también que la compañía de Cameron enviaría un detective ese mismo día o al día siguiente. Vic se fue a trabajar a la hora de siempre. Stephen, Carlyle y el basurero que recogía la basura de la imprenta le preguntaron a Vic qué le había pasado en la cabeza al ver el grueso vendaje en forma de disco que llevaba colocado exactamente en el sitio donde los monjes llevan afeitado el cráneo. Vic les dijo a todos que se había levantado bruscamente bajo una puertecita del armario metálico de la cocina golpeándose violentamente contra ella.

Sobre las cinco de la tarde Melinda apareció con un detective que se presentó como Pete Havermal de la Oficina de Investigación Star de Nueva York. El detective dijo que un tal señor Grant Houston de Wesley había visto a Cameron metiéndose en el coche de Vic, que conducía por la calle principal de Wesley, a alguna hora entre las once y las doce de la mañana del día anterior.

—Sí —dijo Vic—. Eso es exacto. Me encontré con Tony después de dejar a un amigo en...

—¿Qué quiere decir con que se encontró con él? —interrumpió con brusquedad el detective.

—Quiero decir que le vi, saliendo de un estanco, según creo, y cruzando la calle casi delante de mi coche, así que me detuve y lo saludé. Le pregunté si quería que lo acercara a algún sitio.

—¿Por qué no me lo dijiste anoche? —preguntó Melinda en voz muy alta—. ¡Me dijo que no había visto a Tony en todo el día! —informó al detective.

—Dijo que tenía el coche al lado —prosiguió Vic—, pero quería hablar conmigo de una cosa, así que entró en el mío.

—Ya. ¿Y adónde se dirigieron? —preguntó Havermal.

—Bueno..., a ningún sitio en particular. No nos habríamos movido siquiera si hubiésemos podido quedarnos allí. Pero yo no estaba bien aparcado.

—¿Adónde fueron? —repitió el detective, empezando a tomar notas en una libreta.

Era un hombre gordinflón aunque de aspecto rudo, con ojos de cerdo, pinta de hombre de negocios y unos cuarenta y pocos años. Daba la impresión de que podía llegar a ponerse muy duro, si se veía obligado a ello.

—Creo que dimos la vuelta a un par de manzanas, hacia el sudeste, para ser exacto.

Vic se volvió hacia Carlyle, que estaba de pie junto a la puerta que daba a la imprenta, escuchando embelesado con la escupidera en la mano.

—Esto no tiene ninguna importancia, Carlyle. Puede marcharse —dijo Vic.

Carlyle retrocedió cojeando a la habitación de la imprenta con la escupidera.

—Dieron la vuelta a un par de manzanas —dijo el detective—. ¿Cuánto tardaron?

—Unos quince minutos, más o menos.

—¿Y luego qué pasó?

—Luego dejé a Cameron en su coche.

—¿De verdad? —dijo Melinda.

—¿Se metió en el coche? —preguntó el detective.

Vic hizo como que intentaba recordar.

—No puedo asegurarlo porque no le estuve mirando.

—¿A qué hora fue eso?

—Yo diría que sobre las once y media.

—¿Y luego qué hizo usted?

—Fui hasta Ballinger para oír cantar a mi hija en un concurso del colegio.

—Ya. ¿A qué hora fue eso?

—Poco antes de las doce. El concurso empezó a las doce en punto.

—¿Estaba usted allí, señora Van Allen?

—No —dijo Melinda.

—¿Vio usted a alguien conocido en el concurso del colegio? —preguntó el detective, mirándole furtivamente con uno de sus ojos de cerdo.

—No... Ah, sí, a los Peterson. Estuvimos charlando un momento.

—Los Peterson —dijo Havermal, tomando nota—. ¿Y eso a qué hora fue?

Vic se estaba hartando. Se echó a reír.

—No lo sé exactamente. Puede que los Peterson lo sepan.

—Ya. ¿Y de qué quería hablarle Cameron?

Vic volvió a hacer como que pensaba.

—Me preguntó que... Ah, sí, que si yo creía que se construiría mucho más en las proximidades de Ballinger o de Wesley en los próximos años. Le dije que honestamente no sabía qué contestarle. Últimamente no se ha construido mucho.

—¿De qué más le habló?

—¡Está usted perdiendo el tiempo! —le dijo Melinda a Havermal.

—No lo sé. Parecía sentirse un poco nervioso conmigo —prosiguió Vic—, un poco incómodo. Dijo algo de instalar por aquí su propio negocio porque le gustaba la zona. No fue muy explícito.

Melinda lanzó un bufido de incredulidad.

–Nunca le oí comentar nada de empezar un negocio por esta zona.

–¿Por qué parecía estar nervioso? –preguntó Havermal–. ¿Le contó por qué lo estaba o mencionó algo de lo que iba a hacer aquel día?

–Le voy a decir una de las cosas que iba a hacer, señor Havermal –empezó a decir Vic, mostrando deliberadamente su enfado–. Iba a ver a mi mujer, quien se disponía a empezar las diligencias para divorciarse de mí con el propósito de casarse con el señor Cameron. Tenían billetes de avión para México. Parece que no lo sabía usted. ¿No se lo ha contado mi mujer? ¿O se ha limitado a decirle que yo maté al señor Cameron?

Era fácil de ver por la expresión del detective que Melinda no le había contado nada sobre ningún divorcio. Havermal les miró alternativamente.

–¿Es eso cierto, señora Van Allen?

–Sí, es cierto –dijo ella, hosca y enfáticamente.

–Creo que no hay necesidad de preguntarme a mí ni a ninguna otra persona las razones de por qué Cameron se sentía incómodo conmigo –prosiguió Vic–. Lo extraño es que me pidiera mi opinión sobre sus planes de negocios y que entrase en mi coche.

–Y que usted se ofreciese a llevarle a algún sitio –dijo el detective.

Vic suspiró.

–Intento ser cortés, la mayoría de las veces. El señor Cameron ha venido con frecuencia como invitado a nuestra casa. Quizá eso se lo haya contado mi mujer. Y si quiere saber por qué negué haber visto a Cameron el lunes, fue porque estaba harto de él, y porque había dejado plantada a mi mujer, con la que había quedado aquella tarde, y ella estaba deprimida y a punto de emborracharse. No quería discutir con ella sobre Cameron. Creo que puede usted entenderlo.

290

Havermal miró a Melinda.

—¿Dijo usted que hacía aproximadamente un mes que conocía a Cameron?

—Aproximadamente —dijo Melinda.

—¿Y tenía intención de casarse con él?

Havermal la estaba mirando como si hubiese empezado a poner en duda su cordura.

—Sí —dijo ella, mirando hacia abajo por unos instantes como una colegiala culpable, y volviendo luego a levantar la cabeza.

—¿Cuánto tiempo hace que decidió casarse con él? —preguntó el detective.

—Hace solo unos pocos días —intervino Vic.

El detective miró inquisitivamente a Vic.

—Me imagino que a usted no le gustaba Cameron.

—No me gustaba —dijo Vic.

—No sé si sabrá que Cameron desapareció ayer a alguna hora anterior a la una del mediodía. Tenía una cita para comer a la que no acudió —dijo Havermal.

—No, no sabía nada —dijo Vic, como si tampoco le importase mucho.

—Pues sí. Así es.

Vic cogió un cigarrillo de un paquete que tenía en el escritorio.

—Bueno, era un tipo muy raro —comentó, usando el pasado deliberadamente—. Siempre tratando de mostrarse afable, siempre tratando de verme el lado bueno, sabe Dios por qué. ¿No es así, Melinda? —preguntó ingenuamente.

Ella le estaba mirando con el ceño fruncido.

—Te dio tiempo a... a hacerle algo entre las once y cuarto y las doce.

—¿En Commerce Street, en pleno Wesley? —preguntó Vic.

—Te dio tiempo a ir a otro sitio. Nadie te vio dejarle otra vez en su coche —dijo ella.

–¿Cómo lo sabes? ¿Se lo has preguntado a todos los habitantes de Wesley? –Siguió hablando para el detective–: No podía haberle hecho a Cameron nada que él no quisiera. Era dos veces más grande que yo.

El detective se mantenía en un reflexivo silencio.

–Me dio la impresión de que ayer estaba asustado –dijo Vic–, tal vez lo estaba por lo que había empezado con mi mujer. Creo que puede haberse querido escapar de todo.

–¿No le diría usted que se escapase, señor Van Allen? –preguntó Havermal.

–No, en absoluto. Ni siquiera mencionamos a mi mujer.

–Tony no es de los que se asustan, de todas formas –dijo Melinda con orgullo.

Havermal todavía parecía asombrado.

–¿Volvió usted a ver ayer a Cameron a alguna hora?

–No –dijo Vic–. Me pasé aquí la tarde.

–¿Cómo se hizo esa herida en la cabeza? –preguntó Havermal despiadadamente.

–Me pegué contra un armarito de la cocina.

Vic miró a Melinda y se sonrió un poco.

–Ah.

El detective miró a Vic durante un minuto con una inescrutabilidad de profesional. La estrecha hendidura de su boca podía estar tanto sonriendo, como fingiendo que lo hacía, como expresando desprecio. No se podía saber.

–De acuerdo, señor Van Allen. Creo que eso es todo por ahora. Volveré por aquí.

–Cuando quiera.

Vic acompañó al detective y a Melinda hasta la puerta.

No había duda de que el detective le iba a preguntar a Melinda algunas cosas sobre su relación con Cameron. Aquello indudablemente hacía aparecer la historia a una luz diferente. Vic suspiró y se sonrió, preguntándose qué iría a ocurrir a continuación.

En la edición de la tarde del *New Wesleyan* aparecía una pequeña fotografía de Cameron. Su rostro cuadrado no sonreía y tenía cierta expresión de asombro que evocaba la que había puesto segundos antes de caerse por el borde de la cantera. La fotografía llevaba el subtítulo de «¿Ha visto usted a este hombre?». «Amigos» de Cameron habían dado cuenta de su desaparición la noche anterior. Su compañía, Contratistas Pugliese-Markum, Inc., de Nueva York, estaba llevando a cabo una investigación exhaustiva para encontrarle y había enviado un detective a Wesley. «Se teme, dada la naturaleza física de su trabajo, que haya podido ser víctima de algún accidente», sugería el periódico.

Horace llamó a Vic un poco después de las siete y le preguntó si sabía dónde podía estar Cameron o qué podía haberle sucedido. Vic dijo que no lo sabía y después de eso Horace no pareció muy interesado por la historia. Le preguntó si él y Melinda podían ir a su casa a cenar porque un amigo de ellos que estaba en Maine acababa de mandarles un cajón de langostas conservadas con hielo. Vic rechazó la invitación dándole las gracias, y le dijo que ya tenía preparada la cena en su casa. Vic tenía la cena preparada, pero Melinda no estaba en casa. Se imaginó que estaría con el detective o con los Wilson y que podía no llamar ni volver para nada.

Menos de una hora después, cuando Vic y Trixie estaban acabando de cenar juntos, se oyó un coche que llegaba. Era Horace, furioso. Vic sabía lo que había pasado.

–¿Podemos ir a tu habitación, Vic? ¿O a algún otro sitio? No quiero que...

Miró a Trixie de reojo. Vic se acercó a Trixie, la rodeó con un brazo y le dio un beso en la mejilla.

–¿Me disculpas un momento, Trix? Tengo que hablar de unos asuntos. Bébete la leche, y si quieres más pastel, no cojas un trozo muy grande. ¿Entendido?

Cruzaron el garaje y fueron al cuarto de Vic. Vic le ofreció a

Horace su silla más cómoda, pero Horace no quería sentarse. Vic se sentó sobre la cama.

–Acabamos de recibir una visita del detective, como supongo que ya te habrás imaginado –dijo Horace.

–¿Sí? ¿Y estaba Melinda con él?

–No. Nos ha ahorrado ese trago. ¡Te está acusando otra vez! –estalló Horace–. He estado a punto de echar de mi casa a ese señor Havermeyer o quienquiera que sea. Por fin he acabado echándolo, pero no sin antes decirle unas cuantas cosas. Y Mary también ha hecho lo mismo.

–Se llama Havermal. No es culpa suya. Es su trabajo.

–¡Ah, eso no! Ese tipo es de los que todo el mundo desea golpear en las narices. Por supuesto no es que ayude mucho el tenerle sentado en tu salón preguntándote si crees que tu mejor amigo ha podido ponerse tan furioso como para matar a alguien, o al menos como para echarlo de la ciudad. Le dije que Vic Allen ni se habría molestado en semejante cosa. Le dije que a lo mejor el señor Cameron había visto a una rubia que le había gustado más que Melinda y se había ido con ella a otra ciudad.

Vic sonrió.

–¿Y qué es eso de que eres la última persona que lo vio?

–No lo sé. ¿Fui yo la última persona? Le vi ayer sobre las once y media.

Horace encogió sus estrechos hombros.

–Parece que no pueden encontrar a nadie que le viera después de las doce. Y encima, Vic, ¡he tenido que tolerar esa historia pueril de que Melinda iba a pedir el divorcio para casarse con él! Le dije a Havermal que sería mejor que no anduviese divulgando eso por ahí. Le dije que conocía a Melinda tan bien como a ti, casi tan bien, y que sabía que hace amenazas disparatadas cuando se enfada.

–No estoy muy seguro de que fuese solo una amenaza, Horace. Melinda parecía bastante dispuesta a divorciarse hace muy pocos días.

–*¿Qué?* Bueno, el caso es que no lo ha hecho. Lo sé porque lo he preguntado. Le pregunté a Havermal qué pruebas había encontrado para sostener la idea del divorcio. No había encontrado ninguna.

Vic se quedó callado.

Por fin, Horace se sentó.

–Bueno, Vic, ¿qué pasó exactamente cuando recogiste a Cameron y te diste una vuelta con él?

Vic notó cómo se le abrían los ojos en una mirada de protección.

–Nada. No se mencionó a Melinda. Trataba de darme conversación. Es la primera vez que lo he visto actuar como inseguro de sí mismo. ¿Comprendes, Horace? –prosiguió Vic, tentando a la suerte con Horace como lo había hecho con Havermal–, eso es lo que me ha hecho pensar que Melinda me estaba diciendo la verdad cuando me dijo que iba a pedir el divorcio. De hecho, suponía que iba a empezar las diligencias ayer, según me dijo. Puede que no tuviese cita con ningún abogado, pero me dijo que iba a empezar ayer. Luego mencionó que Cameron tenía dos billetes para México, y que ella se iba a ir con él. Ni que decir tiene que Cameron no se sentía cómodo conmigo. No tenía por qué haberse metido en mi coche, por supuesto, pero ya sabes cómo es. Primero actúa y luego reflexiona, si es que lo hace. Se me pasó por la cabeza la idea de que igual tenía una cita con Melinda en algún bufete de abogados ayer por la tarde. Es lo bastante simple como para ir allí a sentarse con ella mientras se empieza el papeleo.

Horace sacudió la cabeza con desagrado.

–Pero, como le dije al detective errante, Cameron también podría haber querido evadirse de todo el asunto. Y entonces tendría que desaparecer también de su trabajo. Al menos del que le había traído aquí. No podría haber mirado a Melinda a la cara en Little Wesley después de haberle dado calabazas.

–No, claro. Ya entiendo lo que quieres decir –dijo Horace reflexivamente–. Probablemente sea eso lo que ha hecho.

Vic se levantó y abrió un armarito que había en la parte baja de su escritorio.

—Te vendrá bien una copa, ¿no? —Siempre sabía cuándo a Horace le apetecía una copa—. Iré a buscar hielo.

—No, gracias. No quiero hielo. Lo tomaré con fines medicinales, y siempre sabe más a medicina sin hielo.

Vic cogió un vaso de la repisa superior del escritorio, lo lavó en el pequeño cuarto de baño, y cogió un vaso para él también. Sirvió tres dedos para cada uno. Horace lo probó degustándolo.

—Qué falta me estaba haciendo —dijo Horace—. Parece que me tomo estos asuntos más a pecho que tú.

—Eso parece —dijo Vic, sonriendo.

—Y tú sales de una para meterte en otra. Es como cuando pasó lo de De Lisle.

—Un gran año este para las agencias de detectives —dijo Vic, y se dio cuenta de que Horace le miraba.

Horace todavía no le había preguntado directamente si Carpenter era o no detective.

—Es curioso que la compañía de Cameron no lo busque en Nueva York, o en Miami, o en cualquiera de los sitios a los que iría un sujeto como Cameron —dijo Horace—. O en México capital. Bueno, a lo mejor están buscando.

Vic cambió deliberadamente de tema, imperceptiblemente, poniéndose a hablar de las probabilidades de encontrar a un hombre que hubiese decidido ir por ejemplo a Australia para esconderse. Las probabilidades de dar con él eran prácticamente nulas, si es que podía darles esquinazo a las autoridades de inmigración y entrar en Australia. Siguieron con el tema de la química de la sangre de cada individuo. Horace dijo que ahora se podía identificar a un hombre a partir de un pequeño fragmento de su sangre seca encontrada sobre algo tal vez meses después de su desaparición. Vic también había oído hablar de eso.

—Pero supón que no se encuentra al individuo —dijo Vic, y Horace se echó a reír.

Vic pensó en la sangre de Cameron sobre las rocas blancas de la cantera, y en Cameron a unos doce metros bajo el agua. Si encontraban la sangre, lógicamente buscarían el cuerpo en el agua, pero tal vez en el cuerpo ya no quedase sangre, ni piel en las yemas de los dedos. Sin embargo Cameron podría ser identificable. Vic habría querido ir y echarles otra ojeada a las manchas de sangre y hacer lo posible para borrarlas, pero no se atrevía a ir a la cantera por miedo a ser visto. Parecía la única cosa descuidada y estúpida que había hecho en toda su vida, dejar una huella donde no había querido dejar una huella, haber fallado en hacer con perfección algo de tanta importancia.

Cuando Horace se levantó para marcharse se estaba ya riendo. Pero no era la risa habitual de Horace. Dijo con un esfuerzo para parecer animado:

—Bueno, hemos aguantado mucho, ¿no, Vic? Encontrarán a Cameron en cualquier parte. Deben de haber alertado a la policía en todas las grandes ciudades. Siempre están alerta.

Vic le dio las gracias por la visita y luego Horace se marchó. Vic se quedó de pie en el garaje, escuchando el ruido de su coche perderse en la lejanía y pensando que Horace no le había preguntado dónde estaba Melinda o si iba a volver, sabiendo que probablemente Vic no lo sabría y que aquellas preguntas le habrían incomodado. Vic se acercó a las cajas de los caracoles.

Hortense y Edgar se estaban haciendo el amor, Edgar estaba encaramado en una pequeña roca inclinándose para besar a Hortense en la boca. Hortense estaba apoyada sobre las puntas de las patas, balanceándose un poco bajo sus caricias como una bailarina lenta encantada por la música. Vic se quedó mirando durante cinco minutos tal vez, sin pensar en nada absolutamente, ni siquiera en los caracoles, hasta que vio las excrecencias en forma de copa empezar a aparecer en la parte derecha de las cabezas de ambos caracoles. ¡Cómo se adoraban uno a otro, y qué perfectamente acoplados estaban! Las glutinosas copas se hicieron más grandes y se tocaron, borde con borde. Sus bocas se separaron.

Vic miró el reloj. Eran las diez menos cinco. Le pareció una hora extrañamente deprimente de la noche. La casa estaba sumida en un silencio mortal. ¿Estaría despierta Trixie? Se aclaró la garganta y el pequeño ruido racional sonó como un estruendo de pies pisando sobre grava.

Los caracoles no hacían ningún ruido. Hortense estaba lanzando su dardo la primera. Falló. ¿O formaba parte del juego? Unos instantes después, lo intentó Edgar, falló, retrocedió y atacó de nuevo, yendo a dar de tal forma sobre el punto adecuado que el dardo penetró, lo que incitó a Hortense a volver a intentarlo ella también. Le costó más trabajo, apuntando hacia arriba, pero lo logró después de tres intentos deliberados y pacientes. Luego, como si hubiesen caído en un profundo trance, echaron un poco hacia atrás la cabeza, y Vic sabía que si hubiesen tenido párpados, estos habrían estado cerrados. Los caracoles estaban ahora inmóviles. Los estuvo contemplando hasta que vio los primeros signos de que los bordes de sus copas iban a separarse. Luego estuvo un minuto paseándose de un lado a otro del garaje, víctima de un desacostumbrado sentimiento de inquietud. Su mente volvió a Melinda, y volvió a los caracoles para evitar pensar en ella.

Las once menos cuarto. ¿Estaba en casa de los Wilson? ¿Estarían todos los tiburones atacando al mismo tiempo? ¿Estaría allí el detective, o se habría ido a la cama después de aquel día tan duro? ¿Se le ocurriría a alguien pensar en la cantera?

Vic se inclinó sobre los caracoles, contemplándolos ahora con una lupa de mano. Estaban conectados solamente por los dos dardos. Sabía que se quedarían así por lo menos una hora más. Aquella noche no tenía paciencia. Se fue a su cuarto a leer.

24

Hortense estuvo veinticuatro horas poniendo sus huevos unos cinco días después, y el detective Havermal seguía aún rondando por la comunidad, haciendo una investigación mucho más exhaustiva y un trabajo mucho más de calle que el que había llevado a cabo Carpenter en el caso De Lisle. Havermal visitó a los Cowan, a los MacPherson, a los Hines, a los Peterson, al viejo Carlyle, a Hansen el tendero, a Ed Clarke el dueño de la ferretería (Vic era muy respetado en la ferretería Clarke y probablemente se gastaba más dinero que ninguno de los clientes de Ed), a Sam el del bar Lord Chesterfield, a Wrigley el quiosquero de los Van Allen, y a Pete Lazzari y George Anderson, los dos basureros que recogían las basuras de la imprenta y de la casa de Van Allen, respectivamente. Vic sacó en consecuencia que debió de visitarlos a todos dejando ver con claridad sus intenciones –hacer a Vic responsable de la desaparición de Cameron– y haciendo preguntas directas. La actitud general de los interrogados, según se enteró Vic, fue de extremada precaución en las afirmaciones que le hicieron a Havermal, y además de resentimiento. Fue una desventaja para Havermal el tener una personalidad tan antipática. Incluso los basureros, gente sencilla, comprendieron la importancia de las insinuaciones de Havermal, y reaccionaron negativamente.

Pete Lazzari le comentó a Vic:

—Le dije que a mí me daba igual lo que hiciese la señora Van Allen. Solo sé que le gusta un poco beber, eso es todo. Está usted tratando de colgarle a un tipo un asesinato, y eso no es ninguna tontería. Conozco al señor Van Allen desde hace seis años, le dije, y no encontrará un hombre mejor en toda la ciudad. Ya conozco a los desgraciados como usted, le dije. ¿Y sabe dónde tendrían que estar?, le dije. ¡En mi camión con los demás desperdicios!

Pete Lazzari era todo torso y nada de piernas, y era capaz de lanzar cubos de basura llenos a rebosar a cuatro metros por encima del borde de su camión como si nada.

En la segunda visita que el detective les hizo a los Meller, Horace no le dejó traspasar el umbral. Stephen Hines le dio una conferencia sobre el principio de la ley inglesa que dice que un hombre es inocente hasta que se prueba que es culpable y sobre el deterioro de dicha ley en América por culpa de personas incultas y cerriles como Havermal.

Melinda informó a Vic de que se habían hecho investigaciones en las listas de pasajeros de las líneas aéreas y que Tony no había cogido ningún avión. Pero Cameron había comprado dos billetes. Havermal se había enterado de eso y también de que estaban a nombre de señor y señora Cameron.

—Puede haber cambiado su billete y haber comprado otro bajo un nombre distinto —dijo Vic.

—No, no es posible —dijo Melinda triunfante—. Hay que tener un visado de turista para entrar en México, y comprueban dicho visado antes de que el avión salga de Nueva York. Me lo dijo Tony.

Vic sonrió.

—¿Te acuerdas de la historia que nos contaron los Cowan cuando fueron a México hace un par de años? Evelyn había perdido la partida de nacimiento y no les daba tiempo a que se sacara otra, así que le dijeron sus nombres al empleado del consulado mexicano y él les hizo dos visados de turista sin pedirles identificación de ninguna clase. Ese asunto de los visados de turista no es más que una forma de sacarle tres dólares, o lo que cueste, a cada turista que entra en México. Si no fuera por eso te dejarían entrar con un pasaporte normal, como en todos los demás países.

Melinda no tenía réplica para aquello. Parecía estar inquieta y preocupada, y un aire de derrota se fue apoderando de ella a medida que la estancia de Havermal en Little Wesley se iba prolongando hasta una semana. Havermal había agotado todos los recursos posibles. Había rastreado el campo de los alrededores de Wesley, dijo Melinda, en un radio que era aproximadamente la distancia que podía recorrer un coche, con tiempo para luego llegar hasta Ballinger, en unos treinta y cinco minutos. Vic no sabía si había descubierto la cantera –podía haber usado un mapa del distrito, pero Vic sabía que en algunos mapas la cantera no venía–, y en aquella ocasión Vic no tentó a la suerte preguntándoselo a Melinda. Había llovido copiosamente en dos ocasiones desde que Havermal estaba en Little Wesley. En algunas de las rocas planas que bordeaban la cantera había manchas de óxido producidas por los instrumentos que habían estado allí, o que seguían todavía. Probablemente sería difícil de determinar cuáles de las manchas eran de óxido y cuáles de sangre. Era increíble, pensó Vic, que Havermal no hubiese examinado la cantera a aquellas alturas, pero quizá no lo había hecho. Parecía estar consumiendo más de la mitad de su tiempo en rastrear los caminos, como dijo Melinda, y tal vez removiendo los matorrales en busca de un cadáver.

Havermal le hizo a Vic una nueva visita a la imprenta. No tenía nada más concreto para acusar a Vic que algunas afirmaciones críticas que había hecho Don Wilson.

–Don Wilson piensa que le ha calado. Cree que también mató usted a De Lisle. Resulta muy curioso que un tipo con poderosos motivos en ambos casos parezca ser la última persona con quien son vistos dos hombres muertos –dijo Havermal.

–¿Quiere usted decir con eso que ha encontrado el cuerpo de Cameron? –preguntó Vic con los ojos como platos.

Pero la verdad es que Havermal no brindaba ninguna diversión con aquella entrevista.

–Sí, hemos encontrado el cuerpo –dijo Havermal, mirando a Vic con ojos tan penetrantes que Vic supo que no era cierto.

Sin embargo le siguió la corriente con un ingenuo:

–*¿Dónde?* ¿Cómo no lo había dicho antes?

Con gran insolencia, Havermal no contestó nada, y al cabo de unos segundos siguió hablando de otra cosa. Cuando volvió a salir a relucir Don Wilson, Vic dijo con una sonrisa suave:

–Don Wilson haría mejor en andarse con ojo. Puedo perfectamente denunciarlo por calumnias, y no creo que tuviera dinero bastante para defenderse. Su mujer es encantadora, ¿no cree?

–Y muda –comentó Havermal.

–Bueno –dijo Vic, afable todavía–, no creo que pueda sacarle gran cosa a la gente por aquí si se dedica a insultarla.

–Gracias –dijo Havermal como un graznido de ganso.

–Querría darle las gracias por una cosa antes de que abandone Little Wesley –dijo Vic–, y es el haberme demostrado lo unido que está el vecindario en, bueno, en su simpatía hacia mi persona. No es que yo me haya afanado por obtener la aprobación del vecindario ni que la haya anhelado particularmente, pero es maravilloso comprobar que está ahí.

Havermal se marchó poco después de eso, sin siquiera lanzarle un dardo de despedida. Vic recogió las dos colillas que Havermal había tirado al suelo y las echó en la papelera. Luego volvió a la imprenta. Estaba ocupado en la tarea de colocar el esqueleto seco de una hoja de roble y el capullo aplastado de un gusano de seda formando una composición armoniosa para servir de colofón a uno de los poemas de Brian Ryder.

Vic tuvo aquella tarde otra demostración de la lealtad de sus vecinos. Hal Pfeiffer, editor del *New Wesleyan,* le llamó para decirle que un detective llamado Havermal había estado en su oficina para hacer un relato difamatorio de una investigación que había estado haciendo respecto al caso Cameron y al papel que «posiblemente» jugaban en él Victor Van Allen y su esposa. Había ofrecido el relato para que lo incluyeran en las noticias locales, y el señor Pfeiffer lo echó con cajas destempladas mostrándole dónde estaba la puerta.

—Nunca nos hemos visto, señor Van Allen, pero he oído hablar de usted —dijo el señor Pfeiffer por teléfono—. Me he creído en la obligación de informarle de este asunto por si acaso tenía usted alguna preocupación de que pudiese ocurrir algo semejante. El *New Wesleyan* no quiere tener nada que ver con tipos como Havermal.

Vic se lo contó a Melinda.

Hubo también una historia con los de la tintorería. Cuando Vic fue a recoger unos trajes, Fred Warner, el jefe, se inclinó sobre el mostrador para decirle en voz baja que «ese detective» había estado allí para echarle una ojeada a los trajes de Victor Van Allen que hubiesen sido llevados a limpiar recientemente. El detective había encontrado un par de pantalones manchados de sangre, pero la señora Van Allen estaba con él y le explicó, dijo Warner, que los pantalones estaban manchados de sangre del propio Vic porque una noche se había hecho una herida en la cabeza.

—Las manchas de sangre estaban todas en la parte de atrás de los pantalones —dijo Warner con una risita—, y en la parte de arriba. Era muy fácil darse cuenta de que eran unas cuantas gotas de un accidente en la cabeza, pero ¡debería haber visto usted lo decepcionado que se quedó el detective! Es un auténtico sabueso, solo que no es muy bueno, ¿verdad, señor Van Allen?

Y un día Havermal se marchó de repente.

Toda la ciudad pareció suspirar aliviada. A Vic le daba la impresión de que la gente sonreía más por la calle, de que se sonreían los unos a los otros, como queriendo decir que su solidaridad había vencido una vez más a un abominable intruso. Se sucedieron las fiestas. Hasta los Peterson invitaron a Vic y Melinda a una fiesta en la cual Vic se encontró con mucha gente a la que no conocía, gente que le trató con un enorme respeto. En aquella fiesta –integrada por gente a la que de ordinario Melinda habría mirado por encima del hombro– fue cuando Vic se dio cuenta por primera vez de que Melinda estaba cambiando. No estuvo especialmente efusiva o encantadora como había estado en las fiestas posteriores al incidente de De Lisle, pero sonreía, incluso a él le sonreía; no hizo muecas ante el ponche que Vic sabía que aborrecía, y no insultó a nadie, al menos que Vic supiera. Aquello provocó en Vic unas cuantas especulaciones inconexas. Melinda no se estaba comportando ahora con el propósito de suscitar una mala opinión pública de él, porque no había ninguna necesidad. ¿Estaría simplemente cansada de mostrarse resentida, agotada de rezumar odio? El odio es una emoción muy cansada, pero Melinda no tenía otra cosa que hacer consigo misma. ¿Estaría acaso complacida porque él era casi un invitado de honor en la fiesta de los Peterson? Pero hasta entonces nunca se había sentido complacida por algo semejante. Vic llegó incluso a pensar que a lo mejor había tramado una conspiración con Havermal para hacerle bajar la guardia y sacar entonces a relucir alguna evidencia de la que no le hubiesen informado todavía. Pero no, Vic tenía la aplastante convicción de que Havermal había agotado su último cartucho en Little Wesley y había fallado el tiro. Aquellos días Melinda no mostraba ninguna jactancia triunfalista. Simplemente estaba un poco más dulce, más suave. Al reflexionar sobre ello, Vic recordó incluso unas cuantas sonrisas que le había dirigido Melinda en casa durante los últimos días. Y según creía llevaba una semana sin ir a ver a Don Wilson.

–¿Qué tal está Don Wilson? –le preguntó Vic cuando volvieron a casa después de la fiesta de los Peterson–. No lo has mencionado últimamente.

–¿Es que lo he mencionado alguna vez? –preguntó Melinda, pero su voz no era agresiva.

–No. Creo que no –dijo Vic–. Pero ¿qué tal está? ¿Le van bien los negocios?

–Debe de tener entre manos algún asunto que le preocupa –dijo Melinda con un tono curiosamente preocupado que hizo que Vic la mirase.

Ella le miraba desde el sofá del salón donde se había sentado para quitarse los zapatos. Sonreía un poco. Y no estaba borracha en absoluto.

–¿Por qué me lo preguntas?

–Porque últimamente no he sabido nada de él.

–Me parece que ya oíste bastante en determinado momento. Havermal me dijo que te había contado lo que le había dicho.

–No era la primera vez. Me dio lo mismo.

–Bueno..., no llegó a ninguna parte, ¿no?

Vic la miró, desconcertado, aunque mantuvo su expresión serena y complaciente como una máscara.

–No, realmente no. ¿Esperabas tú que llegase a algún sitio?

–Esperaba saber la verdad.

Encendió un cigarrillo con su arrogancia característica, arrojando la cerilla a la chimenea sin acertar.

–Parecía que Don tenía unas cuantas teorías convincentes. Supongo que eran solo teorías.

Le miró con un rastro de inseguridad, como si no esperase que él se lo creyera.

No se lo creyó. Melinda estaba jugando a algún juego. Llenó lentamente la pipa, dejando pasar varios momentos durante los cuales ella habría podido proseguir. Él no iba a proseguir, pero tampoco se iba a ir a su habitación inmediatamente, que es lo que deseaba hacer.

—Esta noche has tenido un éxito realmente arrollador —dijo ella por fin.

—David contra Goliat. Y ganó el pequeño David. ¿No he ganado yo? —preguntó con su sonrisa ambigua, que sabía que era todavía ambigua para Melinda.

La estaba mirando fijamente, calculando visiblemente su siguiente movimiento. Fue un movimiento físico. Dio una palmada, se levantó, y dijo:

—¿Qué te parece si nos tomamos una copa decente después de toda esa limonada rosa? ¡Qué horrible era, Dios mío!

Se dirigió hacia la cocina.

—Yo no quiero, Melinda. Es un poco tarde.

—¿Las dos? ¿Qué te pasa?

—Somnolencia —dijo, sonriendo mientras se acercaba a ella.

Le dio un beso en la mejilla. Podía haber sido una estatua, pero le pareció que su inmovilidad era probablemente más producto de la sorpresa que de la indiferencia.

—Buenas noches, cariño. Supongo que Trixie se pasará mañana el día entero en casa de los Peterson, ¿no?

Trixie había ido con ellos a casa de los Peterson, y sobre las diez de la noche se había subido a dormir con Janey a su dormitorio.

—Supongo.

—Entonces, buenas noches.

Mientras él salía por la puerta que daba al garaje, ella seguía allí de pie como si todavía no hubiese decidido si ponerse una copa sola o no.

La siguiente sorpresa que recibió Vic le vino de Horace, quien le contó que Melinda había ido a ver a Mary y «se había derrumbado» y había dicho que se arrepentía de haber dicho alguna vez algo en contra de Vic, que lamentaba haberse comportado como una esposa tan alocada y desleal, y que se preguntaba si alguna vez podría perdonárselo.

—Dijo «alocada en todos los sentidos» —rectificó Horace, tratando de repetírselo todo literalmente a Vic–. Mary me llamó incluso al laboratorio para contármelo.

–¿De verdad? –dijo Vic por segunda vez–. He notado un cambio en ella en los últimos días, pero no pensaba que fuera a salir con un arrepentimiento, y menos a Mary.

–Bueno... –Horace parecía avergonzado de su reacción de alegría–, Mary me ha dicho que ayer no pudo haber estado más encantadora. Intentó llamarte anoche a ver si podíamos salir juntos, pero habías salido.

–Melinda y yo llevamos a Trixie a una película que quería ver –contestó Vic.

Horace sonrió como complacido de oír que él y Melinda habían ido al cine juntos.

–Supongo que las cosas se están arreglando. Sabes, Horace, en un par de días voy a tener ejemplares del libro de Ryder y quiero que lo veas. ¿Te acuerdas de que te dije que iba a usar plumas, hojas e insectos de verdad para imprimirlo?

–¡Claro que me acuerdo! Tenía pensado comprar un ejemplar para regalárselo a Mary por Navidad si salía a tiempo.

–Pues saldrá a tiempo. Yo te regalaré un ejemplar para ella. Al margen de las plumas, los poemas son también muy buenos.

–Lo compraré. ¿Cómo va a ganar un centavo la Greenspur Press si se dedica a andar regalándolo todo?

–Como quieras, Horace.

–Bueno, Vic...

Estaban de pie en la esquina que formaban las calles Main y Trumbull donde se habían encontrado. Eran las siete, ya había anochecido y les llegaba del este un cortante viento de la montaña, un viento otoñal que le hacía a uno sentir –si estaba de humor para ello– vigoroso y optimista.

–Bueno, me alegro mucho de que Melinda haya hablado con Mary –dijo Horace–. A Mary le ha hecho sentirse mucho mejor. Tiene tanto interés en que le gustéis los dos, Vic...

—Ya lo sé.

—Todavía no puede sentir lo mismo por Melinda, pero estoy seguro de que acabará por ser así.

—Eso espero. ¡Me he alegrado mucho de verte, Horace!

Se dieron la mano y se dirigieron hacia sus coches.

Vic iba silbando de camino a casa. No sabía cuánto duraría la beatitud de Melinda, pero era agradable volver a casa y encontrar la cena preparada, el salón arreglado, y recibir un saludo complaciente y una sonrisa.

25

El 3 de diciembre era el cumpleaños de Vic. Vic no se había acordado de su cumpleaños hasta el 29 de noviembre, cuando estaba haciendo cálculos sobre el día en que tendría que llegarles un encargo de tinta color sepia, y luego volvió a olvidarse de él, porque en su casa no lo oyó mencionar para nada. Dos o tres de sus cumpleaños, en los últimos tiempos, habían pasado inadvertidos excepto para Stephen y Carlyle, quienes lo recordaban siempre y le hacían un regalo, bien fuera juntos o cada uno por su cuenta. El 3 de diciembre Stephen le regaló un enorme y costoso libro de grabados ingleses del siglo XVIII, y Carlyle una botella de coñac que Vic abrió al instante para que la probaran juntos.

Más tarde, cuando Vic entró aquella tarde en el salón desde el garaje, Melinda, Trixie y los Meller le dieron la bienvenida con un ruidoso «¡Feliz cumpleaños!». La mesa resplandecía de velas, y había una gran tarta rosa y blanca con velitas rosas, supuso Vic que hasta treinta y siete. Se guardó en el bolsillo el caracol que acababa de encontrarse dormido sobre el marco de la puerta del garaje. Había un montón de regalos sobre uno de los extremos del sofá.

–¡Madre mía! –dijo Vic–. ¿Cómo habéis llegado hasta aquí? ¿Volando?

–Los fui a recoger yo para que así no vieses el coche cuando llegaras –le dijo Melinda.

Llevaba un vestido negro muy femenino y atractivo con encaje negro sobre los hombros.

–Y tendrás que volvernos a llevar a casa –dijo Horace–. Así que esta noche voy a beber todo lo que se me antoje. Me temo que ya hemos empezado, pero volveremos a llenar las copas hasta el borde y beberemos a tu salud.

Cantaron todos a una un coro de «Feliz cumpleaños, querido Vic» con los vasos en alto y Roger estuvo todo el rato ladrando. Hasta el propio Roger llevaba una cinta roja atada a la parte de atrás del collar. Luego vinieron los regalos. Melinda le entregó tres cajas de Brooks Brothers atadas juntas, cada una de las cuales contenía un jersey, uno era una chaqueta color mostaza, otro uno azul y rojo de importación italiana, y el tercero era un jersey de tenis blanco con una raya roja. Vic adoraba los jerséis buenos. Le emocionó tanto que Melinda le hubiese regalado tres que se le hizo un nudo en la garganta. Horace le regaló una maquinilla de afeitar eléctrica, alegando que llevaba años tratando de convencerle de que abandonase la cuchilla y que creía que la única manera de lograrlo era ponerle en las manos una máquina eléctrica. Trixie le regaló un cepillo y un peine de ébano, y Roger una corbata de lana. El regalo de Mary era una última edición de un manual de carpintería, un libro del que Vic no podía prescindir, aunque todavía no se había comprado aquella edición.

–¿Le doy el otro regalo antes o después de cenar? –preguntó Melinda ansiosamente a los Meller.

Los Meller le dijeron que se lo diese ya, y Melinda fue a su cuarto y volvió con una gran caja envuelta en papel dorado. La puso en el suelo.

–No estaba segura de cómo funcionaba, así que lo guardé a oscuras en la parte de atrás del armario –dijo Melinda.

Horace se echó a reír. Era evidente que él y Mary sabían lo que era y se quedaron mirándole expectantes mientras lo desenvolvía y abría la ondulada caja que había dentro.

Era un contador Geiger con auriculares, sonda, y una correa para llevarlo colgado. Llevaba incluso muestras de minerales. Vic se había quedado sin habla, embelesado. Se acercó a Melinda y la rodeó con el brazo.

—Gracias..., Melinda —dijo, y le dio un beso en la mejilla.

Cuando miró hacia los Meller, le estaban contemplando con sonrisas satisfechas, y Vic se sintió de repente azorado y un poco tonto. La situación era artificiosa, quizá fuera eso. Porque Melinda no estaba siendo ella misma. Estaba actuando, igual que él lo había estado haciendo, mostrando deliberadamente una emoción o una actitud que no eran para nada las que sentía dentro de sí. Él y Melinda habían intercambiado sus respectivas actitudes esenciales, pensó Vic, ya que él ahora sentía que su comportamiento era más sincero de lo que se había permitido durante años, y le parecía que Melinda, por el contrario, estaba fingiendo su buena voluntad.

Durante la cena —pichones, puré de patatas, endibias hervidas y ensalada de berros— trató de relajarse y no pensar, porque estaba buscando a tientas en su mente claves o indicios como un hombre en una habitación oscura en la que no hubiese estado nunca buscaría el interruptor de la luz, sabiendo que había uno pero sin tener idea de dónde. Tenía la esperanza de que la búsqueda sin propósito fijo de su cerebro pudiese rozar de pasada la razón de la bondad de Melinda. Después de la muerte de De Lisle su decoro había sido de cara al público, pero en esta ocasión era para él. Se mostraba atenta y educada con él cuando no había nadie que pudiese verla. Si bien es cierto que la reacción del público frente al segundo asesinato —le sorprendió un poco llamarlo asesinato en su mente— también había sido diferente. Había despertado muchas más sospechas respecto a De Lisle que respecto a

Cameron. Había sido una suerte que Havermal fuese un tipo tan impopular. Por lo tanto, la historia de Havermal sobre los amoríos y pretendida fuga de Cameron y Melinda había sido considerada como altamente sospechosa o enormemente exagerada por la mayoría de las personas que la habían oído. A Vic le había sorprendido el hecho de que Trixie no le hubiese venido contando ninguna habladuría. Lo único que le había contado era que una de sus compañeras de clase había dicho que sus padres decían que a la gente le gustaba mucho criticar a las personas que eran distintas de las demás. Trixie no había acabado de entender lo que estaba diciendo, y el propio Vic había tenido que pararse a pensar en el sentido de aquellas palabras; pero parecía ser la vieja historia de la mayoría conformista en contra del inconformismo. Y en su caso, supuso Vic, el inconformismo sería el vivir de renta, su ruinoso negocio editorial, su tolerancia frente a los amoríos de su mujer, su casa sin televisión, y tal vez hasta su anticuado coche. Entonces Vic le había dado a Trixie una charla sobre las minorías y los individuos perseguidos, poniéndole ejemplos históricos. Vic estaba seguro de que Trixie iba a ser cuando creciese una conformista por excelencia, pero le gustaba pensar que él podía haber abierto en su mente una pequeña puerta hacia los inconformistas. Había intentado hacerle lo más interesante posible la historia de Galileo.

Cuando llegó la hora de llevar a los Meller a su casa Melinda quiso ir también. Hacía años que no pasaba semejante cosa.

Nadie podía haber dicho que la velada no fue un éxito. Lo más cercano y semejante que podía recordar Vic había sido el primer cumpleaños que había celebrado Melinda en Little Wesley hacía unos nueve años, también en compañía de los Meller. Pero cuando se dirigía al garaje con sus jerséis y su contador Geiger se sintió sacudido por el contraste de su aislamiento actual con la intimidad que entonces le unía a Melinda. Se detuvo, se dio la vuelta, y volvió al salón.

Melinda estaba en su dormitorio empezando a quitarse el vestido.

—No estaba seguro de haberte dado las gracias lo bastante —dijo Vic—. Es el cumpleaños más bonito que recuerdo.

—Creo que sí me has dado las gracias —dijo ella, sonriendo—. ¿Te importaría desabrocharme esto? No llego ni a la mitad.

Lo puso todo sobre su cama y le desabrochó el resto de los corchetes y presillas que había de la mitad de su espalda para abajo.

—¿Quién te lo abrochó?

—Trixie. Pero ya está dormida. ¿Te apetece una última copa?

Un leve escalofrío le recorrió la columna vertebral.

—No, gracias. Creo que me voy a ir a mi cuarto a probar el contador con ese estrafalario conglomerado de roca que tengo en la habitación.

—¿Qué roca?

—Creo que no la has visto. Lleva allí meses, sin embargo. En un rincón del fichero.

Le miró como si estuviese a punto de decir «Quiero ir contigo y examinarla yo también», y Vic tuvo la esperanza de que no lo dijera.

No lo hizo. Lo recorrió con la mirada hasta posarla en el suelo, y luego se dio la vuelta y empezó a sacarse el vestido por la cabeza.

—Buenas noches entonces —dijo Vic, encaminándose hacia la puerta.

—Buenas noches, Vic. Y feliz cumpleaños.

Probó el contador, siguiendo las instrucciones del folleto que lo acompañaba. Al cabo de unos minutos oyó un clic, luego otro, luego una pausa y otros tres clics. Las rocas del conglomerado eran de distintas eras, evidentemente. Apartó el aparato sintiéndose cansado y un poco inquieto. En cuanto se tumbó en la cama se puso a pensar en la forma en que Melinda le había preguntado si quería una última copa, tanteando el terreno, como si no le conociera. ¿O es que era eso? Sintió un eco del mismo desagradable escalofrío. Era miedo, ¿y por qué lo sentía? ¿Por qué iba a tener miedo de tomarse una última copa con ella en su habitación, sentado en su cama, o incluso de haber dormido con ella? Su mente se alejó asustada de llegar más lejos con la imaginación, y volvió al miedo que acababa de sentir. No sabía por qué Melinda se estaba portando tan amistosamente. Eso formaba parte del miedo. Supuso que la parte primordial. Decidió actuar con más precaución todavía; no ser frío o poco receptivo, simplemente proceder con más precaución. Se había tragado demasiadas veces el anzuelo de Melinda y se había encontrado a sí mismo culebreando atrapado por el gancho. Se recordó que todo lo que quería era un hogar en paz. Siempre que fuera una paz verdadera, una paz en la que poder confiar. Una vez logrado eso podría empezar desde ahí.

La noche siguiente, sin premeditación alguna, Vic se tomó una última copa con Melinda, en su cuarto. No le había invitado ella a que fuera a su habitación, simplemente él le había llevado la copa allí y se había sentado en una silla. Pero, una vez sentado, se sintió incómodo, y empezó a hablarle de comprar unas cortinas nuevas para la habitación.

–Bueno, me da igual –dijo Melinda–. Las cortinas son carísimas, y después de todo, ¿quién las mira?

–¿Que quién las mira? Pues tú.

–Yo no las miro nunca. –Estaba sentada frente al tocador, cepillándose el pelo–. Sabes, Vic, me alegro de no haberme marchado con Tony. Te prefiero a ti –dijo flemáticamente–. Te da igual, ¿verdad?

–Nooo.

–¿De verdad que no? –repitió, sonriéndole.

Vic encontró fascinante su inseguridad.

–Claro que no.

—Me alegro de que te portaras como lo hiciste. También con Charley.

—¿Qué quieres decir con que «me portara»?

—Pues que nunca perdiste el control, y sin embargo los dos supieron que no te gustaban y quisieron desaparecer. Quizá Tony simplemente desapareció. Se fue a otra ciudad, quiero decir.

Melinda se quedó esperando.

—Bueno, me alegro de que te des cuenta de eso —dijo con suavidad al cabo de un momento—. Puede que algún día tengas noticias suyas, una nota pidiéndote disculpas. Tiene conciencia.

—¿Conciencia? ¿Tú crees?

—Más de la que tenía De Lisle, por lo menos.

—De él sí que no volveremos a tener noticias.

—No es muy probable, que digamos. Pobre chico.

—Los dos son unos pobres chicos, comparados contigo.

Melinda estaba ahora de pie junto a su mesilla de noche, limándose una uña.

—¿Qué es lo que te hace pensar eso de repente?

—Eso es lo que tú piensas, ¿no?

—Sí. Pero tú no lo pensaste nunca, ni siquiera de recién casados.

—¡Eso no es verdad, Vic!

—Me acuerdo perfectamente de cuando nos acabábamos de casar. Eras feliz y sin embargo no lo eras. Te asaltaban las dudas sobre si habías cometido un error o si era que no podías hacerlo mejor. Entonces tus ojos empezaron a deambular por ahí, antes de que tú misma lo hicieras.

—Simplemente me gusta observar a la gente —dijo Melinda con una sonrisa tímida.

Él le devolvió la sonrisa.

—¿No te estoy observando últimamente?

—Sí. ¿Por qué?

—Tengo mis razones.

—¡Por supuesto que las tienes! —dijo Vic, echándose a reír.

Abrió los ojos sorprendida, perdiendo el equilibrio.

—No te burles de mí, Vic.

—¿Te ha contado Trixie el chiste que ha oído hoy? Dos tortugas se estaban paseando...

—Y no cambies de tema. ¡Por amor de Dios, estoy intentando ser amable! —gritó.

Él sonrió agradecido. Volvía a parecer ella otra vez.

—Quiero decir..., estaba tratando de decirte que te admiro y que me gustas. Me gusta todo lo que haces. Incluso que críes caracoles. Y me arrepiento de cómo me he portado en el pasado.

—Ese discurso suena tan difícil como una despedida de graduado.

—Pues no es difícil. Te digo esto porque creo que hay muchas cosas que tengo que subsanar.

—Melinda, ¿qué te traes entre manos?

Se acercó a él.

—¿No podemos volver a intentarlo, Vic?

—Por supuesto —dijo, sonriendo—. Yo no he dejado de intentarlo.

—Ya lo sé —dijo, tocándole el pelo.

Le resultó difícil frenarse para no retroceder. Miró hacia el borde de la alfombra al otro lado de la habitación. Detestaba su contacto. Era insultante, le pareció sencillamente insultante, teniendo en cuenta todo lo que había pasado. Se alegró cuando Melinda retiró la mano.

—Mañana es sábado —dijo ella—. ¿Por qué no preparamos comida y nos vamos por ahí de excursión con Trixie?

—Me gustaría, pero le he prometido a Horace que iríamos a Wesley a comprar unos materiales de construcción. Está construyendo un cobertizo. ¿No crees que hace ya un poco de frío para ir de excursión?

—No, no lo creo.

—¿Y qué te parece si vamos el domingo?

—Creo que Trixie tiene algo que hacer el domingo.

—Bueno, podemos ir el domingo tú y yo de excursión —dijo amablemente—. Buenas noches, Melinda. Que duermas bien.

Salió de la habitación.

26

Trixie tenía algo que hacer el domingo. Un niño que se llamaba Georgie Tripp daba una fiesta y Trixie había sido invitada y quería ir. Vic la tuvo que llevar a la una de la tarde. Trixie había creído que sabría llegar hasta casa de los Tripp –era fuera de la ciudad por una carretera comarcal, y había estado allí antes– pero se perdió, y Vic tuvo que volver a casa a buscar las indicaciones que la señora Tripp le había dado por teléfono a Melinda aquella mañana. Cuando Vic volvió a la casa se encontró a Melinda hablando por teléfono con Don Wilson. Estaba en su habitación hablando por teléfono de espaldas a él, y por alguna razón, quizá porque no había cerrado la puerta del coche, no le había oído llegar. Vic se dio cuenta de ello cuando la oyó decir con voz nerviosa: «No lo sé, Don. No puedo decirte nada... No». Y entonces los pasos de Vic resonaron sobre el suelo del vestíbulo –no estaba tratando de andar sin hacer ruido, simplemente se estaba acercando despacio, aunque llevaba puestos los zapatos deportivos de suela de goma– y Melinda se dio la vuelta y pareció sorprendida. Luego sonrió al teléfono y dijo: «Bueno, eso es todo por ahora. Tengo que irme. Adiós».

–Creo que será mejor que coja el papel con las indicaciones –dijo Vic–. Trixie se ha perdido.

Melinda cogió el papel de la mesilla de noche y se lo entregó. La sorpresa y el susto seguían pintados en su rostro, y le recordaron a Vic la expresión que tenía cuando le daba de comer huevos revueltos a altas horas de la noche, salvo que ahora no estaba borracha.

—¿Qué tal está Don? —preguntó Vic, dándose ya la vuelta para salir otra vez.

—Supongo que bien.

—Bueno, te veré dentro de media hora —dijo Vic, sonriendo—. Quizá un poco más.

Vic volvió de casa de los Tripp al cabo de treinta y cinco minutos y se dispusieron a salir casi inmediatamente.

—¿Te importa que vayamos a la cantera? —preguntó Melinda—. ¿Por qué no? Al fin y al cabo no viene Trixie.

—Muy bien, ¿por qué no? —dijo complaciente.

Gastó los segundos siguientes en revisar el tono de su voz, tratando de decidir si sospechaba algo de la cantera o no. Se cansó, se cansó de la insignificante mentalidad —la suya, al fin y al cabo— que le había impulsado a preguntarse si sospechaba algo. ¿Y qué, si sospechaba? No iba a lograr alterarlo. Se podía ver a sí mismo y a Melinda dentro de unos minutos, acurrucados los dos junto a un fuego azotado por el viento, chupando huesos de pollo, como hombres de las cavernas sin techo. Soltó una risita.

—¿Qué pasa? —preguntó ella.

—Nada. Que me siento feliz, supongo.

—A veces creo que estás perdiendo la cabeza. ¿No se te ha ocurrido nunca pensarlo?

—Probablemente la perdí hace ya años. No hay de qué preocuparse.

A medida que se acercaban al camino cubierto de maleza que salía del otro camino de tierra y conducía a la cantera, preguntó:

—¿Era por aquí?

—¿No lo sabes?

—Hace tanto tiempo que no venimos.

No hubo ninguna reacción.

Las ramitas, ásperas y con menos hojas, arañaban los costados del coche a medida que avanzaba pesadamente por el camino. Finalmente salieron a la explanada familiar frente a la cantera y pararon. Vic comentó que hacía un día hermoso y claro, y Melinda masculló alguna respuesta. Parecía estar tramando algún otro cambio de táctica. Pero no se refería a la cantera, pensó Vic. Empezó a silbar mientras recogía leña para el fuego. Dejó que su búsqueda de leña lo condujese al borde de la cantera, a unos dos metros del lugar por donde se había caído Cameron. La pequeña cala donde Cameron se había hundido estaba medio en sombra, pero no parecía que hubiese nada flotando. Habría algunas manchas, por supuesto, pero serían invisibles desde aquella altura. Sin embargo, se puso en cuclillas, apoyó la barbilla en el pulgar, y escrutó tratando de distinguirlas a pesar de todo. No se veía nada. Cuando se volvió a poner de pie, volviéndose al mismo tiempo, Melinda estaba a metro y medio de distancia. Se estaba acercando a él con una expresión solemne y preparada, y Vic instintivamente reafirmó los pies sobre el suelo y sonrió.

–Bueno, he recogido todo esto –dijo, cogiendo parte de la leña que había reunido–. ¿Lo intentamos?

Caminó hacia la roca que habían elegido como refugio para el fuego, pero Melinda no le siguió. Vic miró hacia atrás al llegar a la roca, y la vio mirando hacia el fondo de la cantera. Se preguntó si se le ocurriría proponer un paseo por el caminito que conducía abajo, y decidió que no bajaría bajo ninguna circunstancia. No es que el lugar le hiciera sentirse a disgusto, pensó, pero podía haber algunas manchas de sangre y ella podía verlas. Tal vez no pareciesen manchas de óxido. Pero en aquel momento Melinda no tenía planes. Lo podía deducir de su actitud relajada y sin propósito al borde de la cantera. Al cabo de un momento volvió hacia él y le propuso tomar una copa.

Se sirvieron dos vasos de whisky frío con agua que llevaban

en el termo y tomaron un huevo relleno como canapé. El fuego iba viento en popa después de un comienzo algo difícil. No se puede decir que hiciese calor, pero Melinda se quitó estoicamente el chaquetón, lo extendió para tumbarse encima y se echó sobre la roca de cara al fuego. Llevaba sus viejos pantalones de pana color ante y su viejo jersey marrón con agujeros en los codos. Vic se dio cuenta de que se habían olvidado de llevar la mantita de viaje. Se sentó, en una posición bastante incómoda, sobre la misma roca que Melinda, junto a ella.

—¿Qué fue lo que te dijo Tony realmente el día que se dio un paseo en coche contigo? —preguntó Melinda de repente.

—Ya te he contado lo que me dijo.

—No me lo creo.

—¿Por qué no?

Melinda seguía contemplando el fuego fijamente.

—¿No te lo llevaste a dar una vuelta y luego lo arrojaste en algún sitio, muerto?

—¿Muerto cómo?

—Quizá estrangulado —dijo con una calma sorprendente—. ¿No te deshiciste de él en algún lugar del bosque?

Vic soltó una breve carcajada.

—Por Dios santo, Melinda.

Estaba esperando a que la cantera se le pasase tal vez por la cabeza. A estas alturas debía de haber repasado ya mentalmente todos los lugares del bosque en que él habría podido arrojar un cadáver. Melinda conocía a la perfección todos aquellos caminos. ¿No había pensado en la cantera? ¿O tal vez pensaba que él no habría sido capaz de pillar a un tipo tan corpulento como Cameron lo bastante desprevenido como para empujarle? Esa era la única explicación que encontraba Vic a que no hubiese pensado en la cantera.

—¿No te está entrando hambre? —preguntó Vic—. A mí me apetece ya un trozo de pollo.

Melinda se incorporó para ayudar a Vic a abrir la cesta con la comida. Roger se sentía muy interesado por el pollo, pero no se le permitió tocarlo. Vic lo alejó lanzándole un palito para que fuera por él. Después, él y Melinda, justo como se había imaginado, se acurrucaron junto al fuego y se pusieron a comer pollo, pero Vic se preguntó si incluso en los tiempos primitivos habría habido un hombre y una mujer cuya relación fuese más o menos marital que tuviesen un grado semejante de desconfianza mutua. La conversación de hacía unos minutos no le había quitado a Melinda el apetito. Vic se sonrió al ver la concentración que le dedicaba a una pechuga de pollo. Hablaron de comprarle a Trixie una bicicleta por Navidad. Fue idea de Vic.

Luego dijo Melinda:

–Sabes, Vic, yo creo que mataste a Tony y también a Charley, así que ¿por qué no admitirlo ante mí? Lo puedo encajar.

Vic se sonrió un poco viendo confirmadas sus sospechas. El propósito de su suavidad y dulzura de los últimos tiempos había sido hacerle creer que estaba de su parte.

–¿Para que luego vayas a la policía a decirles que he hecho una confesión?

–Tengo entendido que una mujer no puede testificar contra su marido.

–Lo que yo tengo entendido es que no tiene por qué hacerlo. Pero puede.

–Pero lo que yo quiero decir, por lo que yo sé...

–¿Es eso lo único sobre lo que sabéis especular tú y Wilson? –preguntó–. No está nada bien.

–¿Entonces lo admites?

Le miró con una mirada triunfante.

–No, no lo admito –dijo con calma aunque se sentía furioso.

O quizá lo único que sentía era apuro por ella. Se acordó de la azorada pretensión de afecto hacia él la noche que había estado sentado en su dormitorio. La furia le hizo ponerse de pie. Se acercó otra vez lentamente al borde de la cantera y miró hacia abajo.

Y en aquel momento, sobre el agua centelleante, lo vio. Estaba próximo al escalón desde el cual había empujado a Cameron, paralelo al borde de la roca, en el lugar preciso en donde se podía esperar que el cuerpo saliera a flote, si es que salía. Y había salido.

–¿Quieres café, Vic? –llamó la voz de Melinda.

Escudriñó con más intensidad, sin inclinar el cuerpo porque no quería despertar la curiosidad de Melinda, pero poniéndose tenso para concentrar todo el poder de sus ojos. Un extremo estaba más hundido que el otro. Parecía más bien de color beige, pero eso podía ser por causa del detestable destello del agua que iluminaba la chaqueta marrón de mezclilla que llevaba Cameron. El mayor hundimiento de uno de los extremos debía de estar producido por la roca que le había metido en los pantalones. De todos modos, la cadena se había soltado.

–¿No quieres el café, Vic?

Echó una última mirada penetrante, tratando de determinar hasta qué punto aquella forma le llamaría la atención a una persona normal que estuviese donde él estaba, a una persona normal que no sospechase nada. De todas maneras, cualquiera que lo viese miraría dos veces, incluso podría bajar a investigar, sobre todo si la historia de Cameron se le pasaba por la cabeza.

Vic se volvió despacio.

–Ya voy –dijo, y empezó a andar de regreso.

Aunque Vic podía haber propuesto marcharse casi inmediatamente, con el pretexto de oír el concierto de radio que solía escuchar los domingos por la tarde, le pareció que habría sido una pequeña concesión a su ansiedad, así que esperó a que Melinda se terminase el café y el cigarrillo, y fue ella misma la que sugirió marcharse. Recogieron juntos las cosas y las metieron en la cesta.

Llegaron a casa sobre las tres y veinticinco, y Vic puso inmediatamente la radio en el salón. Escuchó el fuerte y apremiante

ritmo del cuarto movimiento de la quinta sinfonía de Shostakó-
vich. Por lo menos le dio la impresión de que era el cuarto movimiento. No estaba de humor para preocuparse de si estaba o no
en lo cierto. La música le resultaba inquietante de algún modo,
pero la dejó.

Antes de que terminase el concierto, Melinda salió de su dormitorio, se dirigió al coche de Vic y volvió a entrar en la casa.

–Vic, me he dejado el pañuelo. Lo puse debajo de una roca y
creo que me lo he olvidado allí.

–¿Quieres que vuelva por él? –le preguntó.

–No, ahora no hace falta, estás oyendo el concierto. Quizá
puedas pasarte mañana de camino hacia el trabajo, si no te importa. O si no lo haré yo. Me gusta bastante ese pañuelo. Lo do-
blé y lo puse debajo de una roca bastante cerca del fuego, a la izquierda mirando hacia el fuego.

–De acuerdo, cariño. Mañana lo traeré a la hora de comer.

Vic se acordó del pañuelo sujeto por la piedra. Le demostró
lo preocupado que estaba el no haberlo visto cuando estaban recogiendo todo lo demás.

Aquella noche después de cenar, cuando Vic estaba leyendo
en el salón, Melinda salió de su habitación y le preguntó a Vic si
quería una última copa. Vic dijo que más bien no. Melinda fue a
la cocina a prepararse una para ella. Al volver pasando por el salón, dijo:

–No tienes que ir a buscar el pañuelo al mediodía si no quieres, porque tengo una cita para comer y no voy a estar en casa a
esa hora.

–De acuerdo –dijo Vic.

No iba a hacerle ninguna pregunta. Le pareció que aquella
noche había hecho por lo menos dos llamadas telefónicas desde
su cuarto.

27

Al día siguiente, Vic dejó la imprenta como un cuarto de hora antes de lo habitual para volver a casa a comer, aunque sus horarios de marcharse al mediodía y por la tarde eran tan irregulares que nadie habría notado quince minutos de diferencia de menos o de más. Se dirigió con el coche a la cantera entre Wesley y East Lyme. Esta vez había cogido un trozo de cuerda fuerte –de la de tender la ropa– que había encontrado en el garaje, y tenía la intención de amarrar un extremo a una piedra de buen tamaño y el otro alrededor del cuerpo de Cameron, por debajo de los brazos. Era un luminoso día de sol, y Vic no se detuvo a echarle otra ojeada al cadáver flotante antes de bajar por el caminito. Bajó con cuidado para no engancharse los pantalones en la maleza ni arañarse los zapatos.

Al llegar abajo, se acercó lentamente al lugar, evitando mirar hacia el cadáver hasta que estuvo casi al borde del escalón.

Era un rollo de papel de pulpa empapado y deshilachado por uno de sus extremos, atado con bramante por dos sitios según creyó ver. La sorpresa y lo absurdo de su presencia allí le enfurecieron casi por un momento. Luego suspiró y el dolor que le recorrió el cuerpo le hizo darse cuenta de la tensión en que se encontraba.

Miró hacia arriba al cielo azul y por encima de la escabrosa cresta que había al otro lado de la cantera. Nadie le miraba salvo unos pocos árboles. Volvió a mirar el rollo de papel. Un extremo estaba más hundido que otro, y tendría sumergidas unas cuatro quintas partes de su volumen. Vic se preguntó inútilmente qué sería lo que lo mantenía a flote, se preguntó si tendría algún tipo de carrete de madera en el centro. Si hubiese podido alcanzarlo con el pie, lo habría empujado hacia la orilla, pero no estaba a su alcance. Probablemente llevaría meses en la cantera, moviéndose de un lado a otro con el viento. Se acercó más al borde, y miró justo hacia el lugar por donde había arrojado a Cameron. Distinguió débilmente la horrible visión del escalón, a varios metros bajo el agua, y seguía pálido como si no hubiese nada encima de él.

Se dio la vuelta y buscó las manchas de sangre. No había ninguna. Era como si le hubiesen hecho otra trampa. Entonces vio la huella rojiza y descolorida sobre algunas pequeñas piedras. Lo que había pasado era que la lluvia o el viento había esparcido bastante polvo de caliza y pequeños fragmentos de roca sobre las manchas. Al apartar las piedras con el zapato volvió a ver la mancha de sangre, una franja alargada que mediría unos diez centímetros de largo y tres de ancho. Pero a aquellas alturas estaba ya muy descolorida. No merecía la pena preocuparse por ella. Miró por los alrededores de sus pies escudriñándolo todo. No había una sola mancha salvo la que acababa de descubrir deliberadamente. Realmente se podría haber ahorrado el viaje hasta allí. Esparció cuidadosamente con la mano el polvo y las piedras que había removido, echándolos otra vez sobre la mancha.

–¡Eh, estoy aquí! –llamó una voz y la otra pared de la cantera le devolvió el eco.

Vic miró hacia arriba y vio la cabeza y los hombros de un hombre asomando por el borde de la cantera. Los reconoció al instante como los de Don Wilson.

–¡Hola! –respondió Vic.

Se había puesto de pie. Luego empezó a andar como distraídamente hacia el caminito que llevaba arriba, súbitamente rígido de terror y de vergüenza, porque recordaba haber oído hacía menos de dos minutos un sonido débil y muy distante que había decidido ignorar, y que ahora se daba cuenta de que había sido la puerta del coche de Wilson al cerrarse. Podría haberse preparado si le hubiese prestado atención, pero había pensado que provendría de otro lugar más alejado que la explanada donde se encontraba su propio coche.

Wilson se estaba acercando a Vic por el borde de la cantera, buscando evidentemente el caminito de bajada. Lo encontró y se precipitó a bajar por él. Vic, que ya había llegado a un tramo del caminito demasiado estrecho para dejar pasar a otra persona, retrocedió la distancia que había subido. Wilson estuvo abajo de inmediato, resbalando y agarrándose.

–¿Qué estás haciendo? –preguntó.

–Dando un paseo. Melinda se dejó por aquí el pañuelo.

–Ya lo sé. Lo he encontrado –dijo Wilson, mostrándoselo–. ¿Para qué es la cuerda?

–Me la acabo de encontrar ahora mismo –dijo Vic–. Parece prácticamente nueva.

Wilson asintió, miró en derredor, y Vic vio que sus ojos se fijaban de repente en el rollo de papel que flotaba en el agua.

–¿Qué tal estás, Don? ¿Y June?

Wilson bajó a la explanada, como buscando tener una visión mejor. Se paró en seco como si también él se hubiese quedado sorprendido de encontrar un simple rollo de papel marrón. Luego Vic vio a Wilson mirar hacia sus pies, tratando de descubrir qué era lo que había estado buscando en la roca. Vic volvió a emprender el camino de subida. Vic supuso que Wilson debía de ser la persona con quien había quedado Melinda para comer, y probablemente le habría pedido que le fuese a buscar el pañuelo de camino hacia Little Wesley. Tan simple como eso. Simple y fatal.

–¡Eh! –llamó Wilson.

Vic se detuvo y miró hacia atrás. Se veían claramente el uno al otro. Wilson estaba agachado sobre el lugar en el que Vic había descubierto la mancha.

–¿Era esto lo que andabas buscando? ¡Parecen manchas de sangre! ¡Estoy seguro de que son manchas de sangre!

Vic vaciló, deliberadamente.

–A mí también me lo han parecido, pero creo que deben de ser de óxido –dijo, y empezó a subir otra vez.

Wilson estaba intentando seguir la pista de las huellas hacia el agua, según pudo ver Vic.

–¡Eh, espera un momento! –llamó Wilson, y caminó hacia él con las manos en el bolsillo del chaquetón y la cara levantada hacia arriba con el ceño fruncido.

Se tropezó contra una piedra y prosiguió.

–¿Qué sabes sobre esas manchas? ¿Por qué estabas intentando cubrirlas?

–No estaba intentando cubrirlas –dijo Vic, y siguió subiendo.

–Escucha, Vic, ¿es aquí donde mataste a Cameron? No sé si sabrás que voy a decirle a la policía que le eche una mirada a esto. Les voy a decir que miren en el agua. ¿Cómo te sientes al oír esto?

Le hizo sentirse desnudo y vulnerable. Odiaba darle la espalda a Wilson mientras subía por el caminito. Cuando llegó arriba vio que el coche de Wilson estaba bien adentrado entre los árboles, sobre el camino de acceso. Wilson debía de haber reconocido su coche y se había detenido deliberadamente fuera del alcance de su oído.

–Si es tu coche el que está bloqueando el camino –le dijo Vic a Wilson cuando llegó arriba–, ¿te importaría retroceder con él, o llegar hasta la explanada?

Wilson pareció por un momento confundido o furioso, luego se fue a toda prisa en dirección al camino. Al cabo de un minuto aproximadamente Vic oyó el ruido del motor de su coche, y esperó unos minutos más para ver qué iba a hacer Wilson. Oyó cómo se aproximaba. Vic se metió en su propio coche y lo arrancó. Estaba pensando que si se deshacía de la otra cadena de nieve que había en el portamaletas, la del cuerpo de Cameron no sería claramente identificable. Aunque por supuesto estaba Melinda, quien se sentiría encantada de poderla identificar, y que probablemente diría que la identificaba, aunque lo cierto era que no podía. Vic movió su coche lo más rápidamente que pudo, y saludó a Don con la mano cuando pasó junto a él.

Su única oportunidad, pensó Vic, era que Wilson no fuese capaz de persuadir a la policía de que dragasen la cantera. Pero si la policía se convencía de que las manchas eran de sangre –y, por desgracia, se convencerían–, no haría falta presionarles lo más mínimo para que mirasen en el agua. Vic miró al espejo retrovisor en busca del coche de Don. Al llegar al final del camino de tierra giró por la autopista hacia Little Wesley sin haberlo visto. A Don probablemente le estaría costando trabajo abrirse camino por el sendero.

Vic supuso en cuanto llegó a Little Wesley que Wilson iría a la policía en aquel mismo momento. Vic se imaginó a la policía llegando a la casa mientras él estaba tranquilamente preparando la comida o quizá comiendo ya. Trataría de volver a engañar a Wilson. La policía ya sabía que Wilson era un embrollón. Después de todo, la policía estaba de su parte. Vic pensó que quizá podría disuadir a la policía de que fuesen a investigar las manchas de sangre. Todo lo que necesitaba era frialdad.

Pero sabía que las cosas no serían así. La policía les echaría una mirada a las manchas de sangre. Si no lo hacían, Wilson daría parte a la compañía de Cameron, o a Havermal.

Vic no sabía muy bien qué hacer.

Pensó en Trixie. Los Peterson la adoptarían, pensó, si le pasaba algo a él. Dejó de pensar en eso. Era derrotismo. De todas formas, Melinda se ocuparía de ella. Aunque todavía era peor pensar en eso.

Pero seguía sin saber qué hacer.

Había tenido la esperanza de que Melinda no estuviese en casa cuando él llegase. Su coche estaba en el garaje. Vic salió del coche en silencio, sin cerrar la puerta, y entró en el salón. Melinda estaba en su cuarto hablando por teléfono, y oyó su intento de acabar bruscamente la conversación, porque sabía que había entrado él.

Entró en el salón y supo por su rostro que había estado hablando con Don. Su cara era una mezcla de sorpresa, triunfo y terror. Luego, mientras él se acercaba a ella, retrocedió. Vic le sonrió. Se había vestido para salir, probablemente para encontrarse con Don en el Chesterfield.

–Acabo de hablar con Don –dijo sin necesidad.

–¡Vaya, acabas de hablar con Don! ¿Qué harías sin el teléfono?

Pasó por su lado y entró en su habitación, se enrolló a la cintura el cable del teléfono y lo arrancó de cuajo.

–¡Bueno, pues ya te has quedado sin él!

Luego cruzó el salón hacia el teléfono del vestíbulo y arrancó el hilo por el mismo procedimiento, con tal violencia que la caja donde estaba sujeto se desprendió de la pared.

Melinda estaba de pie junto al tocadiscos, literalmente agazapada contra él en una actitud de exagerado terror, con la boca abierta y las comisuras bajadas como una máscara de tragedia. Medea. Mutiladora de niños y castradora de maridos. El destino la había atrapado por fin. Vic casi se sonrió. ¿Qué iba a hacer por fin? Caminar hacia ella.

–¡*Vic*!

–¿Dime, querida?

–¡Don viene para acá! –dijo sin aliento–. ¡No me hagas nada, Vic!

La golpeó en un lado de la cabeza.

–Así que Don viene para acá, ¿y quién más, y quién más? ¿Cameron y Charley y todos los demás?

Volvió a golpearla.

Ella alcanzó el jarrón de metal esmaltado que había encima del tocadiscos y lo dejó caer. Luego él volvió a golpearla, y Melinda cayó al suelo a cuatro patas.

–¡Vic! *¡Socorro!*

¡Siempre pidiendo ayuda a otros! Le puso las manos alrededor de la garganta y la sacudió. El estúpido terror que había en sus ojos abiertos le hizo apretar las manos todo lo que pudo. Luego, de repente, la soltó.

–Levántate –le dijo.

Después de todo no quería matarla. Estaba tosiendo.

–Melinda...

Entonces oyó fuera el ruido de un coche y se rompió la última barrera de su ira y se arrojó contra ella. Se imaginó la figura lacia y el rostro ceñudo de Wilson apareciendo por la puerta, y apretó la garganta con todas sus fuerzas, furioso porque ella le había enfurecido. Sin ella, pensó, podía haber ganado. Podía haber ganado sin el teléfono que había traído a casa a Jo-Jo y a Larry y a Ralph y a De Lisle y a Cameron: Ralph, el pequeño de mamá, y Cameron el paquidermo...

Se oyó un grito en la puerta de entrada, y Wilson, serio, con cara de circunstancias, se aproximó a Melinda, hablándole. Tenía los brazos entreabiertos y un cerco azul alrededor de los párpados, ¿o era el rímel? ¿O acaso una ilusión óptica? Vic oyó a Wilson musitar al aire que estaba muerta, y entonces, siguiendo la dirección de la mirada de Wilson, Vic vio a un policía.

–¿Qué le hace sonreír? –preguntó el policía, con semblante serio.

Vic estaba a punto de responder: «La fe, la esperanza y la caridad», cuando el policía le agarró del brazo. Vic se incorporó, soportando con su docilidad habitual aquel contacto odioso que, al cabo de un momento, le pareció cómico, como el pánico de Melinda. Wilson murmuraba detrás de él, y Vic oyó las palabras «cantera» y «De Lisle» y «sangre de Cameron», y salió con los dos hombres, que no eran dignos ni de limpiarle los zapatos. Vio cómo Trixie jugaba en el jardín y dejaba de hacerlo, estupefacta, al pasar él con el policía, pero, fijando la mirada, pudo comprobar que ella no estaba allí. El sol brillaba y Trixie estaba viva, en alguna parte.

Pero Melinda está muerta y yo también, pensó. Entonces comprendió por qué se sentía vacío: había dejado su vida en casa, tras de sí, los remordimientos y la vergüenza, los aciertos y los fallos, el fallo de su intento, y su último y brutal gesto de venganza.

Echó a andar con paso alegre –el trayecto hasta el coche del policía, al final del camino de entrada, le pareció interminable– y empezó a sentirse libre y eufórico, y también inocente. Miró a Wilson, que caminaba a su lado, todavía recitando tediosamente su información, y, con aire sereno y feliz, Vic siguió contemplando el movimiento de la mandíbula de Wilson, pensando en la multitud de gente como él que había en el mundo, quizá la mitad de la gente que había en el mundo era de su especie, o potencialmente de su especie. Y pensó que no estaba nada mal abandonarlos a todos ellos. Los pájaros feos sin alas. Los mediocres que perpetuaban la mediocridad, que realmente luchaban y morían por ella. Se sonrió ante la mueca de Wilson, ante la mueca resentida y el rostro que parecía decir «el mundo me debe una vida», y que era el reflejo de la mente estrecha y embotada que se escondía detrás. Y Vic maldijo aquella mente y todo lo que representaba. En silencio y con una sonrisa, y con todo lo que quedaba de él, la maldijo.